三〇年代
左翼都市
小說論

左翼上海

蔣興立

著

序

何寄澎

　　興立熱愛現當代文學，碩士班階段以李碧華小說為研究主題，即已展露出聰慧敏捷的才情，出手不凡，頗具個人看法。攻讀博士學位期間益自有主見，當她來找我擔任指導教授時，即已明確表達其對於「都市小說」研究的興趣，我以為一九三〇年代是中國文學史上至關重要的年代，都市小說在此階段也在激進的革命與頹靡的氛圍之間，展現出風格紛繁的色調。幾經討論，興立乃決定鎖定「左翼都市小說」為論文主軸，觀其研究熱忱及才智，我亦深信興立對此論題必能有所掌握。

　　論文的選題果然獲得不少讚賞，幾位口考委員對此一致表示嘉許，主要原因是目前關於一九三〇年代都市小說的研究，論者多將目光集中於海派、新感覺派、現代派等，至於左翼都市小說，臺灣學界的相關討論與研究嚴重不足，大陸學界則多將其置於左翼文學的政治脈絡裡，都市不過成為扁平符號的呈現。興立頗具企圖心，她不以目前學界的研究成果為滿足，冀圖挖掘出左翼小說中「都市」可能存在的立體形象與深層意涵，但她亦深知欲達此目的，必須站在前賢研究的基礎上，才可能有紮實的基礎與展望的高度。興立治學認真而嚴謹，她廣泛蒐集、涉獵相關資料，對於文獻乃能充分掌握，此點由論文中

取材之豐富自可窺見。而其文筆之優美暢達更不待言，此在一般學術
論文中尤屬難得，亦使本書之可讀性大大提高。

　　當然，觀點的提出仍是決定此書是否具備學術價值的關鍵所在。
興立由左翼文學的發軔與遞嬗，以及上海地理空間的特殊性展開論
述，首先帶出左翼都市小說的概念，而後分別選取蔣光慈、丁玲、茅
盾、張天翼四家作品進行深入研究。蔣光慈為「革命加戀愛」類型小
說創作的鼻祖；丁玲作品裡所呈現都市女性對於革命與戀愛的看法，
與蔣光慈在性別及個性差異上，恰能形成有趣的對照；至於茅盾作品
的「矛盾」性、張天翼對於都市小資產階級的嘲諷等，在展現個人獨
特風格之外，亦難免沾染上時代色彩。此四家在左翼都市小說的創作
方面，深具代表性，而興立對作家作品進行細部的梳理，在文本解讀
及詮釋方面亦相當精準，整體的架構堪稱平穩而完整。

　　於此之外，本書更以三章的篇幅進行革命／戀愛、群／我、城／
鄉之間的思辯與討論。雖然前人對上述諸面向亦曾分別有所研究，但
興立融匯諸家觀點，由文本出發，並經由這些角度的切入，更進一步
檢討左翼都市小說大眾化、通俗化策略書寫的成敗，現代性與欲望解
放的問題，以及空間在左翼都市小說中的表現等，同時拉出左翼都市
小說與海派、新感覺派、鴛鴦蝴蝶派之間的比較軸，行文中時見個人
觀點的發揮，讀者自可在閱讀中見其敏慧及洞識。呂正惠教授於口試
場中便曾特別指出，作者能夠注意到馬爾羅，並對其《人的境遇》
一書進行述評，洵為難得，舉此一端，自可見其慧眼與慧心。在相
關議題的討論裡，全書對於左翼都市小說所提出的觀察，亦相當值得
肯定。

　　經由興立的耙梳與討論，我們可以看出一九三〇年代左翼文人在
小說中所展現的「新中國」想像，與日後中國社會的實際情況相較，

其實並不相符合，由此亦可進一步檢討左翼思想的侷限性。興立對此
議題的批判力道雖稍嫌不足，但我相信目前關於左翼都市小說的研
究，她所進行的討論已達相當高度，在學術研究的漫長路途上，興立
也已踏出紮實的步履，衷心期望她再接再厲，善加發揮其學術能量，
俾日後於學界不斷發熱、發光。

目　次

第一章　前言

　　五四運動與文學革命的興起，使來自西方的理性思維與科學觀念取代了中國的倫理價值與人文精神。數千年來，中國以農立國，政治系統上是大一統的集權帝國，經濟政策上主張重農抑商，社會組織以家族為核心，思想方面深受儒家薰陶，修身齊家治國平天下，節制欲望，修養道德，追求與實踐崇高的理想人格，這一切在西方船堅炮利的武力威迫之下，黯然失色，相對的在西方殖民者的建設中，上海崛起。上海都市的繁華，使得商業經濟抬頭，個人主義彰揚，拜金主義盛行，物質欲望擴增，上海與中國因此存在著一種彼消我長的矛盾衝突。1910 年代中期至 1920 年代中期被譽為中國資產階級的黃金時代，1915 年到 1927 年中國陷入軍閥割據的政治黑暗期，資產階級反而在政府權威淪亡的時刻獲得勝利，資產階級積極地投入社會活動，成立自治機構，體現一種充滿活力、生機蓬勃的自發性態度。1930 年代是戰爭前夕都市文明抵達高峰的時期，都市改變了物我群的關係，深深影響了知識分子對於個人、歷史、家國的思維，同時也改變了文學的表述方式，以及文學家面對文學的態度。目前學術界研究海派、現代派、新感覺派都市小說的論文與專書種類繁多，但少有研究「左翼都市小說」的論文。左翼作家在三〇年代決定了文學的基本面貌，三〇年代大多數作家在創作主題、題材選擇、表現方法、結構安排與話語風格都深受左翼文化影響，「左翼都市小說」過去往往被納入左翼文學

的脈絡之內，鮮少被獨立出來討論，依據往昔的研究方法，「都市」被當作一個扁平的符號，純粹被視為萬惡的淵藪，卻因而忽略了左翼小說中「都市」可能存在的立體形象與深層意涵。

　　新感覺派與現代派小說以華麗耀眼的文字實驗與文學技巧，寫盡上海醉人與沉淪的萬種風情，在劉吶鷗、穆時英的新感覺派小說中，個人的感官世界被聚焦與強化，他們細細勾勒諸多耽溺於情欲與享樂的頹廢之人與其虛無的人生，都市生活深刻影響了他們的文學內容、創作形式，觀看事物的方法、藝術表現的技巧。當新感覺派一類的都市作家正熱烈歌頌繁華上海的同時，左翼作家則毫不留情地批判與攻訐被殖民與西化的租界上海。攻擊上海以及與上海並生的都市文學，是為了讓世人關注在上海歌舞昇平的都市榮景之下，在邊緣掙扎的底層苦難者，並且抨擊形成都市上海的資本主義與殖民主義。然而在左翼作家口誅筆伐上海的表象背後，其內在的真相是否心口合一？許多左翼作家出於自願或被迫地長期居住在上海，上海的都市生活對於左翼作家具體的影響為何？如何呈現於其文本中？被稱為「跳舞場裡的前進作家」、「咖啡館裡高談闊論的革命文學家」這類的左翼文人，是否一方面倡言革命的神聖與必要，另一方面卻又沉浸在上海的魅影中享受現代化的進步文明？其中的掙扎矛盾值得進一步審視。此外，「上海」在左翼小說中除了「萬惡之都」的扁平形象之外，是否還有其他的面貌與意義？這都是值得釐清的部分。

　　本文聚焦於三○年代左翼文人所書寫的上海，以文本空間為主，在質與量的考量之下，本文擇取的四位作家分別是蔣光慈、丁玲、茅盾、張天翼，這四位作家都書寫過以「上海」為主要背景或主題的代表作，他們在左翼文壇也都具有關鍵的地位與指標性的意義，因此列為本文關注的重點所在。本文希冀透過對於文本的爬梳分析，相關資

料的彙整消化，重新還原三〇年代的左翼上海，思索左翼文人與上海
的真實關係，都市上海對於左翼文人的影響，左翼文人筆下上海的多
元面向，以及左翼知識分子自己都未嘗發現的，浮沉藏匿於左翼文本
之間，左翼文人對資本主義上海曖昧與矛盾的愛欲糾纏。

一、關於左翼都市小說的相關討論

　　三〇年代左翼都市小說的探討涵蓋了三種脈絡的研究範疇，包括
左翼文學、都市文化、作家研究，因此在文獻回顧的部分，聚焦於此
三種範疇的相關學術論著。第一類是左翼文學，此部分包括中國左翼
文學發展與中國左翼文學思潮的探源。第二類是三〇年代上海都市文
學與歷史文化，包括當時都市歷史文化與具體空間的概況論析，以及
都市文學的研究探討。第三類是作家的研究著作，包括本文主要研究
的蔣光慈、丁玲、茅盾、張天翼等四位作家的研究論述。由於相關著
作既繁且眾，因此僅擇取其中較具代表性，且與本文關聯性強，對本
文助益較大的論述進行介紹評析。

（一）左翼文學

　　曠新年的《1928：革命文學》，試圖從文化思想史的角度，表述百
年來中國文學的思想文化背景，書中內容包括 1928 年的文學生產、中
國新文學的裂變、革命的浪漫諦克、左翼文學評論家錢杏邨的理論評
述，以及對於魯迅、茅盾的作品析論等。[1]陳建華《「革命」的現代性》

---

[1]　曠新年：《1928：革命文學》（山東：山東教育出版社，1998 年 5 月）

所收錄的論文，分別討論現代中國「革命」話語的來源、晚清的「詩
界革命」、革命話語與文學的關係。革命話語為何能在現代中國發生如
此深遂而悠遠的歷史影響？為了釐清此一問題，書中對於中國的「革
命」一詞展開語源學意義上的探究，並從文化、意識和語言的關係著
手，從語言角度詮釋現代革命的起源與相關問題，藉此理解中國革命
與中國現代語言彼此形構的關聯意義。[2]方維保的《紅色意義的生成
──20 世紀中國左翼文學研究》，著墨於左翼文學內涵與外延的複雜
關係、左翼思潮的理論來源與轉變過程、敘述模式的轉換、敘事主題
的多重變奏、左翼革命話語與其他話語之間的相互影響與共謀，同時
結合文本的具體分析，書中的左翼文學研究通貫五四前後到九十年代，
銜接與強化了各時期左翼文學的獨特性與關聯性。[3]林偉民的《中國左
翼文學思潮》，全書分為三編，分別為：左翼文學思潮的發軔及其 史
成因、左翼文學思潮的剖析、左翼文學思想在中國新文學思潮中的主
導地位及其影響。內容脈絡清楚，層次分明地描述左翼文學運動的始
末，左翼文學運動興盛於 1928 年至 1936 年間，所形成的文學理論，
在當時的新文學界牽一髮而動全身，之後也同樣具有舉足輕重的影響
力，然而新文學界對左翼文學運動及其文論的評價，頗具爭議，書中
對此也有所辯證。[4]艾曉明的《中國左翼文學思潮探源》，詳盡考據史
料，運用比較文化學的研究方法，藉由蘇俄、日本等異國文藝理論與
思潮的對照與影響，對中國左翼文學思潮的產生、發展和變化的歷史
源流進行全面性的，宏觀微觀、系統與科學兼具的深入考證與分析。[5]

[2] 陳建華：《「革命」的現代性》（上海：上海古籍出版社，2000 年 12 月）
[3] 方維保：《紅色意義的生成──20 世紀中國左翼文學研究》（合肥：安徽教育出版社，2004 年 12 月）
[4] 林偉民：《中國左翼文學思潮》（上海：華東師範大學出版社，2005 年 4 月）
[5] 艾曉明：《中國左翼文學思潮探源》（北京：北京大學出版社，2007 年 1 月）

前述五本論著分別由文化思想史、語言學、文本分析、文學運動與文藝理論、比較文化學的殊異視角,回顧左翼文學思潮的發展脈絡,解讀左翼文學現象的生成語境,重構當時的文學場域,反思創作者的思想變構等,重新檢視左翼文學思潮生成的時代意義。

(二)都市文學與歷史文化

　　論及上海都市文學與文化的學術研究,1985 年大陸學者嚴家炎選編的《新感覺派小說選》是兩岸學者中首度注意到新感覺派小說的獨立地位,透過小說選集的引介,使兩岸學術界開始注目現代派小說。[6] 李歐梵的《上海摩登:一種新都市文化在中國 1930-1945》具有指標意義,書中分為前後兩部分,前半部介紹三〇年代、四〇年代上海的都市空間,特別是印刷文明與現代性,以及電影文化帶來的影響,後半部著眼於上海作家與作品的討論,包括施蟄存、劉吶鷗、穆時英、邵洵美、葉靈鳳、張愛玲等,重繪老上海的榮景。雖然有部分中國大陸的評論者,批評李歐梵想像與構築的上海繁華似錦,忽略了當時的貧窮者與無產階級,但本書的學術價值仍然受到肯定,且與彼岸的都市研究熱相結合,開啟了之後上海學研究的熱潮。[7]李今的《海派小說與現代都市文化》,[8]及改訂後將論述海派小說的部分抽出,在臺灣出版的繁體版《海派小說論》,從都市文化的角度解讀海派小說,探討西方唯美頹廢主義、馬克思主義頹廢觀、新興的電影藝術,通過文本分析,表述海派文人的文學與人性觀,揭示海派小說的日常生活意識與

---

[6]　嚴家炎:《新感覺派小說選》(北京:人民文學出版社,1985 年 5 月)

[7]　李歐梵著,毛尖譯:《上海摩登——一種新都市文化在中國 1930-1945》(香港:牛津大學出版社,2000 年)

[8]　李今:《海派小說與現代都市文化》(合肥:安徽教育出版社,2000 年 12 月)

市民哲學，展現海派小說的現代性特徵。[9]李永東的《租界文化與 30
年代文學》，將「租界」的概念從上海文化中抽離出來，書中回溯租界
文化的歷史，分析租界文化殖民性、商業性與頹廢特徵，對於三〇年
代左翼文學、新感覺派小說、茅盾、沈從文與魯迅的影響。[10]史書美
《現代性的誘惑：書寫半殖民地中國的現代主義（1917-1937）》提出半
殖民地的概念，以此觀察上海的文化產業，書中分析施蟄存、劉吶鷗、
穆時英等中國新感覺派小說家與日本新感覺派作家的關係，前者在半
殖民地上海，以結合視覺感官、商品物質、情感欲望、怪誕荒謬的小
說，形成獨特的風格特色，內容透過摩登女郎的書寫顛覆父權結構，
在現代主義和民族主義的對抗之間擺盪，反映半殖民地上海的主體
性。[11]吳福輝的《都市漩流中的海派文學》，詳盡闡說了海派文化與現
代文學的關係，書中首先為海派正名，分析海派文化的特質，內容兼
論海派文化的歷史變遷，海派文化的心理和行為方式，海派小說的文
化特色，海派與二十世紀的中國文化等，通貫了三四十年代的海派文
學與文化。[12]孫紹誼《想像的城市：文學、電影和視覺上海（1927-1937）》
從視覺的角度探討上海的都市空間、左翼作家的上海話語、上海新感
覺派小說、上海的電影文化、時裝上海的性別政治、老上海廣告，論
析視覺感官與都市文化之間的關係。[13]張勇的《摩登主義：1927──

---

[9] 李今：《海派小說論》（臺北：秀威出版社，2006 年 7 月）

[10] 李永東：《租界文化與 30 年代文學》（上海：上海三聯書店，2006 年 10 月）

[11] 史書美著，何恬譯：《現代性的誘惑：書寫半殖民地中國的現代主義（1917-
1937）》（南京：江蘇人民出版社，2007 年 4 月）

[12] 吳福輝：《都市漩流中的海派文學》（上海：復旦大學出版社，2009 年 1 月）
其相關作品錢理群、溫儒敏、吳福輝：《中國現代文學三十年》（北京：北
京大學出版社，2009 年 6 月）及吳福輝：《中國現代文學發展史》（臺北：
人間出版社，2010 年 11 月）也都對 1930 年代都市文學的發展有宏觀面向
的討論。

[13] 孫紹誼：《想像的城市：文學、電影和視覺上海（1927-1937）》（上海：復

1937 上海文化與文學研究》，從都市文學、政治經濟與文化批評的角度，進行綜合式的分析討論，在論著中探討摩登文學與摩登生活背後的力量，揭示海派文化與「摩登主義」之間的複雜性，本書發現「革命摩登」、「摩登」與「反摩登」的性質及其矛盾，並從反摩登的視角分析魯迅與張天翼。[14]

　　除了結合上海文學與文化進行探討的學術著作外，亦有諸多講述上海都市歷史的書籍，試圖重構老上海。汪暉、余國良編選的《上海：城市、社會與文化》，從「大都會的歷史命運」、「都市與文化空間」兩項層面蒐集相關論文，從城市發展、民族主義、商業經濟、自治運動、報刊與電影文化等角度切入，多元而立體地勾勒上海的前世今生。[15]葉文心的《上海繁華：都會經濟倫理與近代中國》，描繪中國首批都市中產階層，並從上海中產市民的視角，回顧鴉片戰爭至 1949 年的上海社會文化史，深入而細緻地探察上海的金融、出版及現代百貨業。本書關注在上海工商業背景之下，中產小市民們的尋常故事，書中也探討了近代上海新興企業的建構，並審視三〇年代中期經濟不景氣下左翼思潮的崛起。細膩的觀察與敏銳的論斷，配合史料的運用及敘事手法，呈現出近現代上海與中國的轉變。[16]此外，在上海文學史的研究，陳伯海、袁進主編的《上海近代文學史》，[17]王文英主編的《上海現代文

旦大學出版社，2009 年 1 月）
[14] 張勇：《摩登主義：1927——1937 上海文化與文學研究》（臺北：人間出版社，2010 年 1 月）
[15] 王暉、余國良編：《上海：城市、社會與文化》（香港：香港中文大學出版社，1998 年）
[16] 葉文心：《上海繁華：都會經濟倫理與近代中國》（臺北：時報文化出版公司，2010 年 6 月）
[17] 陳伯海、袁進主編：《上海現代文學史》（上海：上海人民文學出版社，1993 年 2 月）

學史》[18]與邱明正主編的《上海文學通史》[19]以地域性為考察，結合時間縱軸與空間橫軸的範限，對於上海近現代文學有全面性與系統性的觀照與爬梳。綜合前述論著觀察，可以發現探討二十世紀初期上海都市、文學、歷史、文化的著作琳瑯滿目，而所討論的對象多半是以新感覺派、現代派、海派文學，上海中上階層的都市文化為主。

（三）作家的相關論述

《蔣光慈研究資料》完整蒐集其生平資料、創作自述、研究與評論文章，其中蔣光慈好友錢杏邨對於他的評述，雖然涉及意識型態及立場問題而有所偏頗，但對於回顧三〇年代的時代氛圍，理解當時的歷史語境，仍具有相當的助益。[20]曠新年《1928：革命文學》「革命的浪漫諦克」一節，提到蔣光慈 1926 年出版的《少年漂泊者》是由五四浪漫主義到革命浪漫主義的轉型之作，此一觀點指出蔣光慈的重要性之一。[21]魏朝勇《民國時期文學的政治想像》，則分析了蔣光慈小說中革命與暴力的問題，與其他章節結合，透過民族、革命、戰爭、階級鬥爭來探討人類對於美好生活的想像。[22]《丁玲研究資料》搜集丁玲的傳記、生平與著作年表、丁玲談自己的創作、丁玲研究論文選編等，其中馮雪峰對於丁玲作品的評論，與錢杏邨對蔣光慈的批評如出一轍，都存在著左傾意識型態的立場問題，但以當時評論者的觀點而言，

---

[18] 王文英主編：《上海現代文學史》（上海：上海人民文學出版社，1999 年 6 月）

[19] 邱明正主編：《上海文學通史》（上海：復旦大學出版社，2005 年 5 月）

[20] 方銘編：《中國文學史資料全編‧現代卷‧蔣光慈研究資料》（北京：知識產權出版社，2009 年 10 月）

[21] 曠新年：《1928：革命文學》（山東：山東教育出版社，1998 年 5 月），頁87-127。

[22] 魏朝勇：《民國時期文學的政治想像》（北京：華夏出版社，2005 年 11 月），頁 89-122。

無疑是較具深度，且代表了左翼文壇的看法。[23]孟悅、戴錦華的〈丁玲——脆弱的女神〉，從女性主義的視角重新解讀丁玲，[24]蘇敏逸〈「個性主義」與「革命理想」的辨證發展——丁玲小說創作發展歷程及其特色〉，分析了丁玲從「個性主義」的彰揚到「革命理想」的實踐，[25]《張天翼研究資料》涵括其生平與文學活動，創作自述，以及各國研究評介的文章，其中胡風的《張天翼論》，對於張天翼小說的優缺點，提出具體懇切的意見，胡風以「小康者群底灰敗世界」表述張天翼筆下的人物，是相當貼切的形容。[26]張勇曾發表〈1930 年代張天翼小說中的『反摩登』敘事〉[27]，後收錄於《摩登主義：1927——1937 上海文化與文學研究》書中，提出張天翼小說中「反摩登」的敘事手法，例如透過對外國譯詞，或者對新感覺派作家浪漫主義與享樂主義的醜化與戲謔，表述他對於摩登生活的諷刺。[28]《茅盾研究資料》涵括茅盾的生平與思想，茅盾的創作自述，各界文評，其中樂黛雲〈《蝕》與《子夜》的比較分析〉從思想感情、構思機制、心理描寫、語言特色等方面將兩者並置分析，認為《蝕》與《子夜》標誌著茅盾創作的兩個高峰。[29]瞿秋白是三〇年代文評家，同時也是茅盾的好友，其書評

[23] 袁良駿編：《中國文學史資料匯編‧丁玲研究資料》（天津：天津人民出版社，1982 年 3 月）
[24] 孟悅、戴錦華：〈丁玲——脆弱的女神〉，《浮出歷史地表——中國現代女性文學研究》（臺北：時報文化出版公司，1993 年 9 月）
[25] 蘇敏逸：〈「個性主義」與「革命理想」的辨證發展——丁玲小說創作發展歷程及其特色〉，《成大中文學報》，第 23 期（2008 年 12 月），頁 157-194。
[26] 沈承寬、黃侯興、吳福輝：《中國文學史資料全編‧現代卷‧張天翼研究資料》（北京：知識產權出版社，2009 年 10 月）
[27] 張勇：〈1930 年代張天翼小說中的『反摩登』敘事〉，《文藝理論與批評》，第 4 期（2008 年），頁 65-70。
[28] 張勇：《摩登主義：1927——1937 上海文化與文學研究》（臺北：人間出版社，2010 年 1 月），頁 291-299。
[29] 孫中田、查國華編：《中國文學史資料匯編‧茅盾研究資料》（北京：中國社會科學出版社，1983 年 5 月）

〈讀《子夜》〉，從社會學史的角度高度肯定《子夜》。[30]普實克〈茅盾和郁達夫〉代表了域外左翼文評家的觀點，[31]與自由派的文評家夏志清、王德威[32]的論述呈現立場不同的殊異。陳曉蘭的《文學中的巴黎與上海》將左拉筆下的巴黎與茅盾筆下的上海並列討論，分析左拉對茅盾的影響，開啟兩座城市的對話。[33]陳建華的《革命與形式──茅盾早期小說的現代性展開 1927-1930》，本書中，作者透過史料匯整、文本解讀、西方文化理論的運用，展現了茅盾早期小說形式中現代性展開的過程。[34]蘇敏逸《「社會整體性」觀念與中國現代長篇小說的發生和形成》，將茅盾與郁達夫、葉聖陶、老舍、巴金、端木蕻良、路翎的作品並置討論，觀察作品中「社會整體性」的概念，論文以伊恩・P・瓦特的《小說的興起》為思考起點，以馬克思主義文藝理論家盧卡奇「社會整體性」的文學概念為主要研究方法，觀察中國二〇年代中期以後到四〇年代期間表現知識分子「社會整體性」觀念的長篇小說。[35]除了前述個別論者對於特定作家的評述之外，相關的綜合性討論也頗為繁多，具有代表性的著作，例如夏志清的《中國現代小說史》，標誌著域外自由派文評家對這四位左翼作家的價值認同，[36]錢理

---

[30] 瞿秋白：〈讀《子夜》〉，《瞿秋白文集・第二卷》（北京：人民出版社，1986年），頁 88-94。

[31] 雅羅斯拉夫・普實克著，李燕喬等譯：《普實克中國現代文學論文集》（長沙：湖南文藝出版，1987 年 8 月），頁 132-155。關於普實克的譯著，後有新的版本普實克著，李歐梵編、郭建玲譯：《抒情與史詩：現代中國文學論集》（上海三聯書店，2010 年 12 月）此版本之譯文更為流暢易讀。

[32] 王德威：《茅盾、老舍、沈從文──寫實主義與現代中國小說》（臺北：麥田出版，2009 年 7 月），頁 48-158。

[33] 陳曉蘭：《文學中的巴黎與上海》（廣西：廣西師範大學出版社，2006 年 3 月）

[34] 陳建華：《革命與形式──茅盾早期小說的現代性展開 1927-1930》（上海：復旦大學出版社，2007 年 8 月）

[35] 蘇敏逸：《「社會整體性」觀念與中國現代長篇小說的發生和形成》（臺北：秀威出版社，2007 年 12 月）

[36] 夏志清原著，劉紹銘等譯：《中國現代小說史》（香港：友聯出版社，1979

群、溫儒敏、吳福輝的《中國現代文學三十年》，代表了中國現代文學史對於這四位左翼作家的今日評價，[37]尚禮、劉勇主編的《現代文學研究》則是以資料彙編的方式，綜論研究茅盾、蔣光慈、張天翼與丁玲的學術論文趨勢與動向。[38]楊義《二十世紀中國小說與文化》，以文化為視角，並將類型相近的作家並置討論，宏觀地說明文本的時代潮流、小說流派背後的文化動因，微觀地論述作家作品所體現的意義，結合文學與文化，審視中國現代小說的發展脈絡。[39]抽離了左翼文化風起雲湧的三〇年代，前述四位左翼作家在今日受到的矚目程度各不相同，蔣光慈與張天翼往往被歸於左翼與革命文學的研究範疇，茅盾與丁玲，即使被獨立於左翼文學的範疇之外，仍有不少專著從各種不同的面向與視角試圖挖掘其作品的深層底蘊。

（四）左翼都市小說

不同於李歐梵所描寫的繁華上海，或者葉文心中產小市民的故事，盧漢超的《霓虹燈外：二十世紀初日常生活中的上海》，在標題上便清楚設定，內容鎖定的是上海中下階層的市民生活，本書將歷史眼光聚焦於史料較少的普通人的生命現場，書中運用大量報紙期刊、回憶錄和檔案資料，將二十世紀初期上海下層市民的日常生活還原重建。[40]曠新年〈另一種「上海摩登」〉與盧漢超同樣關注上海的都市貧

年 7 月）

[37] 錢理群、溫儒敏、吳福輝：《中國現代文學三十年》（北京：北京大學出版社，2009 年 6 月）

[38] 尚禮、劉勇主編：《現代文學 究》（北京：北京出版社，2001 年）

[39] 楊義：《二十世紀中國小說與文化》（上海：上海三聯書店，2007 年 10 月）

[40] 盧漢超著，段煉、吳敏、子羽譯：《霓虹燈外：二十世紀初日常生活中的上海》（上海：上海古籍出版社，2004 年 12 月）

民，論文中反駁李歐梵《上海摩登》的觀點，文中提到：「《上海摩登》重繪了一幅夜晚的地圖、消費的地圖、尋歡作樂的地圖，同時卻遮蔽了白天的地圖、生產勞動的地圖、貧困破產的地圖，從根本上來說，也就是用一幅資產階級的地圖遮蔽了無產階級的地圖、用資產階級的消費娛樂遮蔽了無產階級的勞動創造。」文中也重新定義「摩登」，以三〇年代左翼電影《三個摩登女性》駁斥李歐梵，提出革命也可以是一種摩登。[41]

　　同樣以「左翼都市小說」為題的學位論文有三本：湖南師範大學舒欣的碩士論文《左翼都市小說創作論》[42]是最早將「左翼都市小說」此一論題脫離左翼文學的脈絡，給予其獨立位置進行研究的學位論文，然而可惜的是所討論的內容未能別出新意，與往昔左翼文學的研究方法與討論方式並無二致，無法突顯出「左翼都市小說」與左翼文學的殊異。重慶師範大學袁洪權的碩士論文《左翼、新感覺派都市小說創作及差異論》[43]將左翼都市小說與新感覺派小說並置對照，多數新感覺派小說的研究學者立足於都市文學與文化的視角，將左翼文學與文化視為參照的鏡相，此篇論文則是以相當的篇幅將兩者並列討論，著重於創作手法的差別，此篇論文的問題在於左翼都市小說取材的文本繁多，質量不均，且論文篇幅不足，導致對於左翼都市小說的探討流於浮光掠影，雖然觸角較廣，但缺乏深度。廈門大學蘭其壽的碩士論文《意識形態視域下的左翼都市小說特質──以蔣光慈、丁玲、茅盾為例》，論文主要分為五章，分別探討意識形態與左翼革命話語的

---

[41] 曠新年：〈另一種「上海摩登」〉，《中國現代文學研究叢刊》，第 1 期（2004年），頁 288-296。

[42] 舒欣：《左翼都市小說創作論》（長沙：湖南師範大學，2001 年 5 月）

[43] 袁洪權：《左翼、新感覺派都市小說創作及差異論》（重慶：重慶師範大學，2004 年 4 月）

形成、左翼政治文化的內涵與表現、左翼都市小說的人物與風格、左翼都市小說的敘事模式、左翼都市小說特質形成的深層原因，[44]與舒欣的碩士論文《左翼都市小說創作論》具有同樣的問題，雖然題目強調「左翼都市小說」，但仍舊只聚焦於「左翼政治文化」的探討，「都市」被明顯忽略，左翼都市作家如何看待都市？都市對於其創作手法的影響又是如何？這些問題被略而不談，使得論文內容呈現比重失衡的缺失。

　　其餘單篇期刊論文也有關於「左翼都市敘事」的討論，王宏圖〈茅盾與左翼都市敘事中的欲望表達〉，析論茅盾寫作上的矛盾，「當他遵循自己的個人體驗，圍繞人物個性化的欲望法則展開他的都市敘事時，他在小說藝術上獲得了成功，但在對歷史意義的闡發和歷史潮流的廓清上難以符合左翼文壇的期望；」反之亦然，「這不但是茅盾個人的窘境，也是整個左翼都市敘事面臨的共同問題。」[45]王宏圖的另一篇〈左翼都市敘事中的烏托邦詩學〉，則透過丁玲、茅盾、曹禺的都市敘事作品，說明其作品中的共同面向，便是否定現實，渴望建立一個人間的烏托邦，[46]這兩篇文章之後收錄於其探討三〇年代到九〇年代都市與欲望主題的專著《都市敘事與欲望書寫》中。[47]楊迎平〈左翼小說與新感覺派小說對上海的不同闡釋〉比較了左翼小說與新感覺派小說對於上海書寫的迥異，文中提到新感覺派表現中國都市社會的風俗，左翼作家則表現發生在中國的政治風雲變化，新感覺派關注「人

---

[44] 蘭其壽：《意識形態視域下的左翼都市小說特質——以蔣光慈、丁玲、茅盾為例》（廈門：廈門大學，2007 年 6 月）

[45] 王宏圖：〈茅盾與左翼都市敘事中的欲望表達〉，《江蘇行政學院學報》第 4 期（2003 年 4 月），頁 126-130。

[46] 王宏圖：〈左翼都市敘事中的烏托邦詩學〉，《杭州師範學院學報：社科版》第 4 期（2003 年 7 月），頁 44-48。

[47] 王宏圖：《都市敘事與欲望書寫》（桂林：廣西師範大學出版社，2005 年 12 月）

與都市」的關係，左翼作家則注重「人與人」的關係，新感覺派運用現代主義、主觀的心理分析描寫都市的變異，左翼作家則以客觀的寫實主義、社會分析勾勒社會的醜惡現實，共同打造中國現代文學的都市風景。[48]「左翼都市小說」的論題，已有相關學位與期刊論文的發表，顯見已有學者注意到此一論題的重要，但目前學界仍欠缺系統而全面的論述專著，深度與廣度尚有開發延展的空間。

（五）論述評析

　　中國的左翼文學被視為特殊時空之下的產物，政治性的功能與文學性的價值，隨著評論者的個人認同，而處於不穩定的狀態，目前當然是以中國大陸的學術界為研究主流。小說是左翼文學中最重要的文學形式，文評者也普遍給予較多的目光，關於左翼文學的研究論述，由意識形態、敘述模式、創作理論、審美性探討等文本研究近年來轉向文化學的闡釋，藉由左翼文學史料的重新發掘，結合文化學脈絡，重探左翼文學的歷史真貌，反思左翼文學對現今文學的意義。上海都市文學的研究基本上以新感覺派、現代派、海派文學為目標對象，大陸學者如嚴家炎、吳福輝、楊義、李今、李洪華等人，切入視角奠基於都市文化，結合藝術形式與創作技巧來分析文本，具有歐美留學或相關背景的學者，如李歐梵、史書美、孫紹誼、彭小妍等，則在都市文化的基礎上結合性別政治而進行研究，新感覺派小說是現代派文學與海派文學的主流，因此劉吶鷗、穆時英、施蟄存是其中被討論最多的代表作家。關於左翼作家的評析，蔣光慈的中長篇小說是論述要點，

---

[48] 楊迎平：〈左翼小說與新感覺派小說對上海的不同闡釋〉《長江師範學院學報》第 24 卷第 2 期（2008 年 3 月），頁 14-16。

並且往往是被納入革命文學「革命浪漫諦克」的風潮之中來討論，分析他對革命文學的貢獻，及其革命文學作品的得失。張天翼短篇小說的諷刺藝術與兒童文學的創作，是文評家的關注所在，張天翼的小說在文學史中的評價在於，他克服了革命文學初期的宣傳狂熱，進而挖掘中國國民性與民族文化心理的問題（此一創作路線與魯迅相近），並開創了諷刺幽默的獨特文學風格，此兩位作家今日多被置放於左翼文學史的發展體系中來論述。丁玲的作品可分為前期都市女性文學與後期農村文學兩個階段來討論，丁玲前期的作品往往被歸入女性文學來評述，後期描述農村土地改革的作品《太陽照在桑乾河》，由於獲得斯大林文學獎而受到關注。丁玲的作品評價兩極，毀譽參半，前後期的作品各有擁護者，看法也存在著嚴重分歧。茅盾的小說、散文、劇作、神話、報導文學，都受到大陸文藝評論者的注意，其中還是以小說著作的評價為最高，小說作品裡又以《蝕》、《虹》、《子夜》、《春蠶》研究論述最為繁多，西方自由派評論者夏志清認為《蝕》的藝術價值明顯高過於《子夜》，而大陸文評家樂黛雲則認為《蝕》與《子夜》標誌著茅盾創作的兩個高峰，立場的殊異影響了彼此對於作品的評價。由於茅盾小說中女性人物的形象十分突出，亦有評論者由性別議題切入，分析其作品中的女性意識，茅盾對外國文學的譯介，以及與中外文學的關聯性，也是文評家討論的範疇。文學史中提到茅盾的小說成就，特別針對他的長篇小說，在題材的選擇與主題的挖掘上氣勢恢弘，擴及社會各階層的群像百態，此外他注意到了民族資本家與時代新女性這兩種人物形象，他作品中所達到的思想深度也獲得肯定。

　　關於「左翼都市小說」的論題，回顧前輩學者的文獻資料，可以觀察出下列的論述現況：都市文學與文化的探討是目前學術界持續探索與發展的重點議題，鴉片戰爭後，上海成為中西文化交流激盪的關

鍵之地，國家意識與經濟利益的錯綜交織，使上海成為研究近代中國的解謎之鑰，中國大陸經濟的崛起，讓上海學的熱潮超越世界其他城市。歐美港臺對於上海的關懷，集中在都市空間，都市文學，以及都市的歷史文化，左翼文學與文化的研究相對而言乏人問津，這當然與政治認同有若干關聯，同時也牽涉到三○年代左翼文學的藝術價值一向受到非左翼文評家的質疑。對於大陸的左翼文學研究者而言，研究者關注的多半是創作者的藝術形式與技巧，或者是文學現象與文學思潮的生成、發展、變遷、歷史源流。大陸經濟政策開放之後，對岸的學術界，都市文學與文化的研究熱度逐漸擴散，研究都市文學與文化的學者，將左翼文學視為參酌對照的配角，新感覺派、現代派、海派文學才是主要的研究目標，正如在左翼文學的研究論述中，左翼都市小說仍被置放於左翼文學與文化的脈絡之中，「都市」的議題往往不受重視。這極有可能是因為「左翼」與「都市」這兩個名詞背後本質的衝突，中國「都市」的崛起牽涉到資本主義與殖民主義，中國「左翼」思想所肯定的是社會主義與民族主義，彼此的扞格對立無可避免，也因此部分左翼文學的研究者對於西方都市文學的研究不表認同，正如學者曠新年〈另一種「上海摩登」〉對於李歐梵《上海摩登》的批判。位置的高低遠近，影響了觀看的風景，以及所能理解的世界。同樣的作家，在夏志清的《中國現代小說史》，或者楊義書寫的《中國現代小說史》，可能評價殊異，因為立場不同，各自定義。臺灣處於特殊的地理位置，身處民主自由的政治體制，自求學階段起便接受儒家教育，生活在資訊發達、經濟開放的都市環境，受到中美文化雙重價值觀的深層影響，本文立基於此，重新回顧三○年代同樣受到中西文化激盪的上海，思索誕生於上海的中國左翼都市文學，為何與如何風靡雲蒸、洶湧澎湃地改變了中國。

二、本文研究的範圍與方法

　　針對「左翼都市小說」這一論題，本文須先釐清與定義的關鍵詞是「左翼」與「都市」。左在漢語中原是方位詞，依據漢語的意思，「左翼」原指鳥的左翅，不具有任何意識形態，而今日的「左派」是指支持改變傳統社會秩序，創造更為平等的財富和基本權利分配的人，例如社會主義、無政府主義和共產主義者等等。此一政治觀念上所指涉的「左翼」是根據西方的說法，「左派」，又稱「左翼」，這名詞是來自法國大革命時期，1789 年 5 月，國王召開三級會議，貴族與僧侶坐在右邊，第三等級坐在左邊，其後國民會議召開，在議會中坐在左側的人，民主自由的激進派，支持共和制的人坐在左邊，保皇黨與保守派坐在右邊，形成左右兩派。[49]在中國文學的討論裡早期出現「左翼」一詞，是 1925 年魯迅為任國楨所譯的《蘇俄的文藝論戰》「前記」中提到「左翼未來派」，此派自稱為「無產階級的革命藝術」，其藝術主張是「推倒舊來的傳統，毀棄那欺騙國民的耽美派和古典派已死的資產階級的藝術，而建設起現今的新的活的藝術。」[50]而「左翼」一詞

---

[49] 方維保：《紅色意義的生成——20 世紀中國左翼文學研究》（合肥：安徽教育出版社，2004 年 12 月），頁 1。今日對於左右翼的看法，一般來說，傾向社會主義目標的是左翼，對立面的則一般是右翼。屬於左翼的通常在政治目標或手段上屬於「激進主義」者，右翼則在目標或手段上採取「保守主義」態度。關於左右翼的定義，眾說紛紜，本文採納方維保的觀點，以政治目標為劃分標準，認同與強調公平分配的社會主義為左翼，政治目標相反者則為右翼。詳見方維保：《紅色意義的生成——20 世紀中國左翼文學研究》（合肥：安徽教育出版社，2004 年 12 月），頁 2-3。

[50] 魯迅：〈《蘇俄的文藝論戰》前記〉，《魯迅全集・第一卷》（臺北：唐山出版社，1989 年 9 月），頁 130。

廣受注意，源起於 1930 年「左翼作家聯盟」的成立，借助了左翼文學運動使此一名詞變得普及。在中國現代文學史上，「左翼」的本質是「革命」，「左翼」順理成章為「革命」的代名詞，「左翼文學」一開始稱為「革命文學」，到了左聯成立前後，才有「左翼文學」的稱謂，從本質上來說，左翼文學便是革命文學，也就是「無產階級文學」、「社會主義文學」、「普羅列塔利亞（Proletariat）文學（簡稱普羅文學）」，是與「布爾喬亞（Bourgeois）文學」、「資產階級或小資產階級文學」相對的。[51]部分研究者把「左翼文學」定義為中國「左翼作家聯盟」從 1930 年成立到 1936 年解散這一階段的文學創作與活動，這是比較狹義的定義方式，本文採用廣義的觀點，將「左翼文學」等同於「革命文學」，是為無產階級普羅大眾而寫的文學。

「左翼都市小說」的「都市」一詞，根據韋伯的《經濟與社會》一書，提出一個完整的都市社區具有五種主要特徵：1、一個要塞，有其城堡防衛的設備。2、一個市場，有其市場交易的經濟體系。3、有其自己的法庭和至少部分的獨立法律，可以處理治安與糾紛。4、一個相關的結合體制。5、有一市民選擇的行政權威，至少有某種程度的政治自主性。[52]中國與西方對於「都市」概念的理解不盡相同，雖然同樣是因政治、經濟而組成的聚落，但韋伯對於「都市」的理解是都市必須是自主的共同體。關於都市的發展，中國與西方也截然不同。蔡源煌於〈西方現代文學中的城市〉中提到：「從最早希臘城邦的構想開始，城市在西方想像中一直代表著人們對於理性、和諧以及秩序的憧憬。基督教神學據此加以引申，而認為『人間城市』反映了人對『天

---

[51] 此部分參考方維保：《紅色意義的生成——20 世紀中國左翼文學研究》（合肥：安徽教育出版社，2004 年 12 月），頁 13。

[52] 馬克斯·韋伯著，林榮遠譯：《經濟與社會（下）》（北京：商務印書館，1997 年），頁 567-585。

堂城市」的渴望和嚮往。……自中世紀以迄十八世紀初期，西方人理想中，人間城市的正義與秩序，是人對天堂的憧憬之投射。」[53]人複製天堂，創造城市，表現了人類的意志與能力，同時也象徵了人悖離自然，僭越神權。古代城市的重要性表現在政治與軍事層面，到了中世紀之後，經濟的重要性逐漸增強，生活必需品的交換與手工業的發達促進了商業的交流。十八世紀工業革命之後，工業都市幾乎等同於都市的代名詞。西方的文明與城市息息相關，西方人以天堂為典範建立城市，隨著生產方式的改變，工業革命後，「工業都市」幾乎等同於「都市」。中國的城市主要是「城郡」與「市鎮」兩個系統，「城郡」通常是擁有城牆保護的行政治所，具有政治或軍事上的功能，「市鎮」則是由於經濟的繁榮發達，經由政府設市或鎮，以商業功能為主。[54]至於「都市」雖然本有此一名詞，但真正產生大都市的概念，卻是伴隨著西方文化的入侵，也因此，中國近代的「都市」一詞與「帝國主義」、「殖民主義」有著難以消泯的勾連。「都市」與「城市」的概念頗為接近，「都市」一詞所蘊含的商業性更為豐富，並且接近「大都會」的概念，本文對於「都市」的定義採用韋伯的觀點，二十世紀初期，與此一概念最為相近也最具有指標意義的空間是上海。

　　因為小說是左翼文學中最重要的文學形式與載體，因此本文以此為研究主軸，所擇取的四位左翼作家蔣光慈、丁玲、茅盾、張天翼都書寫過以「上海」為主要背景的代表作，此外，這四位作家在左翼文壇都具有關鍵的地位，丁玲、茅盾、張天翼的小說，質量俱厚，蔣光慈則是革命文學中「革命浪漫諦克」風潮的引領者，且一度連茅盾的作品都被出版社借用「蔣光慈」的大名，藉以衝高銷售量，可見其暢

---

[53] 蔡源煌：〈西方現代文學中的城市〉，《從浪漫主義到後現代主義》（臺北：雅典出版社，1994 年 8 月），頁 65。
[54] 趙岡：《中國城市發展史論集》（臺北：聯經出版社，1995 年），頁 4-11。

銷的程度，因此也被列入本文研究的範疇。在時間斷限上，本文設定
為西元 1927 年至 1937 年這段時間，1927 年 4 月 12 日蔣介石「清黨」，
國共分裂，此一歷史事件給予左翼作家莫大的震撼，也改變或影響了
他們的文學創作，1936 年「左翼作家聯盟」解散，隔年 1937 年中國
全面對日宣戰，戰爭的爆發對於上海的繁華自然有一定程度的削弱，
因此本文研究的範圍以蔣光慈、丁玲、茅盾、張天翼寫於 1927-1937
年以上海為背景的小說為主，但這歷史分期並非粗暴的一分為二，前
述四位作家的部分相關作品亦會納入對照，以求研究的完整貫通。在
方法上，本文將針對前述左翼作家書寫上海的小說進行文本細讀，觀
察作者的敘事方式、情節鋪陳、人物塑造、時空感知、都市想像、家
國認同，並參酌配合小說家的個人身世背景，寫作轉折，以及中國左
翼文人所信仰的馬克思與恩格斯的著作，進而反思文本表象之下的深
層景觀。

第二章　左翼文學思潮中的都市小說

　　關於三〇年代左翼文學的探討，學者們多從社會政治局勢取徑，爬梳當時作家文學轉向的種種情況，而本文欲探究的則是當時左翼知識分子的內在理路如何形成？從五四前後到三〇年代，知識分子的思維狀態為何？左翼思潮何以能席捲中國？都市對於左翼知識分子的影響為何？對於左翼文學又產生何種動態變化？從而抽絲剝繭，觀察中國左翼文學的發軔與遞嬗，以及左翼都市小說在左翼文學中的位置與意義。

第一節　中國左翼文學的發軔與遞嬗

　　李歐梵曾提到「中國現代文學的興起，乃是國家與社會之間的鴻溝日益增大的結果：國家無法採取積極的態度改弦更張，知識分子因而感到愈來愈心灰意冷，他們對這個國家感到厭惡，轉而成為中國社會的激進的代言人。因此，現代文學便成為表達社會不滿的一種載體。中國現代文學大都植根於當代社會中，表現出作家所面臨的政治環境採取的一種批判精神，這種批判態度已經成為五四文化中最有生命力的遺產。」[1] 事實上中國的知識分子歷來具有批判精神，對於政治環境

的不滿與反抗，自先秦、唐宋，直至晚清，斑斑可考，現代文學固然是表達對社會不滿的一種載體，但這並非現代文學的專利；國家與社會之間的鴻溝日益增大，國家無法採取積極的態度改弦更張，知識分子因而感到愈來愈心灰意冷，這同樣是中國古代知識分子面臨的生命困境。現代文學與傳統文學的最大殊異，是現代文學中所呈現的知識分子對於國家觀念的轉變。梁啟超在〈國家思想變遷異同論〉中論述了國家的主權在於人民；[2]陳獨秀在〈愛國心與自覺心〉一文提出：「國家者，保障人民之權利、謀益人民之幸福者也。不此之務，其國也存之無所榮，亡之無所惜。」[3]前述對於傳統國家觀念的顛覆是現代文學中傳遞的新思維模式，現代文學揚棄了古代文人所開創與延續的香草美人的文學傳統，屈原以男女喻君臣，以棄婦擬逐臣的《楚辭》怨而不怒委婉地泣訴忠臣報國無門的境遇，相較於屈原的坐以待斃，投河自盡，現代知識分子則樂觀積極、雄姿英發地相信文學可以革新中國，從梁啟超〈論小說與群治之關係〉、《新中國未來記》開始，宣告著以小說進行國家社會改革的時代正排山倒海、迎面而來。[4]

隨著五四運動的興起，知識分子對舊式倫理綱常的抨擊，對西方科學、理性、民主制度的追求，棄舊圖新的五四激情沸沸湯湯地喧鬧著。這時代的中國知識分子在危亂動盪中憂心忡忡著「中國何去何從？」與此同時，知識分子也摩拳擦掌、生機蓬勃地相信以自身的力

---

[2] 梁啟超：〈國家思想變遷異同論〉，《飲冰室文集點校‧第二集》（昆明：雲南教育出版社，2001年），頁761-768。

[3] 陳獨秀：〈愛國心與自覺心〉，《陳獨秀著作選‧第一卷》（上海：上海人民出版社，2009年1月），頁150。

[4] 梁啟超〈論小說與群治之關係〉是晚清極具影響力的權威論點，文中提到革新小說對於革新一個民族有至關重要的意義。詳見梁啟超：〈論小說與群治之關係〉，陳平原、夏曉虹編：《二十世紀中國小說理論資料（第一卷）1897-1976》（北京：北京大學出版社，1997年2月），頁50-54。

量可以決定中國未來的方向。中國現代知識分子與傳統知識分子大相
逕庭的心境與態度，與西方的啟蒙思想勾連甚深。十八世紀歐洲的啟
蒙運動突顯人的主體性，人文精神被高度推崇，理性思維的彰揚使神
權時代神的優位性與主宰性被迫消解，進而引發宗教改革，影響美國
獨立運動、法國大革命、中國與俄國革命的發生。而後諸神退位，貴
族流亡，庶民力量崛起。革命的成功提昇了庶民大眾對自我價值的肯
定，個人的未來由自己掌控，不再被神、宿命、君王所左右。李今於
《個人主義與五四新文學》道：「五四時期的自我意識是直接受到西
方個人主義的啟蒙而覺醒的，……」書中又提出對個人主義的定義：
「個人主義高度評價個人意志，特別強調自我支配、自我控制，主張
根據自己的思想、利益或激情進行自我選擇和決定。」[5]李大釗曾指出，
人們只有明確體認自我的存在，才能夠認識到自己和國家的利益，自
覺選擇民主政體。反之，如果「失卻獨立自主之人格」，人們必將「墮
於奴隸服從地位」，使國家「即無外侵亦將自腐」。[6]五四新文化運動先
驅，同時也是三〇年代的重要作家茅盾便曾說過：「自從離開家庭進
入社會以來，我逐漸養成了這樣一種習慣，遇事好追根究底，好獨立
思考，不願意隨聲附和。這種習慣，其實在我那一輩人中間也是很平
常的，……革命究竟該往何處去？……中國革命的道路該怎樣走？」[7]
由此而知，五四與其後的知識分子對於自我的信仰使他們深信可以憑
藉自己的思想力量改變國家的面貌，這是當時知識分子的思維模式，
到底用什麼方式改變中國？將中國改變成何種面貌？甚至中國值不值

---

[5] 李今：《個人主義與五四新文學》（哈爾濱：北方文藝出版社，1992年6月），
　頁2-6。
[6] 李大釗：〈民彝與政治〉，《李大釗全集・第一卷》（北京：人民出版社，2006
　年3月），頁157。
[7] 茅盾：〈創作生涯的開始〉，《我走過的道路》（中）（香港：三聯書店，1984
　年），頁1。

得被改變？都是當時中上層知識分子思考的範疇，也是左翼思潮引進
中國時有志之士的內在共相。

一、馬克思主義的傳入

今日的世界，面臨資本主義所衍生的種種問題，全球暖化、貧富
不均、失業暴動、罷工問題、勞工厭世、心理疾病、過勞死……情況
較之一九三○年代，有過之而無不及，然而於此同時，馬克思主義已
被毫無眷戀地丟棄，並且遙遠地遺忘，無人提及。重新回顧在三○年
代風起雲湧、獨領風騷的馬克思學說，格外引人深思。本文想深入探
察的是，舉凡一種思想或理論的旅行與越界，自然使得此一理論或思
想產生變化，可能因為語言差異而無意間造成意義的誤讀，或者是因
地制宜的需要，而變成有意識的曲解。馬克思主義輸入中國之後，何
以如此風行於中國？它的特色為何？哪些重點被保留？哪些隨風而
逝？原因為何？這都是本文欲進一步釐清的問題。

卡爾・海因里希・馬克思（Karl Heinrich Marx, 1818-1883），馬克
思主義創始人。他是猶太裔德國人，同時是政治家、哲學家、經濟學
家、革命理論家，主要著作有《資本論》、《共產黨宣言》等。他是近
代共產主義運動、無產階級的精神領袖，追隨他理論的人被視為馬克
思主義者。馬克思的論述包括歷史唯物論、階級鬥爭、異化勞動、私有
財產制等，其中最著名且影響深遠的哲學理論是他對於人類歷史進程
中階級鬥爭的分析，他認為人類發展史上最大矛盾與問題在於不同階
級的利益掠奪與鬥爭。依據歷史唯物論，馬克思大膽的預言，革命將
推翻資本主義，人民將建立新的社會制度，共產主義將取代資本主義。

　　《劍橋中華民國史》中曾論析馬克思主義傳入中國後的情況，並對早期皈依馬克思主義的信徒們進行研究。書中提出的問題是：「什麼樣的人成了中國的馬克思主義的皈依者呢？他們對於中國現實的理解是怎樣的？他們在社會政治活動中都有些什麼樣的個人體驗？為什麼他們要信仰馬克思主義這一政治學說？」書中指出在五四運動後皈依馬克思主義的人當中，僅有十二人出身於無產階級，其餘所有人都受過教育，有些還來自殷實的小資產階級。最初皈依馬克思主義與列寧主義的人中，僅有少數人參與過辛亥革命，雖然大部分受過高中教育，但幾乎沒有可以被稱為學問家的，這些人或者出於自己選擇，但多半缺乏一個優越或主流的政治社會位置。他們正在尋找一種徹底的方式將傳統連根拔起，這些人都關注國家的落後狀況，都在尋找一種方法使他們的國家變成一個值得為之獻身的國家。一個人愛中國，是因為中國值得愛，而不僅僅因為他生下來就是中國人。陳獨秀與李大釗認為中國之所以普遍落後的原因是，人心惡劣，民德不彰，以及在腐敗的官僚，與見風轉舵的政客助長之下愈加無法無天的軍閥。中國這些權勢者的背後往往有帝國主義者為之撐腰，加上當時十月革命與巴黎和會山東問題的決議，加速刺激了他們對於帝國主義與資本主義者的反彈與厭惡。陳獨秀曾提到五四之前他曾希望由知識分子改造中國，但五四之後他將目光轉向工農大眾，李大釗在 1919 年之後，也公開聲明反對資本主義，並認為美國已經失卻民主。李大釗與陳獨秀堅持民主，但所堅持的是另外一種更多民眾參與的民主。早期皈依馬克思主義的人們，利用出版品掌握馬克思與列寧主義的主要分析工具：辯證唯物主義、階級鬥爭、剩餘價值等概念，將中國陰暗醜惡的東西，與勞動大眾的苦難都看作是源於帝國主義與資本家地主的剝削與他們對國家權力的壟斷，中國與往昔不同的是，中國已變成一個由剝削者與

被剝削者組成的社會，因此中國需要一場革命，改變其現況。陳獨秀
也提到 1920 年代的中國雖然未發展成資本主義社會，但他舉俄國為
例，認為中國可以直接跳過資本主義階段，進入社會主義的社會，也
就是沒有階級對立的世界。[8]

　　如前所述，俄國十月革命成功之後，推動了馬克思主義在中國的
傳播，其中李大釗並不是中國第一位介紹馬克思學說的人，[9]但他的論
著卻具有指標性的關鍵價值。1918 年到 1919 初，李大釗陸續發表了
〈法俄革命之比較觀〉、〈庶民的勝利〉、〈Bolsnevism 的勝利〉等文，
1919 年 5 月，李大釗發表〈我的馬克思主義觀〉，不同於以往關於馬
克思學說的片斷短文，這篇完整的長篇論述標誌著當時中國知識分子
對於馬克思主義的體會與理解。李大釗的〈我的馬克思主義觀〉（上）
主要討論唯物史觀與階級鬥爭說，〈我的馬克思主義觀〉（下）則論述
經濟觀，講述生產所得不為己有，剩餘價值被資本家剝削的社會情勢。
李大釗於文中提及：

> 馬氏社會主義的理論，可大別為三部：一為關於過去的理論，
> 就是他的歷史論，也稱社會組織進化論；二為關於現在的理
> 論，就是他的經濟論，也稱資本主義的經濟論；三為關於將來
> 的理論，也就是他的政策論，也稱社會主義運動論，就是社會
> 民主主義。離了他的特有的史觀，去考他的社會主義，簡直的
> 是不可能。因為他根據他的史觀，確定社會組織是由如何的根

---

[8] 費正清主編，章建剛等譯：《劍橋中華民國史》（上海：人民出版社，1991
　　年 11 月），頁 546-556。

[9] 在李大釗之前，中國的留學生如朱執信便譯介過馬克思的學說，但並未引
　　起任何波瀾。詳見李澤厚：《中國近代思想史論》（臺北：三民書局，2002
　　年 9 月），頁 317-320。

本原因變化而來的；然後根據這個確定的原理，以觀察現在的經濟狀態，就把資本主義的經濟組織，為分析的、解剖的研究，預言現在資本主義的組織不久必移入社會主義的組織，是必然的運命；然後更根據這個預見，斷定實現社會主義的手段、方法仍在最後的階級競爭。他這三部理論，都有不可分的關係，而階級競爭說恰如一條金線，把這三大原理從根本上聯絡起來。所以他的唯物史觀說：「既往的歷史都是階級競爭的歷史。」他的「資本論」也是首尾一貫的根據那「在今日社會組織下的資本階級與工人階級，被放在不得不仇視、不得不衝突的關係上」的思想立論。關於實際運動的手段，他也是主張除了訴於最後的階級競爭，沒有第二個再好的方法。[10]

李大釗特別強調馬克思的唯物史觀與階級鬥爭，唯物史觀取代進化論的原因是，唯物史觀更具體的解釋了人類歷史，不再是以簡單的生存競爭法則一言蔽之，而是以經濟發展作基礎來解釋，具有較大的理性基礎，這與中國經世濟用的概念吻合，因此接受度較高。[11]李大釗並在另一篇文章〈階級競爭與互助〉提到馬克思《共產宣言》中的觀點，「所有從來的歷史，都是階級鬥爭的歷史。」[12]李大釗為何要特別強調前述部分？又何以能使他成為中國馬克思主義早期的理論代表？最主要的原因是他強調馬克思主義中的道德性，唯物史觀與階級鬥爭試圖改變當時的社會組織現況，目標是建立沒有上下壓迫，沒有階級對立的社會，事實上李大釗所突顯的重點相當接近儒家所追求的理想大

---

[10] 李大釗：〈我的馬克思主義觀〉，《李大釗全集・第三卷》（北京：人民出版社，2006 年 3 月），頁 165-166。

[11] 李澤厚：《中國現代思想史論》（臺北：三民書局，2002 年 9 月），頁 157-161。

[12] 李大釗：〈階級競爭與互助〉，《李大釗全集・第三卷》（北京：人民出版社，2006 年 3 月），頁 187。

同世界，這對於長久以來受到儒家思想浸潤並深受內化的中國知識分子而言，是較容易接受的。李大釗在〈階級競爭與互助〉一文中提出「人類應該相愛互助，可能依互助而生存，而進化；不可依戰爭而生存，不能依戰爭而進化。」[13]文中並提及階級鬥爭是手段，最後的目標是改造社會，消泯階級。他所強調的人道主義與道德互助，以互助而求生存與進步的想法，除了呼應儒家的仁愛之心，也同時呼應中國人喜好和平的群體性，中國人的性格與西方人迥異，西方人認同競爭觀念，推崇個人主義與英雄主義，中國人的天性卻不好競爭與戰爭，李大釗對馬克思的解讀與詮解顯然符合了中國人的民族性以及當時中國的時代需求。

　　李澤厚將李大釗的接受與傳播稱為具有「中國化」的特色，並認為他這種特色不同於當時其他馬克思主義者，反倒與後來以毛澤東為代表的馬克思主義者一脈相通。他並提出其中有兩點值得注意，第一，是民粹主義的色彩，李大釗大概是最早號召知識青年學習俄國民粹派「到農村去」的中國馬克思主義者。西化思潮與民粹主義的殊異主要表現在對待資本主義基本採取讚揚、肯定或保留、否定。西化思潮注意資本主義的物質文明，工業生產帶來的社會幸福，國家富強；民粹思潮則在意如何保持「純淨」的農村環境、傳統美德、精神文明等，已超越資本主義。李大釗宣講的馬克思主義的第二個特點是道德主義，如前所述，李大釗用互助補充階級鬥爭，李大釗反對「個人主義經濟學」（即以亞當史密斯為代表的古典自由主義經濟學），主張「人道主義經濟學」與「社會主義經濟學」相結合，階級鬥爭與在勞動基礎之上的互助合作相結合，這就是李大釗所理解所宣傳的馬克思主

---

[13] 李大釗：〈階級競爭與互助〉，《李大釗全集・第三卷》（北京：人民出版社，2006 年 3 月），頁 186-187。

義，李澤厚認為這與先秦墨家以來的中國下層的傳統倫理相近，並與
植根在同一生產傳統土壤上的儒家的仁愛倫理相通。民粹主義因素、
道德主義因素、實用主義因素的滲入，似乎是馬克思主義早期在中國
的傳播發展中最值得重視的幾個特徵。[14]李澤厚的看法基本上點出李
大釗對於馬克思理解中的關鍵，同時也標誌出李大釗的詮釋為何成為
中國馬克思主義早期的理論代表，顯然是肇因於他詮釋觀點裡中國化
的傾向，根據李澤厚的觀點，其中弔詭的是自晚清、五四以來，知識
分子力圖揚棄的中國傳統與儒家思想，卻是早期馬克思主義得以滲透
並深入的溫床，這中間所存在的矛盾之處，並非李大釗或接受他看法
的知識分子有意識的陽奉陰違、言行相詭，較有可能的是在這些早期
知識分子的成長環境與文化氛圍中，儒家思想與中國傳統的影響無處
不在，他們於無形之間深受內化，雖然表面上極力抨擊，深層意識卻
無法斷然割裂，也因此李大釗所宣講的馬克思主義在當時能獲得相當
程度的迴響與肯定。

　　李澤厚曾論及馬克思主義在中國發展的階段，大體而言，第一階
段是從 1918 到 1927 年的大革命（國民黨的說法是清黨），是以李大
釗、陳獨秀為代表的早期。1927 年大革命失敗到 1949 年，是以毛澤
東、劉少奇等人為代表的「毛澤東思想」的成熟期。第三個階段是 1949
年勝利到 1976 年毛澤東過世，是毛的思想占據絕對統治地位與片面
發展的時期，1976 年以後至今則是新時期。從第一期到第二期的仲介
人物，應是瞿秋白。[15]由於本文的重點是著重左翼文學思潮的發展，

---

[14] 詳見李澤厚：《中國現代思想史論》（臺北：三民書局，2002 年 9 月），頁
165-170。李澤厚的思想宣揚儒家主情論，曾表示民族主義是最容易煽動民
眾感情的一種主義。1989 年「六四事件」期間因同情學生訴求，而被中國
政府與文人批判，1992 年初獲准移居美國，曾任教於美國科羅拉多學院，
1999 年退休後居住於美國。
[15] 李澤厚：《中國現代思想史論》（臺北：三民書局，2002 年 9 月），頁 170-171。

因此聚焦於馬克思主義對於左翼文學的影響，至於 1927 年大革命失敗後的毛澤東思想部分，由於涉及政治軍事層面的部分較深，在此不再多加贅述。瞿秋白在革命戰略上承繼李大釗提出「到民間去」的思想，在文藝方面則提出「辯證唯物論的創作方法」，此一創作方法的提出是仿效蘇聯的拉普派，雖然拉普派後來遭遇蘇聯的清算，但在當時的中國仍深受重視。[16]瞿秋白強調文藝工作者必須學習馬克思主義，推動作家轉變世界觀，反對浪漫主義，描寫生活本質等，種種把文藝作品視為宣傳馬克思主義政治工具的做法，影響了左翼作家的創作。

歸納前文所言，馬克思主義傳入中國後，吸引了民粹思想的中國知識分子，他們基本上對西化思潮、資本主義的物質文明、工業生產帶來的國家富強感到質疑或保留，並憧憬與推崇「純淨」的農村環境，中國的傳統美德與精神文明，他們相信階級鬥爭是手段，最後的目標是改造社會，消泯階級，以互助求取進步，追求一種理想而美好的大同世界。然而在追求大同世界的和諧表相之下，令人不免困惑的是中共主導的農村血腥暴動，以及左翼文壇黨同伐異的激烈行為，與前述的口號與目標確實有著大相逕庭的殊異之處，這中間的扞格值得深入思索。陳永發於《中國共產革命七十年》一書中對此一現象提出他的

---

[16] 十月革命後，俄羅斯現代主義文學運動的波瀾仍持續擴散，新經濟政策時期的社會政治氛圍，提供了思想文化較為自由的空間。於是私人出版社與報刊逐漸成立，在文學界，則出現了眾多文學團體，「拉普派」便是其中之一。「拉普」（RAPP）是「俄羅斯無產階級作家聯合會」的縮寫，它是二十至三十年代俄羅斯最大的文學團體，會員達萬餘人，辦有多種雜誌。二十年代後期，「拉普」主要的陣地是《在崗位上》雜誌以及後來的《在文學崗位上》這兩份理論刊物，「拉普」將文學等同於政治，將文學創作等同於必須按時完成進度的生產任務；他們大搞派系鬥爭，無情打擊文藝戰線上一切階級敵人。內容參考葉水夫主編：《蘇聯文學史·第一卷》（北京：中國社會科學出版社，1994 年），頁 66。

觀察：「中共誕生過程中有兩個現象特別值得注意。第一個是思想選擇的一元化，第二個是烏托邦信仰的權力政治化。」陳永發提到五四新文化運動在「向西方學習」的口號之下，盛行「拿來主義」，凡是有助於中國迎頭趕上西方的思想都被介紹進來，多元並存，然而當青年知識分子接受馬列主義之後[17]，尤其是中共成立之後，思想選擇明顯一元化，馬列主義表現了明顯的排他性，無法容忍異己，這就是思想選擇的一元化。至於烏托邦信仰的權力政治化則表現在五四知識分子認為社會主義是不可抵抗的社會潮流，在實現社會主義理想的過程中，即使遭遇任何失敗與挫折，都認為問題是出在現有的社會和經濟體制，為了達到政治奪權的目的，必須接受暴力流血的階級鬥爭。目的成為手段的辯護的理由，違反社會主義道德標準的手段也可以不受良心的譴責。[18]事實上，共產主義只是社會主義中包括無政府主義在內諸多派別中的一支，但其手法激進，影響也最大。接受馬列主義的知識分子無論在政治或者文學方面，都呈現出一元價值觀的絕對排他性，在接受馬列主義之後，對所有的傳統觀念及其他學說激烈的排斥，進而呈現出比五四時期更激烈的反傳統傾向，甚至也駁斥五四以來信仰推崇的包括「個性解放」、「個人主義」的價值。從積極面向論之，左翼思想對於理想的奉獻與堅持，固然使人景仰推崇，但從現實的面

---

[17] 馬列主義指馬克思列寧主義，簡稱馬列主義，是指由列寧發展起來的馬克思主義流派，其理論特色精華，與馬克思主義、列寧主義一樣，例如通過共產主義革命，採取暴力形式推翻資本主義，社會主義是走向共產主義的第一階段等等。中共領袖在解讀共產主義的經典和指示時，有其個人和中國經驗的限制，尤其是建黨初期，受日本馬克思主義影響很大，日本馬克思主義強調「唯物史觀」與「經濟決定論」，俄國人比較強調階級鬥爭的必然性與現實性，但中共基本上還是遵循俄國的經驗與指示。詳見陳永發：《中國共產革命七十年》（臺北：聯經出版社，1998 年 12 月），頁 66-67。
[18] 陳永發：《中國共產革命七十年》（臺北：聯經出版社，1998 年 12 月），頁 67-68。

向觀察，對於其信仰的熱情與激烈，一體兩面地也使他們容易陷入盲目的陷阱之中。析論了馬克思主義傳入中國的脈絡，有助於深入理解下文所討論的中國左翼文學的發展與遞嬗，以及左翼文壇黨同伐異的激進鬥爭。

二、三〇年代中國左翼文學的發展

五四文學革命是於 1917 年初由陳獨秀主辦的《新青年》雜誌首先發難，從 1917 年初至 1919 年五四運動後一段時期裏發生的反對舊文學，提倡新文學的文學變革。五四文學倡導個性解放、個人主義，追求自主獨立，所開啟的是一種思想自由的氛圍，然而這種多元並存的自由氛圍到了三〇年代便逐漸消失，取而代之的是與政治緊密結合的文學思潮，這種文學極端政治化的傾向如前所述，明顯受到馬克思主義傳入中國的影響，使無產階級革命文學的思潮主導了文壇，並且以論爭或筆戰攻訐異己，使得三〇年代的文壇在左翼主導的文學潮流中，瀰漫著濃濃的煙硝味。

探討左翼文學的發軔，無法忽略報刊對於推動左翼文學接受與傳播的樞紐意義，這也是國民黨在失去大陸政權之後，痛定思痛，於戒嚴時期對臺灣報刊嚴加管制、緊密監控的主要原因。晚清時期，革命思想便透過報刊的傳播而得以推動，報紙與雜誌在政府體制之外，形成新的公共言論空間，三〇年代的左翼作家同樣試圖透過報刊來喚醒民眾的革命熱情。左翼革命文學的緣起曾在 1928 年引起論爭，郭沫若在 1926 年 4 月於《創造月刊》發表〈革命與文學〉一文，創造社人士李初梨將同為創造社成員郭沫若的這篇文章，視為中國文壇首開革命

文學的第一聲，此一說法引來太陽社成員錢杏邨（阿英）的反駁，錢杏邨認為他在太陽社的好友蔣光慈的文章才是首開革命文學之先河。蔣光慈是當時剛從俄國回來的年輕共產黨作家，分別在1924年與1925年發表了兩篇論文，〈無產階級革命與文化〉、〈現代中國社會與革命文學〉，[19]這場論爭被視為創造社與太陽社兩個文學性社團對於革命文學發明權的爭辯。

　　回溯左翼政治革命的理想與文學創作的勾連，必須提及 1925 年的工人運動「五卅慘案」。五卅慘案，又稱為青滬慘案、五卅大屠殺，1925 年青島、上海等地工人遊行抗議日本棉紗廠非法開除及毆打工人所引發的「五卅慘案」，使中國現代作家驚醒，注意到「帝國主義」的存在，同時也開始關注與上海風華並生的罪惡，以及身處社會邊緣的工人的苦難，絕大多數中國作家的同情心轉向左翼。當 1929 年西方陷入金融危機與經濟大蕭條時，十月革命成功的蘇聯卻制定著光輝的五年計畫，使許多對資本主義失望的知識分子深受影響，重燃希望，也使得左翼思想進一步擴散。郭沫若在接受了馬克思主義之後，於 1926 年〈革命與文學〉中提出了「無產階級」的名詞，並認為凡是新的總是好的，凡是革命的總是合乎人類要求的，好的文學應當是革命的，真正的文學只能由革命文學來構成，文學的內容是跟著革命的意義轉變的。郭沫若的觀點出於一種對革命的熱情，因此顯得不加思索，浪漫與盲目，但這篇文章日後被視為革命文學運動的宣言，文中對於五四文學已提出批判與超越，雖然迴響不大，卻已為文學與革命勾連的新文學思維的來臨揭開序曲。成仿吾在其著名文章〈從文學革命到革命文學〉中提到，五四知識分子對於時代沒有充分的認知，對於思想

---

[19] 此部分參考張勇：《摩登主義：1927──1937 上海文化與文學研究》（臺北：人間出版社，2010 年 1 月），頁 108-109。

和知識缺乏充分的瞭解,所以新文化運動只限於一種淺薄的啟蒙,他認為五四文學革命以一個將被「奧伏赫變」(aufheben)[20]的階級為主體,革命的「印貼利更追亞」(Intelligentsia)[21]必須把自己再否定一遍,否定的否定,接近農工大眾的用語,以農工大眾為對象,完成從文學革命到革命文學的歷史轉變。[22]這些激烈拋棄五四新文學的態度與將文學化約為一些口號的作法,引起以魯迅為首包括茅盾等作家的不滿,於是發生了 1928 年到 1930 年間,魯迅與創造社、太陽社中年輕革命作家的論戰。創造社成員錢杏邨認為《阿 Q 正傳》以及魯迅的創作已經喪失了時代意義,並以「死去了的阿 Q 時代」宣告新文學啟蒙運動時代的結束,後期創造社與太陽社的攻擊,使得起而抵禦的魯迅與茅盾進而對馬克思主義理論進行深入的解讀與思考。魯迅在論爭開始時認為中國當時並沒有革命文學,因為文學是「餘裕的產物」,要等革命成功之後才可能產生文學。然而當革命文學成為一股潮流,並受到國民黨政府的壓抑與反對後,他又改變了想法,肯定了革命文學作為一種反抗性思潮存在的價值。這場論爭最後在中國共產黨的指示之下結束,共產黨要求創造社與太陽社停止攻訐,並與魯迅,及其他左翼的革命同路人聯合起來,抵抗當時蔣介石領導的南京政府所主導的「三民主義文藝政策」,在政治力正式介入之後,這場論辯才終告落幕,[23]由此可以理解中共黨中央對左翼文壇的動向有絕對的影響力。朱曉進曾在《政治文化與中國二十世紀三十年代文學》書中提到:「三

---

[20] 德語音譯,現通譯為「揚棄」。

[21] 英語音譯,現通譯為「知識分子」。

[22] 費正清主編,章建剛等譯:《劍橋中華民國史》(上海:人民出版社,1991 年 11 月),頁 459。

[23] 錢理群、溫儒敏、吳福輝:《中國現代文學三十年》(北京:北京大學出版社,2009 年 6 月),頁 150。

十年代在某種意義上可以說是二十世紀文學政治化的源頭，……」[24]這句話恐怕過於武斷，忽略了包括《新中國未來記》、清末四大譴責小說等晚清到民初為數眾多的政治小說，中國文學與政治的勾連向來密不可分，但將文學徹底工具化，視為一種革命的武器，文學的社會價值與藝術價值嚴重失衡的情況，卻是三十年代左翼文學中所呈現的具體傾向，這當然是受到馬克思主義的文藝理論中，將文學視為階級鬥爭的工具此一觀點的影響。當革命的光環熠熠生輝，文藝的微光自然黯淡寂寞，此時期文學的意義被重新思考。

　　1930 年 3 月 2 日，大約有四五十位作家聚集在上海，創立了左翼作家聯盟，簡稱左聯，左聯先後出版的刊物包括《拓荒者》、《萌芽月刊》、《北斗》、《文學導報》、《文學》半月刊等，同時接辦或重整《大眾文藝》、《現代小說》、《文藝新聞》等期刊，這些刊物的發行推動了左翼文學與左傾思想的傳播與影響力，左翼此一組織幾乎主導了三〇年代的文壇主流。左聯創立後的首要工作是成立馬克思主義文藝理論研究會，加強對馬克思主義文藝理論的翻譯、介紹和研究工作。此外，左聯還積極推動文藝大眾化運動，為了此一目標，曾於 1934 年發生大眾語的討論。大眾語的問題是由三〇年代左翼理論家瞿秋白於 1932年所提出，瞿秋白批評五四文學革命是失敗的，五四時期的語言充斥著外國語彙、歐化句式、文言殘餘，與一般民眾頗有距離，在瞿秋白的看法中，五四語言已經成為一種都市知識分子所使用小眾語言，瞿秋白認為無產階級文學是大眾文學，應該讓庶民群體廣為理解。[25]而迥異於瞿秋白的觀點，茅盾捍衛五四白話，認為只需要改良與去除歐

---

[24] 朱曉進：《政治文化與中國二十世紀三十年代文學》（北京：人民出版社，2006 年 11 月），頁 2。

[25] 瞿秋白：〈普羅大眾文藝的現實問題〉，《瞿秋白文集・第一卷》 （北京：人民文學出版，1986 年），頁 462-463。

化特質，依然可以繼續使用。[26]魯迅大致上認同瞿秋白的看法，他同意使用方言，以及漢字拉丁化，漢字與大眾的誓不兩立，但他提出的意見是制定羅馬字拼音。做更淺顯的白話文，採用較普通的方言，思想必須是進步的，仍要支持歐化文法。[27]瞿秋白設想的普通話是更簡單的新拼音體系，企圖取代千百年來中國的寫意文字，這場關於語言的空想討論最終沒有成功的實行，直到毛澤東 1942 年延安講話的文藝政策中，文藝大眾化的理想才有了更進一步具體的落實。左聯的成立與其說是文學社團，更像是一個黨派，茅盾便曾說過：「『左聯』說它是文學團體，不如說更像個政黨。」[28]三○年代左聯不僅從事文藝宣傳創作，更會上街發傳單，遊行示威，寫標語，到工廠中作鼓動工作，辦夜校，政黨色彩過濃，也因此茅盾從未參與過這類的活動,「我不參加的原因是我不贊成這種種作法，而這種作法又是黨組織規定下來的，不便反對，……」[29]雖然茅盾僅以消極的態度面對左聯的政治策略，但畢竟他經歷自我反芻的思辯過程，並非所有左聯作家都有深度省思與獨立批判的能力，大部分的左聯作家是溫馴地接受黨的指導與安排。

　　革命文學倡導的初期，曾在五四文壇上竭力推崇浪漫主義的創造社，改弦易轍地獨尊寫實主義，告別浪漫主義而將創作方法與政治理念緊密勾連。1929 年太陽社從日本引進左翼文學理論家藏原惟人提出

---

[26] 茅盾：〈對於所謂「文言復興運動」的估價〉，韋韜、陳小曼編：《茅盾雜文集》（北京：生活、讀書、新知出版社，1996 年 5 月），頁 332。

[27] 魯迅：〈答曹聚仁先生信〉，《魯迅全集・第八卷・且介亭雜文》（臺北：唐山出版社，1989 年 9 月），頁 72-75。

[28] 茅盾：〈"左聯" 前期〉，《我走過的道路》（中）（香港：三聯書店，1984 年），頁 49。

[29] 茅盾：〈"左聯" 前期〉，《我走過的道路》（中）（香港：三聯書店，1984 年），頁 47。

的新寫實主義，看重客觀的真實性，強調無產階級的意識，主張客觀
具體的美學趣味，同時表現出革命的理想性。瞿秋白受到蘇聯的拉普
派，提出「唯物辯證法的創作方法」，唯物辯證法創作方法，認為作家
必須從無產階級觀點，從無產階級的世界觀來思考與描寫，開創了創
作方法哲學化、政治化、公式化的發展方向。此一方法混淆了藝術思
維同抽象思維的本質區別，忽視了藝術創作的獨特性，因而引起了當
時蘇聯藝術界的批判。唯物辯證法的創作方法在中國推行時，也受到
部分作家的抵制，胡秋原與蘇汶（杜衡）都提出了質疑與反對，胡秋
原原是一位持自由立場的馬克思主義者，他認為文學有其自身的價
值，並不應該低於政治，他主張做一位不受政治黨派支配的「自由人」
作家，並認為這並不代表反馬克思主義或反政治。對於胡秋原的看法，
蘇汶起而呼應，他反對文學上的干涉主義，認為作家應該擁有充分的
創作自由。他提出所謂的「第三種人」，指的是處於「自由人」作家與
受黨派支配的不自由的左聯作家之間的作家，[30]胡秋原與蘇汶的抵制
引起左聯作家的群起圍攻，由文學的論辯上綱為政治意識形態的對
立，此時期政治嚴重干預文學，顯然是沒有中間派的溫和路線可走。
在左聯後期，1933 年周揚發表的論文《關於「社會主義的現實主義」
與「革命浪漫主義」──「唯物辯證法的創作方法」之否定》中，[31]又
以從蘇聯引進的社會主義現實主義為新的創作方法，並且清算了「拉
普」機械論的文學思想與「唯物辯證法的創作方法」，周揚所介紹的創
作方法仍然強調文學的政治性、教育性，強調作家的政治立場與世界

---

[30] 費正清主編，章建剛等譯：《劍橋中華民國史》（上海：人民出版社，1991
　　年 11 月），頁 471-475。
[31] 周揚：《關於「社會主義的現實主義」與「革命浪漫主義」──「唯物辯證
　　法的創作方法」之否定》，《周揚文集・第十卷》（北京：人民文學出版社，
　　1984 年），第 113 頁。

觀，不太重視現實主義的問題，但內容還是批評與反省了左翼文學長久以來忽視藝術獨特價值的問題。

兩個口號之爭是在左聯解散之前發生的論辯，分別是以周揚為首的後期左聯領導於 1936 年 2 月提出的「國防文學」的口號，另一個則是以魯迅為首的左聯作家在 1936 年 6 月提出的「民族革命戰爭的大眾文學」的口號，「國防文學」口號的政治目的是統一思想，壯大組織，迫使國民黨政府與共產黨人聯合，共同抗戰。「民族革命戰爭的大眾文學」的口號則是把無產階級革命運動與抗日民族戰爭聯繫在一起。由於當時左聯已經接到蘇聯直接指示要求解散左聯，以爭取公開活動，因此以魯迅為首的左聯作家希望藉由「民族革命戰爭的大眾文學」的口號，說明左翼文學並非結束，而是擴展，並且強調人民大眾是抗日戰爭的主力。但周揚對於魯迅等作家無視於「國防文學」的口號深感不滿，最後這場論爭在 1936 年 10 月初正式結束，將近二十位作家發表聯合聲明，為了拯救民族危亡而建立所有作家的統一政線，不分左右。[32]

綜觀中國三〇年代的左翼文學，如同臺灣五〇年代反共文學一般，文藝體制被政治現實主導，左翼文學無論在形式或內容上都受到黨派支配，充斥著僵化的意識形態與宣傳式的口號，文學藝術自身的獨特價值備受考驗。左翼文藝運動的宣導者否定文學的藝術獨立性，否定文學的審美特質，將文學視為反映階級鬥爭實踐的工具。在創作題材上，強調地主對農民的剝削、工人對資本家的反抗與鬥爭、共產黨鬥士的崇高理想與壯烈犧牲。在人物形象的塑造上，以「群像」取代「個體」，抹煞個人的主體性。在創作技巧的運用上，遵循公式化的

---

[32] 此部分參考王文英主編：《上海現代文學史》（上海：上海人民文學出版社，1999 年 6 月），頁 188-194。

「革命羅曼蒂克」、「唯物辯證法的創作方法」。此類忽視作品藝術價值，而向政治價值嚴重傾斜的文學文本，不僅限制了文學的發展，也模糊了作家與其作品的性格面貌。此時期崇尚的是一種戰鬥的美學，在內容上宣導著革命的奮鬥與熱情，文壇上同樣是筆戰論爭不斷，這些早期的左翼共產黨人雖然身兼文學家與革命家的雙重身份，顯然是將革命家的身分提升到較高的層次。然而在創作自由被嚴重干涉，文學幾乎淪於政治與教育工具的時代中，優秀的創作者並不因此被時代黑潮淹沒或沉淪，包括魯迅、茅盾、張天翼等作家仍試圖堅守文藝美學的生命與價值，在政治理想與文學堅持中尋求平衡，並因此創作出兼具時代意義與美學品味的成功作品。

第二節　摩登上海與革命文學

　　1924 年日本大正作家村松梢風以小說《魔都》比喻上海的魔魅性格，也展現他對上海魔性誘惑的沉迷。「暈眩於它的華美，腐爛於它的淫蕩，在放縱中失魂落魄，我徹底沉溺在所有這些惡魔般的生活中。……這裡沒有傳統，取而代之的是去除了一切的束縛。人們可以為所欲為。」[33]1932 年穆時英在小說〈上海的狐步舞〉中提到：「上海，造在地獄上面的天堂。」[34]2000 年現代李歐梵以《上海摩登——

---

[33] 劉建輝著，甘慧杰譯：《魔都上海——日本知識人的"近代"體驗》（上海：上海古籍出版社，2003 年 12 月），頁 100-101。
[34] 穆時英：〈上海的狐步舞〉，穆時英著，嚴家炎、李今編：《穆時英全集·第一卷》（北京：北京十月文藝出版社，2008 年 1 月），頁 331。

一種新都市文化在中國 1930-1945》[35]顛覆左翼作家或共產黨學者對上海的負面想像,而以「摩登」視域重構上海文化地圖。同樣是二〇、三〇年代的上海,到底是代表地獄的惡魔之都,還是現代性象徵的摩登之城?罪惡與摩登,一體兩面,無法切割地與上海如影相隨,究竟怎麼去定義上海?誰來定義?

　　帝國主義與資本主義是上海崛起的要因,1843 年英國政府藉由《南京條約》與《五口通商附粘善後條款》獲准在上海開埠,之後上海成立租界,1844 年法、美兩國藉由《黃埔條約》、《望廈條約》取得了與英國同樣的權利,先後成立法、美租界,1863 年美英又聯合成公共租界,隨著中西文化的交融,以及西方殖民者的建設,上海由鴉片戰爭前不到二十萬人的中國三流城鎮,一躍而成中國最富庶與現代化的都會,同時也是當時世界第五大城市,經濟繁榮、交通便利、人口增長。上海的現代化與都市化是西方殖民掠奪的結果,上海的發展與進步,伴隨著中國的屈辱與傷痛,然而中西文化的交流卻也同時為上海創造了前所未有的繁華景致。試問,為什麼是上海?縱然地利上的優勢無法忽略,難道中國其他的沿海城市無法取而代之?廣州比上海早發展,在唐代便是世界上最大港市之一,鴉片戰爭前,廣州是僅次於北京的第二大城,人口達八九十萬,然而在近代中國開放的過程中,廣州在開放中失落,上海取代廣州崛起,成為近代中國外貿和開放的中心城市。鴉片戰爭後廣州被取代的重要原因包括:1、古代廣州所代表的「廣州制度」是以中國政府為主導,以農本經濟為重,自給自足的貿易,這是西方人所企圖衝破的民族壁壘,西方人想建立資本主義化的世界貿易體系。2、廣州地理位置處於中國的東南

---

[35] 李歐梵提到「摩登」一詞是上海人所創,本來就有「現代」與「新」的涵義,詳見李歐梵著,毛尖譯:《上海摩登──一種新都市文化在中國 1930-1945》(香港:牛津大學出版社,2000 年)

邊疆，上海則位於中國的經濟命脈，其可伸展與輻射的影響能力明顯優異。3、廣州人個性好勇鬥狠，使西方人受到麻煩與阻礙較多，上海人溫文爾雅，多順從當權的地方政府，與廣州相比，較少排外運動。[36]上海在近代歷史的異軍突起，與西方殖民入侵者意欲建立資本主義化的世界貿易體系的考量息息相關，地理上的優越位置，不具歷史包袱的新興城鎮，溫和順民居多的人情風俗等，都是上海在近代開放的歷史轉捩點中，得以雀屏中選被積極開發的主因，上海租界的成立，使上海展開她傳奇的命運，成為研究中國近代史時不可忽略的驚嘆號。

一、租界文化與三〇年代都市文學概況

民國初年的中國，仍處於動盪不安的危境之中，1913 年的二次革命，1915 年的護國戰爭，第一次世界大戰所引發的匯率波動，1919年五四愛國運動等，但都沒有造成上海經濟運作的困難，經濟的繁榮使上海成長為中國最大的工商業都市。經濟發達帶來勞動力的需求，上海人口急遽膨脹，大量的外移人口壓縮上海人民生存活動的空間，都市空間人口密集，貧富懸殊，階級對立，這與傳統中國的農村世界大相逕庭，也成為上海工人運動發生的肇因。經濟的蓬勃創造了所謂的中產階級，也就是介於窮苦農工大眾與富裕資產家之間的白領職員階層，包括律師、會計師、經理、秘書、工程師、醫師、藥劑師、編輯、老師等等專業人士，這些新興的上海市民收入穩定，頗有餘裕，

---

[36] 樂正：〈近代上海的崛起與廣州的失落〉，王暉、余國良編：《上海：城市、社會與文化》（香港：香港中文大學出版社，1998 年），頁 15-30。

喜歡接收新知,需要休閒娛樂,於是這群位階較高的受薪階級與有錢有閒能讀書的學生,富裕的老闆,成為報章刊物的主要消費者,新聞出版業在上海迅速的發展。上海的新聞出版界之所以興盛,還有很重要的關鍵在於租界。

1843 年上海根據《南京條約》的規定成為向外商開放的通商口岸,同年中英劃定了外灘英國租界的南北界限,1844 年法美兩國通過《黃埔條約》、《望廈條約》取得了與英國同樣的權利,並於 1849 年、1854 年先後成立法租界與美租界,1863 年為了共同利益,英美租界合併為公共租界,此後,租界區又通過各種方式擴大勢力範圍,逐漸形成以洋涇浜和蘇州河為中心,範圍達六萬多畝的「國中之國」,並以永租的形式獲得國際居住地,並非如香港、澳門那樣做出法律割讓,依照 1869 年的《土地章程》,租界設立工部局,被國際法認定為特殊型態的市民自治政府。自 1845 年上海英租界的存在,到 1945 年中國政府正式收回公共租界與法租界,上海租界存在的歷史剛好一百年,租界的存在,使上海成為國際都市。到三○年代,上海與一百多個國家及三百多個港口建立固定貿易往來,共有一百多家各類銀行,並成為全國工業中心,工人數目佔全國四成,上海成為中國最重要的多功能經濟中心。[37]經濟發達,交通便利,使得人口不斷擴增,加速了上海的人口成長,上海的都市人口結構逐漸轉變為以外來移民人口為主。在西方人的建設之下,上海陸續興建鐵路、電車、無軌電車,開始引進汽車、洋貨,在南京路上點燃煤氣燈。現代化的交通工具,夜間照明的煤氣燈,改變了上海市民的生活感知方式與身體的時間感,現代新發明的引進,使上海租界成為所謂的不夜城,新科技縮短了地方的

---

[37] 詳見熊月之主編:《上海通史・第八卷》(上海:上海人民出版社,1999 年),頁 11。

距離感，也使市民的活動時間延伸至夜間。當時的上海，電力並非無遠弗屆，電車也僅限租界現象，租界不夜城的型態，使市民白天的活動延續到黑夜，當夜晚來臨，南市黑暗幽靜，萬籟俱寂，租界燈火通明，歌舞昇平，形成強烈對比。由於租界區有「治外法權」，北京政府、北洋軍閥，甚至國民黨政府都無法過分干涉，租界的言論自由相對比華界寬鬆許多，晚清的新聞出版業幾乎都集中在租界區，三〇年代左翼文人自然也靠租界庇護，租界的存在予人一種開放自由的風氣，也讓上海市民見識到西方的科學技術，洋貨的精緻優異，外國的市政管理，以及域外的現代文學，茅盾便曾在文章中說過，來到上海租界，好像到了「陌生的地方，到了一個特別的國度。」[38]街道、公園、舞廳、酒吧、商場、飯店、咖啡廳、電影院、百貨公司等公共場所或高樓建築，鱗次櫛比、整齊林立，愈來愈多作家聚集上海租界，書寫這個帶來全新視覺感的新世界。當時上海南京路上的四大百貨公司，先施、永安、新新與大新百貨公司都由海外華人所投資，百貨公司是資本主義的展示中心，也是世界文化的櫥窗，裡面包括了舞廳、酒吧、咖啡館、飯館、旅館、遊樂場，濃縮在一棟樓中，百貨公司所創造的時空氛圍，電影院中所創造的時空氛圍，與農村的時空氛圍截然不同。百貨公司在說服消費者購買商品的同時，也讓消費者認同該項商品所傳達的生活型態。這些來自西方現代化的空間、商品、產物，改變了中國的消費者，接受與認同洋化的異國情調與生活方式。沈從文的著名作品《阿麗思中國遊記》便諷刺地提到外國女孩阿麗思在上海是如魚得水的，以此表示上海的西方化有多麼劇烈。租界的異國體驗固然帶給作家們靈感的創發，但租界區中移民社會的特質，也讓聚集於此

---

[38] 茅盾：〈我的學化學的朋友〉，《茅盾全集・第十一卷》（北京：人民出版社，1984 年），頁 174。

的中國人或外國人都存在著一種個體漂泊的疏離感，把租界當作暫居之所，一旦致富或者沒有必要便回歸故鄉。在這西方人租借來的空間中，存在著中西文化的交融與衝突、被殖民感的屈辱、極端的貧富落差、傳統價值與道德意識的淪喪、商業社會唯利是圖的意識、男女比例失衡而導致賣淫產業的興盛，投機者、罪犯、流亡之人、妓女、遊民、冒險家聚集，在租界中，你可以一夕成名、一夜致富，或者一無所有，這是機會之地，也是墮落之城，這一切使上海租界成為傳奇都市，租界區特有的摩登文化對於上海以及三〇年代的都市文學產生了舉足輕重的影響。

二〇年代末，因為政治因素，大批文人從中國各地匯集到租界區，使上海取代北京成為新的文化中心，其中關鍵事件是 1926 年段祺瑞政府造成的「三一八慘案」。1926 年 3 月 12 日，馮玉祥的「國民軍」與張作霖的「奉軍」作戰期間，支持「奉軍」的日本軍艦駛進天津大沽口，攻擊國民軍，國民軍堅決還擊，將日艦驅逐出大沽口。日本竟聯合英美等八國於 3 月 16 日向段祺瑞政府發出最後通牒，要求撤除大沽口國防設施的無理要求。3 月 18 日，北京群眾集合一百多個團體，由李大釗主持，在天安門集會抗議，反對八國通牒。段祺瑞竟下令開槍，當場打死四十六人，傷百餘人，是為「三一八慘案」。無辜民眾與抗議學生遭到屠殺，魯迅的學生劉和珍也死於慘案中，魯迅甚感哀慟，寫下悼念文，並稱之為「民國以來最黑暗的一天」。[39]慘案發生後，段祺瑞政府通緝徐謙、李大釗等人，國共兩黨的領導機關遷入蘇聯使館，這是國共兩黨首度聯合反帝反軍閥。1926 年 4 月，段祺瑞執政府倒臺，張作霖進京後派奉軍闖進北大、女師大、中俄大學及報

---

[39] 詳見魯迅：〈無花的薔薇之二〉，《魯迅全集‧第三卷‧華蓋集續編》（臺北：唐山出版社，1989 年 9 月），頁 77。

館，查禁左翼書刊，逮捕左傾人士。[40]北京主要文藝與評論的刊物《語絲》、《現代評論》因發表批評言論相繼被停刊，其主要撰稿人包括魯迅、周作人、林語堂、胡適、徐志摩等人，由於北京已被白色恐怖的氣氛包圍，思想言論都受到箝制，這些原處北京的文人紛紛南下，重聚上海。魯迅於北京轉廈門後到廣州，於 1927 年 10 月抵達上海。胡適、徐志摩、沈從文、葉公超、梁實秋等人也陸續於 1926-1927 年聚首於上海，1927 年新月書店在上海成立，1928 年 3 月由徐志摩、羅隆基、胡適、梁實秋等創立了《新月》月刊。1927 年國共分裂後，左翼文人也紛紛來到上海，再加上素居上海的海派文人，包括早期鴛鴦蝴蝶派及後來的現代派、新感覺派，原本是商業重鎮的上海，在這些文人的重新形塑之下，展演出令人驚豔的文學風景。

　　《上海現代文學史》將三〇年代上海文壇劃分為左翼文學、「民主主義」文學、「自由主義」文學、現代主義文學、通俗文學等五種類別，所謂的「民主主義」文學的代表作家包括巴金、老舍、曹禺等，「自由主義」文學的作家則是以北大清大的教授為主，例如胡適、梁啟超、周作人、徐志摩、沈從文等《新月社》與京派作家，現代主義文學代表則包括施蟄存、劉吶鷗、穆時英等現代派與新感覺派作家，通俗文學作家則是以張恨水為代表的鴛鴦蝴蝶派小說家。[41]此五種文學類別基本上已涵括說明三〇年代上海文壇的主流發展，「民主主義」文學類別的作家承繼「五四」新文學所開創的個性主義，以及反封建的民主主義價值，雖然在思想方面同情左翼，但基本上與激烈的政治鬥爭保持現實距離。「自由主義」文學派別的代表作家以教授學者，以及其學

---

[40] 詳見陶菊隱：《北洋軍閥統治時期史話・第七冊》（北京：生活・讀書・新知三聯書局，1959 年 9 月），頁 243-247。

[41] 王文英主編：《上海現代文學史》（上海：上海人民文學出版社，1999 年 6 月），頁 147-393。

生為主要社群，一般有較高的社經地位，收入穩定，多有留學英美的
文化學術背景，崇尚政治獨立與文化超然的自由主義。而五類之中與
上海都市文化密不可分的，除了左翼都市文學之外，便是被歸類為海
派文學的現代派、新感覺派、鴛鴦蝴蝶派的作品。[42]

　　楊義對於上海現代派的定義是：二十年代末產生於上海，三十年
代初期借《現代》雜誌一席之地作為立足點的文學流派。基本成員有
施蟄存、劉吶鷗、穆時英、杜衡、葉靈鳳和詩人戴望舒。上海現代派
是現代都市文化的產物，新鮮時髦，稍帶病態，它的出現，不失為三
十年代文壇一次另闢蹊徑的探索。[43]但也有學者將施蟄存、劉吶鷗、
穆時英歸類為新感覺派的作家，彭小妍於〈「新女性」與上海都市文化：
新感覺派研究〉中將施蟄存、劉吶鷗、穆時英定位為新感覺派，並說
明新感覺派的特點：以短篇見長，作品節奏輕快，創造了一種以情調
（mood）為主的輕薄短小作品。這種創作形式應該和這類作品經常在
通俗雜誌上刊登有關，新感覺派作品淡化或忽略國族想像，側重描寫
都會人生的色欲橫流……[44]學者楊義與彭小妍的觀察，點出現代派、

---

[42] 相對於「海派文學」的是所謂「京派文學」，1930 年代初有所謂的「京海
論爭」，京派的背景是「北平」的文化社會，反映鄉村中國在現代化衝擊下
保持自重，並不斷發生反觀現代人性缺失的深長憂慮。海派自然來自於現
代商業社會，表達新市民遭受物質文明正反兩方面壓迫的情景。左翼文學
是現代政治社會的產物，可由此尋覓百年來一切鬥爭的人們的精神解放、
精神困境及其拯救的歷程。左翼視京派為「封建餘孽」，視海派為「洋場惡
少」，等同於資本主義惡瘤。而京派把左翼看作是黨派政治，將海派看得銅
臭一堆。海派只有不斷地「辯誣」，它不會去說左翼拿了盧布，也不會去攻
擊京派的保守落後不革命，海派嘴上講的只是文學應當有趣、可讀，行動
上毫不猶豫地去佔領社會的讀書市場。今天我們如果換一個角度，可以說
明三種文學形態是同 30 年代中國的社會情狀和社會的各個側面直接相關
的。詳見吳福輝：〈中國左翼文學、京海派文學及其在當下的意義〉，《海南
師範學院學報（人文社會科學版）》，第 1 期（2001 年），頁 12-19。
[43] 楊義：〈三十年代上海現代派的都市文化意識〉，《二十世紀中國小說與文化》
（上海：上海三聯書店，2007 年 10 月），頁 210-211。
[44] 彭小妍：〈「新女性」與上海都市文化：新感覺派研究〉，《海上說情欲：從

新感覺派的幾項特點：以三十年代上海為中心，內容描寫時髦的都會
生活，形式以短篇為主，與通俗文學雜誌的關係十分緊密。所謂的現
代派受到西方現代主義影響甚深，由施蟄存擔任主編的《現代》雜誌
譯介了許多域外現代主義文學，施蟄存本人對奧地利的現代主義作家
顯尼志勒深感興趣，儘管施蟄存本人曾多次否認自己屬於「新感覺派
作家」，[45]但仍有許多論者以「新感覺派」定位他。事實上，施蟄存的
小說風格也確實與劉吶鷗、穆時英有所出入，劉、穆著力於描寫上海
租界、十里洋場紙醉金迷的繁華風景，施蟄存的小說卻展現出內傾感
傷的風格，有意識地運用佛洛伊德的理論，側重挖掘人內在意識的幽
微心理，如同暗夜中都市角落的碎鏡，反射出上海白領市民面對都市
生活，受壓抑而扭曲變態的心靈迷宮。劉吶鷗生於臺灣，曾在日本接
受中學教育，之後與他的同學施蟄存、戴望舒在上海震旦大學修讀法
文，曾在二〇年代創辦《無軌列車》、《新文藝》雜誌，首先譯介日本
與法國新感覺派的作品。[46]劉吶鷗的新感覺派小說帶有濃厚的異國情
調，因此施蟄存曾提到與其說劉吶鷗的小說背景是上海，不如說更像
東京。[47]劉吶鷗的小說常有性感善變的摩登女郎與被玩弄被拋棄男子

　　張資平到劉吶鷗》（臺北：中研院文哲所籌備處，2001 年），頁 65-66。
[45] 施蟄存本人否認自己屬於「新感覺派作家」，詳見施蟄存：〈我的創作生活
　　之歷程〉，施蟄存著，陳子善、徐如麒編選：《施蟄存七十年文選》（上海：
　　上海文藝出版社，1996 年 10 月），頁 57。但絕大多數評論者仍然根據其風
　　格特色與寫作路線，將其歸入海派小說的主流新感覺派中，本文也還是以
　　此歸類。
[46] 「新感覺派」創始於法國保羅・穆杭（Paul Morand 1888-1976），歐洲戰後，
　　人們生活於困頓疲憊、狂躁、失序的社會中，心理產生變異。穆杭書寫出
　　此類蔑視道德的生活樣式與感情失衡的混亂狀態，也就是所謂現代人的體
　　驗，因此獲得肯定，被視為新感覺派的代表作家，日本新感覺派橫光利一
　　等作家，也深受穆杭的影響。劉吶鷗譯介了相當多保羅・穆杭與橫光利一
　　的作品，詳見劉吶鷗著，康來新、許蓁蓁編：《劉吶鷗全集・文學集》（臺
　　南：臺南縣文化局出版，2001 年 3 月）
[47] 施蟄存曾在與李歐梵的對話中，提到此一觀點。詳見李歐梵著，毛尖譯：

的形象，小說中呈現出跨國界的摩登都市景象，以及都會男女遊戲情
場的放縱之欲。新感覺派另一位大將穆時英，在初入文壇時以左翼小
說《南北極》引起左派文人重視，之後他轉變寫作傾向，承繼劉吶鷗
的都市小說風格，但顯然青出於藍，擅長描寫都市的頹廢生活，以及
都市中產階級失序的內在風景。施蟄存、劉吶鷗、穆時英三人都曾嘗
試過創作左翼小說，但後來都放棄左翼路線，首要原因當然是他們並
非無產階級，生活方式的迥異，使其左翼風格的小說無以為繼，[48]此
外，他們也都無意踏上革命之路，人生目標與創作方向的殊異，使他
們遭到左翼文人激烈的攻擊。穆時英曾在他小說《公墓》自序中辯駁：
「說我落伍，說我騎牆，說我紅蘿蔔剝了皮，說我什麼都可以，至少
我可以站在世界的頂上，大聲地喊：『我是忠實於自己，也忠實於人家
的人！』……記得有一位批評家說我這裏的幾個短篇全是與生活，與
活生生的社會隔絕的東西，世界不是這麼的，世界是充滿了工農大眾，
重利盤剝，天明，奮鬥……之類的。可是，我卻就是在我的小說裏的
社會中生活著的人，裏邊差不多全部是我親眼目睹的事。」[49]施蟄存
也在與李歐梵的對話中苦澀地提到，曾被一個二三流的左翼評論家樓
適夷批評，認為他與劉吶鷗、穆時英的小說是墮落且不道德的。[50]劉
吶鷗後來將文藝重心轉向電影，穆時英與劉吶鷗分別於 1940 年被暗

《上海摩登──一種新都市文化在中國 1930-1945》（香港：牛津大學出版
社，2000 年），頁 177。

[48] 劉吶鷗家境富裕，又善於經商，他的好友們如施蟄存、穆時英、杜衡、戴
望舒等人常住在他上海的豪宅，他曾在日記中提到他們的生活方式：「吃
大菜，坐汽車，看影劇，攜女子，這是上海新人的理想的日常生活。」詳見
劉吶鷗著，康來新、許蓁蓁編：《劉吶鷗全集・日記集》（臺南：臺南縣文
化局出版，2001 年 3 月），頁 106。

[49] 詳見穆時英：〈公墓自序〉，穆時英著，嚴家炎、李今編：《穆時英全集・第
一卷》（北京：北京十月文藝出版社，2008 年 1 月），頁 233。

[50] 詳見李歐梵著，毛尖譯：《上海摩登──一種新都市文化在中國 1930-1945》
（香港：牛津大學出版社，2000 年），頁 198。

殺，施蟄存後期則將研究與關注的面向轉往學院中古典文學的研究。
楊迎平曾在一篇比較施蟄存與茅盾文學創作的文章中討論到，施蟄存
與茅盾同樣是三〇年代出名的作家，為何茅盾之後的文學成績蒸蒸日
上，施蟄存卻絕筆不寫？楊迎平認為與當時的政治傾向有關，施蟄存
想走中間路線，創作上採自由主義，政治上偏向左傾，其結果是他辦
的刊物與書店都因宣傳赤化被國民黨右派查禁而宣告停業，而他寫的
小說卻被左翼作家批判，[51]最後變成「左右失據」。此外，純粹追求文
學技巧上的變異新奇，遲早會面臨創作危機，再加上左翼作家的猛烈
攻擊，這流派在困境中便逐漸沒落了。

　　鴛鴦蝴蝶派的小說濫觴於二十世紀初上海的十里洋場，內容多以
言情為主，寫才子佳人相戀愛慕，花前月下，如同無法分拆的蝴蝶鴛
鴦。民國初年的《禮拜六》周刊是刊登鴛鴦蝴蝶派的主要雜誌，在此
類報刊上常發表文章的人也被稱為「禮拜六」派。[52]在文學體制方面，
由於鴛鴦蝴蝶派在形式上多沿襲章回小說的結構，內容上提倡三綱五
常、嫖賭納妾、女人纏足，反對女人剪髮，反對生育節制，自由戀愛
等，因此被視為「舊派小說」，被當時的左派作家激烈攻伐。但現代學
者周蕾與龔鵬程曾分別專文為其辯護，推崇鴛鴦蝴蝶派小說進步開明
的面向。周蕾從文化研究、女性閱讀等不同的研究視域切入，重新解
讀鴛蝶派小說，文中並提到鴛蝶派小說的興盛是上海新興文化景況的
重要部分，上海的突出在於其本土文化與外來文化的並存，中國農村
建築旁便是法國咖啡館，或者英美銀行，大眾舞廳，中西文化的矛盾
衝突，使上海在許多人眼中是異土，周蕾認為鴛蝶派小說正好提供讀

---

[51] 楊迎平：《永遠的現代——施蟄存論》（北京：光明日報出版社，2007 年 5
　　月），頁 222。
[52] 費正清主編，章建剛等譯：《劍橋中華民國史》（上海：人民出版社，1991
　　年 11 月），頁 493-494。

者一條路徑，以此解讀上海這種傳統倫理與西化文明的價值衝突。周
蕾舉了張恨水的《平滬通車》為例，認為鴛蝶派小說內容其實關乎中
西交流，西方被認為是勝利者，但鴛蝶派小說做為一種商品，必須滿
足都會讀者的情感認知，因此必須肯定傳統，才能得到廣大讀者的認
同，周蕾以為這是鴛蝶派小說在變幻莫測的文學市場中，必須保持流
行、自由與進步的樣態，才能生存下去。而從今日的角度論之，便是
在全球化中肯定中國的特色，但這在當時仍被所謂的左派「進步人士」
視為反動。[53]龔鵬程提到鴛鴦蝴蝶派的讀者是上海小市民，其中許多
是工人，左翼作家一方面提倡無產階級文學，一方面批判以鴛鴦蝴蝶
派為代表的通俗文學，認為其態度不嚴肅，但鄭振鐸與茅盾卻又努力
整理宣揚歷史上的民俗與俗文學，稱讚它們的不嚴肅，十分反諷。龔
鵬程認為鴛鴦蝴蝶派與「文學研究會」、「創造社」、「左翼作家聯盟」
長期對抗十多年間，真正的問題只是在通俗與嚴肅的對立。鴛鴦蝴蝶
派雖然是大眾通俗文學，但與都市工業型態社會未成形之前的通俗文
化不同，它與大眾媒介及商業消費之間的關係，是之前通俗文學所沒
有的。[54]由前所述可以得知，現代學者試圖重新翻案，為一直以來被
視為二三流作品的鴛鴦蝴蝶派小說尋找新的解讀視角，思考都市文學
與商業消費之間的關係，藉由都市與文學的相互勾連詮釋，提升鴛蝶
派小說的價值，重新顯微其未被關注的深層意涵。但在三○年代的社
會氛圍中，鴛蝶派小說始終是新文學攻擊的箭靶。《小說月報》自 1910
年 7 月創刊到 1920 年底，一直都是鴛鴦蝴蝶派的大本營，然而 1921

[53] 周蕾著，蔡清松譯：〈鴛鴦蝴蝶派：通俗文學閱讀一例〉，《婦女與中國現代
性──西方與東方之間的閱讀政治》（上海：上海三聯書店，2008 年 8 月），
頁 52-129。
[54] 龔鵬程：〈鴛鴦蝴蝶派：民初的大眾通俗文學〉，《中國小說史論》（北京：
北京大學出版社，2008 年 6 月），頁 316-333。

年商務印書館的老闆卻改絃易轍任用新文化派的茅盾擔任主編，於 1 月出「改革號」，第 12 卷第 1 號出版後，《小說月報》竟成為「文學研究會」成員發表小說創作的空間。不過，在強烈的抗議聲浪中，商務印書館又另外出版《小說世界》，仍走鴛鴦蝴蝶派路線。民初的鴛蝶派代表是徐枕亞的言情小說《玉梨魂》，三〇年代則是以張恨水《啼笑姻緣》為標誌，之後由於九一八事變與一二八事變相繼發生，亡國危機使鴛蝶派小說轉與國難小說結合，1935 年 10 月，《文藝界同人為團結禦侮與言論自由宣言》發表，象徵文藝界抗日民族統一戰線的形成，宣言上列名二十一人，鴛蝶派作家包天笑、周瘦鵑也在其中，表明共赴國難的決心。直到中華人民共和國的建立，長達四十年的中國鴛鴦蝴蝶派文學才隨著政治上的變革而告結束。[55]

　　三〇年代的文壇被左翼思潮主導，當時文學界具有份量的作家多為左聯、左傾或者同情左翼的創作者，左翼作家對非我族類的都市小說家以毫不留情的姿態口誅筆伐，在馬列主義排他性與一元化的思想架構下，使左翼作家多半無法忍受百家爭鳴的情勢，甚至於沒有中間路線，只有革命文學。然而現代派與鴛鴦蝴蝶派等都市小說的存在，仍然有具體顯著的貢獻，現代派文學提升了對於文學技巧的創新，這兩種流派呈現出都市形成後通俗文學與大眾媒介、商業消費結合的種種關係，使現代文化研究的學者有了觀察析論的目標，在內容上，藉由現代派與鴛鴦蝴蝶派小說的描繪，再現了三〇年代的摩登上海，令我們得以追索舊時代的風華韻致。

---

[55]　關於鴛鴦蝴蝶派小說的發展，部分參考王文英主編：《上海現代文學史》（上海：上海人民文學出版社，1999 年 6 月），頁 377-483。

二、上海租界區的革命文學

穆時英曾寫過一篇名為〈南北極〉的小說，內容描寫上海上流社會與下層世界如同南北極端的情況，[56]他又曾於文章中寫道：「上海，造在地獄上面的天堂。」[57]穆時英被譽為中國新感覺派聖手，以及都市文學的先驅，他的觀察與描摹細膩而精準地點出上海的真實風景。上海，是有錢人的天堂，窮人的地獄，雖然共處在相同空間，卻存在著南轅北轍的殊異。強烈的階級對立，嚴重的貧富差距，使得上海租界區既是資本主義者的聖堂，同時也成為革命者的基地。

對立、衝突、矛盾一直與中國租界如影隨形相伴而生，租界是帝國主義侵略的產品，租界的存在成為中國人的恥辱，租界愈是蓬勃發展，欣欣向榮，對於中國人的羞辱便愈深，上海愈國際化，離中國便愈遙遠。租界明明位於中國人的國土上，中國人在租界區中卻往往遭受歧視，例如外國人經辦的電車內，中國人只能坐在三等車廂，外國人開的西餐館，華人必須坐在與外國顧客分隔的「華商專區」，某些教會學校講中國話或寫中國字要受處罰，上海黃埔公園門口曾經豎立過「華人與狗不得入內」的牌子，凡此種種，都使上海租界區成為導致抗爭的引爆點。上海租界區由外國工部局管理，雖然這一治理方式充滿著種族歧視，但對於西方人自身而言卻是民主開明的，來自西方的民主意識使上海市民起而傚尤，產生爭取自己權益的勇氣，並進而具

---

[56] 穆時英：〈南北極〉，穆時英著，嚴家炎、李今編：《穆時英全集・第一卷》（北京：北京十月文藝出版社，2008年1月），頁127-153。
[57] 穆時英：〈上海的狐步舞〉，穆時英著，嚴家炎、李今編：《穆時英全集・第一卷》（北京：北京十月文藝出版社，2008年1月），頁331。

體行動。上海的經濟發展使上海的工人階層日益壯大，但是工人階層的勞動時間長，工作環境可能有害健康，薪水卻相對低廉微薄，因此上海的工人運動經常是此起彼落，風起雲湧。租界區自由的氛圍也為政黨的秘密活動提供保障，無論是共產黨或國民黨都視上海為重要的宣傳與活動根據地。為了逃避政治上的白色恐怖，被列入黑名單的革命作家們，除了流亡海外，若想繼續待在中國國土上，只好匿身於租界區，於是租界區也變相地成為革命的載體。

　　三〇年代的上海成為左翼文化運動的中心，這與當時國內外局勢息息相關，國際上 1929 年的金融危機與經濟大蕭條，使西方資本主義社會受到前所未有的嚴峻挑戰，社會主義取而代之成為新的救世主，馬克思主義也成為新興的思想寵兒，左翼思想乘勢而起；甲午戰爭、日俄戰爭後，日本帝國主義一直伺機而動，企圖吞併中國，以完成稱霸亞洲及太平洋地區的野心，九一八事變後，中日的民族衝突使得社會局勢危殆不安，人們渴望一種安定穩固強大的國家力量。中國境內的情勢也相當艱難，金融危機、經濟大蕭條、戰爭的破壞，以及 1932 年的「一・二八」事變都影響到上海民族工業的發展，資產階級為了補強經濟損失，除了裁員外，便是降低工資，或者延長工時，將損失轉嫁到工人身上，使勞資雙方的對立衝突不斷增溫。此外，大革命以國共合作失敗而告結束，共產黨人被軍閥與國民黨通緝，先後集中到被稱為「國中之國」，擁有治外法權，如同中國化外之境的上海租界區，天時地利人和的社會背景，使三〇年代的上海成為左翼文化運動的根據地。當年居住在上海租界區的左翼人士包括魯迅、瞿秋白、茅盾、周揚、馮雪峰等人，「左聯」成立前的數次籌備會都選擇在上海租界區的「公啡」咖啡館舉行，魯迅曾以「且介亭」當做雜文集的書名，是將「租界」兩字各取一半，表示他躲在租界區，是一個半殖民

國家的奴隸。魯迅也抱怨到了上海，便寫不出小說，但迫於現實，又無法離開，這種糾結的矛盾，沈從文也深有同感。與左翼文人丁玲、胡也頻私交甚篤的沈從文，討厭上海唯利是圖的世儈，到了上海，便特別想念湘西的桃花源世界，於是激發他的創作之筆，他時時刻刻想離開上海，卻又坦承「我的文章是只有在上海才寫得出，也才賣得出的。」[58]三〇年代的文化中心與消費中心都集中在上海，魯迅、茅盾、蔣光慈的左翼書籍十分熱銷，茅盾的《子夜》「出版後 3 個月內，重版4 次：初版三千部，此後重版各為五千部；此在當時，實為少見。」[59]儘管左翼文學存在著公式化、政治化、工具化等問題，但其理想、熱情、積極向上的態度仍然極具感染力地吸引讀者。上海租界提供了形成左翼文化思潮所必須的社會階級結構與政治語境，上海的商業市場也提供左翼文人推廣文藝刊物與推動革命思想不可或缺的物質環境，因此左翼文人只好懷抱著糾葛掙扎的情緒，與上海和平共處，這種相互勾連，剪不斷理還亂的關係也存在於革命文學與「革命摩登」的觀點之間。

　　曠新年在〈另一種"上海摩登"〉書評文章中提出了與李歐梵相異的看法，他認為李歐梵在二十世紀末資本主義全球化的語境中，透過《上海摩登》重繪三〇年代的夜晚地圖，消費的地圖，尋歡作樂的地圖，同時遮蔽了白天的地圖，生產勞動的地圖，貧困破產的地圖，從根本上來說，是用資產階級的地圖遮蔽了無產階級的地圖，用資產

---

[58] 沈從文：〈致王際真〉，《沈從文全集・第十八卷》（山西：北岳文藝出版社，2002 年），頁 143-144。沈從文與上海的關係如同左翼文人，充滿矛盾，他是首先挑起「京派文學」與「海派文學」論爭的人，他拒絕都市，卻又曾為了生計停留上海，沈從文在上海展現了驚人的創作力，他於上海停留三年多，卻創作了將近七十篇作品，佔據他全部創作的三分之一，以文學的成績觀之，沈從文對上海，在拒斥中卻意外的受惠。

[59] 茅盾：〈子夜寫作的前前後後〉，《我走過的道路》（中）（香港：三聯書店，1989 年 9 月），頁 109。

階級的消費娛樂遮蔽了無產階級的勞動創造。曠新年提出另一種上海摩登，他以三〇年代的左翼電影《三個摩登女性》為例，否定資產階級的摩登，以電影對白說明另一種摩登，「只有真正自食其力、最理智、最勇敢、最關心大眾利益的，才是當代最摩登的女性！」曠新年認為三〇年代上海左翼文學在當時被稱為「新興文學」，在某種意義上，它構成了上海摩登最重要的內容。[60]多元價值並存的二十世紀末，李歐梵的《上海摩登——一種新都市文化在中國 1930-1945》重新勾勒出三〇年代資產階級的生活，過去左翼文本中所致力隱藏或醜化的三〇年代浮華世界，李歐梵讓它重新還原顯微，這未必是有意遮蔽了無產階級的地圖，反而可能是揭開原本被遮蔽的資產階級地圖，但曠新年的文章也提醒我們重新思考「摩登」的定義，三〇年代的左翼文學在當時未嘗不是一種前衛摩登的時髦象徵。張勇《摩登主義：1927——1937 上海文化與文學研究》書中也提到「革命摩登」的觀點，但在張勇的看法中，所謂的「革命」摩登，是「革命文學」的投機者，將「革命」當作時髦的口號，打著「革命」的招牌藉機牟利，或者博取認同，鞏固地位。除了魯迅對於此類想法持之以恆地大加批判，大部分的左翼作家沒有及時切割，蔣光慈甚至樂觀地認為這代表中國文壇發展到了一個階段，革命文學已成了一個重要的傾向。這種樂觀的想法及沒有具體批判，劃清界線的行為導致「革命文學」投機者被當做革命文學的代表，「革命」甚至成為張資平一類作家的商品包裝，反革命文學的力量藉此大做文章。[61]張勇「革命」摩登的觀點顯而易見地與曠新年的革命摩登有些出入，曠新年的革命摩登有著正面的意

---

[60] 曠新年：〈另一種"上海摩登"〉，《中國現代文學研究叢刊》，第 1 期（2004年 1 月），頁 291-294。
[61] 詳見張勇：《摩登主義：1927——1937 上海文化與文學研究》（臺北：人間出版社，2010 年 1 月），頁 107-162。

義,認為革命文學與革命思潮在當時是新興前衛的進步思想,藉此反駁李歐梵《上海摩登》中肯定的資產階級摩登,曠新年的想法是對於「摩登」一詞的肯定,同時將左翼文學與左翼思潮摩登化、時尚化。而在張勇的文章中則認為當時許多文人把「革命文學」當作時髦話題,將左翼文學與左翼思潮摩登化、時尚化的想法,對於革命文學反而是種傷害,讓人誤解了革命文學真正的意義。學者李永東則於《租界文化與 30 年代文學》書中提到租界區從事左翼文學創作的作家們,不乏「小資產階級知識分子」,「浪漫文人」,「跳舞場裡的前進作家」,「咖啡館裡高談闊論的革命文學家」這類的左翼文人,李永東認為租界的繁華紛擾與頹廢氛圍潛移默化地感染了左翼作家們,使他們沉浸在多愁善感、浪漫主義的小資情調中,充滿反諷的形容詞說明著左聯的文藝理念與租界區中左翼文人的小資情調間存在著明顯的鴻溝,雖然左聯期望作家完成自身的改造,但是願望和現實之間的彌合不是一蹴而就的。[62]前述評論者所提出的現象,或者批判的觀點,讓我們重新思考摩登都市與左翼文人、革命文學彼此間千絲萬縷的關係,絕大多數的左翼文人並非無產階級工農兵出身,甚至有許多作家來自於小資產階級,對於下層社會的體驗與感受相當浮面,有些理想性強的革命作家憑藉著個人的熱情,配合黨中央的指示,書寫公式化、口號化的文學作品,等而下之的,甚至把「革命」視為叫賣的商品,當作一門好生意;亦有部分文人一方面倡言革命的重要,另一方面卻又沉浸在半殖民都市的縫隙之間感受現代化的進步。因此上海租界是否誠如左翼作家筆下萬惡的深淵,幽闇的地獄?還是他們也眩惑在魔都的魅影中隨之起舞,無法自拔?或者正因他們實際上也沉淪在上海這欲望之

---

[62] 詳見李永東:《租界文化與 30 年代文學》(上海:上海三聯書店,2006 年 10 月),頁 109-119。

海，因此格外感受到都市黑洞的罪惡之心？那麼左翼作家所奮力對抗的究竟是國民黨右派？上海的墮落？或者是他們自身的軟弱？這都值得我們進一步追索與探究。

第三節 左翼都市小說綜論

法國作家馬爾羅（André Malraux, 1901-1976）其作品中有一個關鍵主題，如同反覆吟唱的主旋律，始終縈繞在他的小說中，那便是「眾神睡去，都市崛起」。相對於自然，都市是人的物質欲望與奮鬥力量的展現。神權時代，人們在自然世界求生存，人們頌讚諸神，恐懼善變的大自然，藉由祭祀與祈福，求取神的憐憫與幫助，以便安然度過自然的災異。人建造都市之後，不再凡事仰賴神，人們發現可以依恃自己，創造便利富庶的生活，於是人轉而信仰科學文明，而不再相信神蹟。人離開鄉村，進入都市，遠離自然，追求物欲，不再聆聽聖音，將生命價值建立在財富名利的滿足上。

都市如同魔術，站在不同的位置，不同的階層，不同的年代，目睹的都市風景便會大異其趣。對資產階級而言，都市是樂園，對異鄉客而言，都市可能是迷宮，對無產階級來說，都市卻變成魔域。都市具有多種面貌，有時秩序井然，有時混亂不堪，因此激發了人類的無窮想像，不斷賦予人全新的感官知覺。都市孕生出新的人類，新的事物，新的時代，於是有了對於現代人、現代性、現代都市的討論與思考。在現代的都市空間中，汽車變成人體器官的一部分，電燈的照明重劃了晝夜的界線，工廠的出現把人視同機械，百貨公司把世界各地

的商品聚集在一起，飯店、咖啡館、電影院、舞廳、報紙塑造了一個
公共空間，讓一群陌生人聚集到此，形成一個新的共同體，這些都改
變了傳統世界人們的時空感知。都市是人類信仰科學文明之後的產
物，是理性的世界，是人們選擇的生活方式，它被納入生產消費的循
環中，也被政治經濟權利所控制左右，並因而改變它的空間結構面貌。
都市是各種權力角鬥妥協的場域，是剝削窮人血汗的黑暗之都，是國
際資本流轉的貿易王國，是政商勾結黑錢流竄的地下社會。都市雖然
帶來安逸與便利，但與自然世界一樣，仍舊存在著危險，迥異的是，
由天災轉為人禍，危險來自於人性。都市是人物質欲望與奮鬥力量的
產品，隨著欲望而增生的黑暗與光明的糾結，在人的內心交戰，在都
市的角落交戰，而所謂的左翼都市小說中所呈現的，正是人的博愛理
想與都市欲望搏鬥的過程。

　　三○年代前後是二次世界大戰前，中國都市文明發展到巔峰的時
期，中國近現代文學對於都市文化的深沉思考也從此一時期發軔開
端。三○年代在中國文壇上引領風潮的現代主義與左翼思想同樣是對
都市文化的批判與反思，上海正符合現代主義與左翼思想對於都市的
想像與批判，上海是帝國主義與殖民主義的產物，上海是世界資本金
錢流轉的國際都市，上海存在著剝削人民的血汗工廠，上海的貧富差
距對立極端，因此海內外的左翼小說家都以上海為觀照思考的重點。
1930 年 3 月 2 日在上海成立了左翼作家聯盟，簡稱「左聯」，左聯在
上海的成立，對左翼都市小說有何影響？左翼都市小說在左翼文學中
的位置與意義，是本節的思考重點。

一、左聯的成立與左翼都市小說的關係

　　國民黨的「清黨事件」使許多文學家轉為左傾，其中魯迅便是相當具有代表性的一位作家。1929 年 9 月，國民黨召開「全國宣傳會議」，提出以「三民主義的文藝政策」來清理統一文壇，藉此對抗與壓制「革命文學」與「無產階級文學」。共產黨則指示創造社、太陽社停止攻擊魯迅，讓他們和魯迅以及其他革命的「同路人」聯合起來，成立統一的革命文學組織，左聯在這樣的情況之下應運而生。[63]在大陸出版的文學史裡，1927 至 1936 年這段時期被稱為「左聯十年」或「左翼十年」，這主要是因為 1930 年 3 月，中共在上海成立「中國左翼作家聯盟」，並在當時藝文界計畫性地發動大規模的左翼文化運動，以及相關深具政治意義的活動，[64]左聯在上海誕生，雖然僅僅六年，卻對左翼文學活動產生不可抹煞的關鍵影響。

　　儘管「左翼」，「左聯」，「三十年代的文壇」，無法以等號簡單化約，但左聯對左翼文人的控制不容小覷，左翼文學與文化對當時文學界的影響也確實具有強大的主導力量。《中國現代文學三十年》提到：「儘管掌握政權的國民黨在政治、經濟、軍事上佔有絕對優勢，但在思想文藝領域卻未能形成具有影響力與號召力的獨立力量。在 30 年代決定著文學的基本面貌的是無產階級文學運動及其文學和民主主義、自由主義作家的文學運動及其文學。前者一般又稱為左翼文學運

---

[63] 此部分參考錢理群、溫儒敏、吳福輝：《中國現代文學三十年》（北京：北京大學出版社，2009 年 6 月），頁 150。

[64] 張勇：《摩登主義：1927──1937 上海文化與文學研究》（臺北：人間出版社，2010 年 1 月），頁 11。

動。」[65]此外,蔣光慈與茅盾作品的大受歡迎,魯迅在文壇的領導位
置,也都顯示出左翼文學與文化在文學界的主流地位。三十年代,或
出於謀生的必要,或肇因於人身的安全,許多左翼文人聚居於上海租
界。1927 年國共分裂之後,郭沫若、郁達夫、成仿吾等創造社前期成
員和馮乃超、李初梨、彭康、朱鏡我等後期成員分別來到上海,他們
除了繼續出版《創造月刊》外,又創辦了《文化批判》。1928 年 2 月,
錢杏邨、蔣光慈、孟超、洪靈菲、沈端先等人在上海成立太陽社,出
版《太陽月刊》。幾乎在同一時期,魯迅、瞿秋白、茅盾、馮雪峰、潘
漢年、周揚等左翼文藝界領導和柔石、丁玲、胡也頻、葉紫等人也先
後來到上海。左翼文人當時在上海的活動,包括在上海共同宣導「革
命文學」,提出了無產階級「普羅文學」的口號,並對魯迅、葉聖陶、
茅盾、郁達夫等五四作家展開了清算和批判。魯迅、茅盾等人也與創
造社和太陽社諸人展開了關於「革命文學」的論爭。[66]後來在中共中
央的領導和協調下,以上這些左翼作家停止論爭、盡釋前嫌,團結眾
人之力,共同對抗國民黨的反左勢力,並於 1930 年在上海成立了「左
翼作家聯盟」,先後出版《萌芽》、《拓荒者》、《北斗》、《世界文化》、《十
字街頭》、《前哨》、《文學》、《文藝新聞》、《文學月報》等多種刊物。[67]
引領三十年代重要的文學與文化思潮。

---

[65] 錢理群、溫儒敏、吳福輝:《中國現代文學三十年》(北京:北京大學出版
社,2009 年 6 月),頁 148。

[66] 魯迅與創造社和太陽社成員的論爭,是出於對文學的不同看法,魯迅不認
同創造社李初梨等人把文學視為宣傳工具的觀點,他認為革命文學家與革
命家不同,文學在革命之前是無力的。為此,魯迅投入馬克思理論的翻譯
與研究,想要探討「革命文學」存在的可能。但後來魯迅仍然決定與左聯
站在同一陣線,這是因為他真正相信這樣的一個文學團體會對中國的文壇
甚至中國的將來帶來好處。此部份參考〈《東方早報》採訪王宏志談魯迅與
左聯〉http://www.douban.com/group/topic/10124502/

[67] 此部份參考李洪華:《上海文化與現代派文學》(臺北:秀威出版社,2008
年 10 月),頁 188。

　　1930 年 3 月 2 日在上海成立了左翼作家聯盟，簡稱「左聯」，左
聯的成立，對於推動左翼文藝運動的發展有顯明的助益。左聯成立後
的首要工作是成立馬克思主義文藝理論研究會，加強對馬克思主義文
藝理論的翻譯、介紹、研究。馬克思主義經典文藝論著早在二○年代
中期就介紹到中國，無產階級革命文學論爭更推動了馬克思主義文藝
理論的翻譯與傳播。與此同時，左聯自覺地加強了與世界文學，特別
是世界無產階級文學運動的聯繫，輸入前蘇聯文學作品和西方作家的
作品，據統計，自 1919 年至 1949 年，全國翻譯出版外國文學書籍約
一千七百多種，而左聯時期翻譯出版的就約有七百種，占百分之四十，
其中蘇聯作品譯出最多。也有一部分中國作家的作品翻譯介紹到國
外，得到世界的讀者。再來就是積極推動文藝大眾化的運動，左聯成
立後，即設立文學大眾化研究會，明確指出「文學的大眾化」是建設
無產階級革命文學的第一個重大的問題。左聯時期曾進行三次規模較
大的文藝大眾化討論，「文藝大眾化」問題的討論和創作實驗幾乎貫穿
三○年代，其討論涉及大眾化的意義，大眾文學的形式、內容、語言
等問題，但理論探討與文藝實驗的具體收穫，則集中在「文學形式」
的問題，提出了採取民間文學的形式，對民族傳統文化批判與繼承，
研究現代文學新的民族形式等問題。以左聯為核心的無產階級文學運
動非常重視創作方法的革新，積極推行富於革命意味的新的現實主
義。革命文學倡導初期，曾在五四文壇上極力張揚浪漫主義的創造社
成員，此時卻激烈地宣布告別浪漫主義。他們將創作方法與政治立場
等同起來，獨尊現實主義而排斥其他的創作方法。無產階級文學運動
在後期又從蘇聯引入了「社會主義現實主義」的口號，作為一種創新
的方法，其影響比以往其他方法更深遠，甚至一直延續到當代。[68]

---

[68]　此部分參考錢理群、溫儒敏、吳福輝：《中國現代文學三十年》（北京：北

　　文學創作上，此時期產生了茅盾《蝕》與《虹》等小說，丁玲〈一九三〇年春上海（之一）（之二）〉，描寫左傾知識分子從個人反抗到社會鬥爭的過程，茅盾的《子夜》和一些相關的中短篇作品，則探討了中國社會該往何處去，中國的未來等問題，蔣光慈《咆哮了的土地》（後改名為《田野的風》）則直接描寫與反映工農鬥爭的情況。此外創作隊伍的擴大，文藝人才的培養，也是左聯時期的重要收穫。在左聯成立時，魯迅曾發表《對於左翼作家聯盟的意見》他提出「應當造出大群的新的戰士」[69]的建議。他自己也提拔與獎勵不少青年文藝工作者和新進作家，尤以短篇小說的創作，表現最為搶眼。其中，張天翼便是深受注目的新興作家，張天翼的筆下對階級壓迫和階級鬥爭有不少描寫，〈笑〉、〈三太爺和桂生〉這類的作品，深刻反映了土豪劣紳的卑劣行徑，與受壓迫者的犧牲。在創作方法上，現實主義與唯物辯證的創作方法是左聯所推崇的，1931 年，張天翼的〈二十一個〉與丁玲的〈水〉，反映了民眾的團結，勾勒出農民的集體行動與反抗者的群像，擺脫前期革命文學個人主義與英雄主義的描寫手法，被當時左翼文壇視為一種突破性的文學新形式。其後茅盾的《子夜》則以恢弘的長篇小說描寫當時二元對立的階級社會，也被認為是左聯時期亮眼的文學成績。左聯除了是文藝團體，同時也進行革命活動，必須參與集會與分發傳單，絕大多數的左聯成員也同時加入共產黨，丁玲繼承亡夫胡也頻的事業，出任左聯出版刊物《北斗》的主編及左聯黨團書記，她的轉變包括創作內容的轉向，將文學作品的聚焦所在，由都市小資產階級女性頹廢虛無的內在糾葛，轉變為探討革命女性的進步生活。茅盾則是對於他不認同的組織意見，採取消極的態度，避免正面衝突。

京大學出版社，2009 年 6 月），頁 150-154。
[69] 魯迅：〈對於左翼作家聯盟的意見〉，《魯迅全集‧第六卷》（臺北：唐山出版社，1989 年 9 月），頁 52。

蔣光慈因為不願意無條件接受組織的決議，之後被迫退黨。張天翼的崛起，茅盾的《子夜》創作，丁玲的文學轉向，以及蔣光慈的隕落，與左聯存在著複雜糾結、相互勾連的關係。

二、左翼文學脈絡中的都市小說

葉文心在《上海繁華：都會經濟倫理與近代中國》中提到：「三〇年代中期，一股左翼思潮在上海崛起，把都市資產階級個人與家庭的出路跟國家民族的出路結合起來論述。根據這個說法，市民階層的悲劇，並不是個人的悲劇，而是整個國家命運在帝國主義體系之下的寫照。上海的中國民族資本逃不出西方殖民主義經濟勢力的籠罩，也逃不出帝國主義一貫的侵略與剝削。都市的市民階層如果想要為自己及家人找到生機，唯一的出路就是加入社會主義的陣營，以國為家，以集體結合的力量與剝削者做正面的戰鬥。」[70]葉文心的觀點說明了包括茅盾《子夜》在內部分左翼都市小說的內容主旨及中心思想，但並非所有的左翼都市小說都是同樣的主題，若以此一言蔽之，不免簡化了左翼都市小說的內容思想，左翼都市小說兼容了左翼小說與都市文學的特點，形成三〇年代一種重要獨特的文類。

關於三〇年代左翼小說的研究，一般都是從左翼文學思潮的整體發展切入，繼而分論其中重要作家的個別風格與文學轉變。《上海現代文學史》便總論了左翼文學的社會背景，文學理論，然後分析魯迅、茅盾、柔石、丁玲、張天翼的創作，之後根據地域分論東北作家、湖

---

[70] 葉文心：《上海繁華：都會經濟倫理與近代中國》（臺北：時報文化出版公司，2010 年 6 月），頁 12。

南作家、四川鄉土作家群的代表作品與特色。[71]曠新年的《1928：革命文學》也是從左翼文學的時代背景談起，討論 1928 年文學生產的方式，左翼文學的思潮與論爭，進而論述魯迅與其他作家的作品。[72]二○年代小說派別依照文學社團為主，三○年代小說的特色與此不同，地域文化具有較大的影響，《上海現代文學史》便是從地域的思考面向切入，進行爬梳。《1928：革命文學》則是從左翼文學思潮、論爭，以及文學生產方式進行析論。三○年代左翼文學的發展中，蔣光慈所引領的革命戀愛風潮可以視為革命文學第一階段的重要類型，1931 年丁玲發表的小說〈水〉，緊密結合時事，以 1931 年同年發生的波及十六省的大水災事件為題材，標誌著左翼作家由個人敘事走向集體敘事的傾向，茅盾 1933 年出版的《子夜》，以民族資產家吳孫莆與金融買辦資產階級趙伯韜的鬥爭為故事主軸，是社會剖析小說的顛峰之作，同時獲得讀者與文評家的肯定，成為左翼都市小說的代表。《中國現代文學三十年》中提到，「成立於 1930 年的『左翼作家聯盟』（簡稱『左聯』）並不是一個純文學流派。它是文學與政治兼有的社團。由此造成的革命現實主義的小說，從幼嫩到相對成熟，形成很大的影響。以茅盾為首，包括沙汀、吳組緗、葉紫等青年作家所創作的社會剖析小說，是其中的一支，但卻是對整個 20 世紀中國現實主義小說起到舉足輕重的作用的。此外的左翼小說各有特色，如張天翼犀利明快的諷刺，艾蕪、蕭紅的浪漫抒情精神對現實主義的多方滲透，都顯示了當時的小說觀念和體式的多樣進步。」[73]「左翼小說繼承『五四』傳統將社會

---

[71] 王文英主編：《上海現代文學史》（上海：上海人民文學出版社，1999 年 6 月），頁 158-264。
[72] 曠新年：《1928：革命文學》（山東：山東教育出版社，1998 年 5 月）
[73] 錢理群、溫儒敏、吳福輝：《中國現代文學三十年》（北京：北京大學出版社，2009 年 6 月），頁 227。

小說文體加以強化，以其階級性、民族性的活力，吸引了當時激進文學青年中的英才。不僅有農村破產的鄉土小說寫出，也產生了將城市作為政治鬥爭舞臺來看的都市小說。」[74]曹清華〈何為左翼，如何傳統──「左翼文學」的所指〉中則提到「左翼身分」所承載的對未來歷史的想像和對社會下層的關注，在小說敘事話語中，表現為「反抗和出走」的情節和對下層社會苦難的想像與寫作。「反抗」的情節有兩種形式，其一是「出走／漂泊」，擺脫已有的社會秩序。其二是革命。「反抗和出走」情節的動力首先訴諸下層社會無法忍受的苦難，例如飢餓、受虐、人格的受辱等。苦難的敘事延伸到了社會的每個角落和人生需要的各個層次，成為左翼小說「現實感」的重要基礎，以及人們討論左翼小說「現實主義」特徵的基本素材。[75]綜合前述種種觀點，簡要論之，三〇年代左翼小說設定的故事場景經常是二元對立的鄉村與都市，以此突顯階級衝突的問題，其中不乏有作者借鑑西方作品，所產生的靈感，而作品中所關注的對象，包括工農兵及小資產階級知識分子，甚至於資產階級，這與四〇年代之後左翼作家將關注力偏重於農村的景況有所不同。三〇年代左翼小說的部分內容會結合社會時事，社會剖析小說是當時現實主義小說中的正格，而左翼小說的情節模式則可分為對下層社會的苦難同情，進而主張主角的反抗、出走、革命，對現有政治形態與社會體制的抗爭。其中又依據不同作家的性格特質與背景經歷的殊異，使其作品呈現出大異其趣的風格特點。

　　舒欣在其論文《左翼都市小說創作論》中將左翼都市小說分成三種類型，一、以丁玲、胡也頻、蔣光慈為代表的「革命加戀愛」式的

---

[74] 錢理群、溫儒敏、吳福輝：《中國現代文學三十年》（北京：北京大學出版社，2009年6月），頁240。

[75] 曹清華：〈何為左翼，如何傳統──「左翼文學」的所指〉，《學術月刊》，第40卷1月號（2008年1月），頁106-109。

小說。二、以張天翼為代表的市民型小說。三、以茅盾為代表的社會分析型小說。[76]這種以作家代表作品為主的分法確實可以說明左翼都市小說中的三種型態，但這種分類方式過分簡化了作家作品中豐富複雜的思想內涵，深層底蘊，作家本身的文學轉向，以及左翼作家其都市作品中的特殊共相。本文想進一步探究的是，左翼都市小說作為一種特殊類型，其實兼具了左翼小說與都市小說的特色，在部分中國左翼作家的筆下，過度強調革命的理想化，使得文學作品淪為革命的宣傳，都市光影綽約的魅姿與駁雜紛陳的內涵被忽略化約，對上海的拒斥與醜化，使上海成為不被理解的「他者」，這也是李歐梵想為上海重新翻案的原因。在之後的章節，本文將選取三〇年代具有代表意義的作家，重新詮解其作品中對於上海的理解與形構，觀察都市中物質欲望與革命理想相互拉扯，彼此拮抗的微妙關係。

---

[76] 舒欣：《左翼都市小說創作論》（長沙：湖南師範大學，2001 年 5 月），頁 2。

第三章　浪漫的革命戀歌

　　由蔣光慈所引領的革命戀愛小說，是三〇年代革命文學第一階段的主要類型，五四時期所推崇的戀愛自由與個性解放的價值，到了三〇年代發生觀念的轉變，「革命」成為一種新的人生選項，革命與戀愛或者共榮共存、並行不悖，或者衝突對立、扞格不入，在多數左翼作家筆下，戀愛的崇高性與神聖性都被革命所消解與取代。本章要探討的是戀愛與革命之間或者和諧或者矛盾的關係，蔣光慈、丁玲、茅盾、張天翼四位作家，對於都市、革命與戀愛的觀察為何？都市與戀愛、革命之間的勾連？三〇年代左翼小說中被過度浪漫化的究竟是愛情或者革命？革命文學是寫實主義還是浪漫主義？藉此重新思考三〇年代左翼文學中都市、愛情與革命的深層底蘊。

第一節　從五四浪漫主義到革命戀愛小說

　　茅盾曾提到，他統計了 1921 年 4、5、6 月發表在《小說月報》上的小說，其中「描寫男女戀愛的小說占了全數百分之九十八」，而內容不是描寫愛情的不自由，便是多角戀愛的困擾。[1]這說明了五四時期戀

_____

[1]　《中國新文學大系‧小說一集導言》(臺北：業強出版社，1990 年 1 月)，

愛的主題有多麼引起作家與讀者的高度關注，而對於自由戀愛的熱烈
追求肇因於五四運動中個人的發現、自我意識的提高，以及自我權力
的確定。婚姻在中國傳統世界是被父母與家長所掌控決定，子女無從
置喙，因此在舊式婚姻裡，個人的愛情即使被犧牲，大多也無法反抗。
五四知識分子主張振興衰敗腐朽的落後中國，中國固有價值被顛覆摧
毀，自然也包括家庭的束縛管控，《浮生六記》、《紅樓夢》等抨擊大家
庭剝奪個人戀愛自由的小說被高度推崇，「自由戀愛」挾帶著西方民主
自由的觀念，成為一種富有現代性的進步行為。

　　李歐梵分析五四知識分子群體和作家個性的共同點在於，他們有
一種強烈的性格力量，這力量賦予五四文人一種格外積極的心態，使
他與他衰老、虛弱、抱定傳統的對手區隔開來，這種青春力量鋒芒所
向，大都是去摧毀傳統的。夏志清認為中國青年在五四運動中所表現
的樂觀與熱情，與法國大革命那一代的浪漫派詩人，在本質上是相同
的。[2]在拋棄了一切傳統方式與價值觀念，摧毀了一切信仰與固有的取
向後，五四作家發現自己處在一種文化的真空裡，那個時代還沒有出
現毛澤東思想這樣一個新的體系，由於擺脫了政治權力和缺乏與任何
一個社會階級的一種有機聯繫，五四作家們不得不回到自身，並且把
他的自我價值強加到社會其他人身上，幾乎有十年，這種青春期感情
奔瀉的主調，可以用愛情這模糊的詞概括。由於五四青年駕馭著「浪
漫主義的風潮」，所以愛情成為他們生活的中心點，作家本身是這種潮
流的領袖，他們認為必須創作出一些自白式的愛情作品，並且以愛情
為基礎創造一種摩登的生活方式，因此五四作家筆下最流行的人物形

　　頁 9-10。
[2]　夏志清原著，劉紹銘等譯：《中國現代小說史》（香港：友聯出版社，1979
　　年 7 月），頁 13。

象常常是一對或是三角之間的愛情糾葛。愛情成為一種新的道德象徵，很容易地取代了傳統的禮法，在解放的大風潮中，愛情與自由有同等意義，戀愛也被看作一種反抗和真摯的行為，它拋棄虛偽社會的一切人為限制，為了去發現自我並且將自我向愛人完全敞開。[3]在王綱解紐的五四時期，知識分子自覺地揚棄了傳統中國，在舊秩序崩解之後，轉而投向自由戀愛的國度，追求個性解放與自我權力的展現，家庭變成妨礙戀愛自由的障礙物，對抗家庭成為首要目標，進而反抗家庭權威背後所代表的破敗陳舊的中國。然而五四時期的浪漫主義與個性解放，這些原本所推崇的價值，到了三〇年代被重新定義，當愛情遇見政治，小我與大我的碰撞衝擊，個人利益與集體利益的衝突對立，愛情的順位被迫產生位移，「革命」成為一種新的人生選項，原本執迷在自由戀愛氛圍中的青年男女，意識到革命的激情與魅力，為了戀愛拋棄革命、為了革命拋棄戀愛、與愛人同赴革命，形成三種新的糾葛掙扎。而在此類左翼小說戀愛加革命的主題中，都市的角色與意義，值得深入探析。

一、蔣光慈的革命戀愛小說

1928-1930年普羅文學的主要特徵是「革命的浪漫諦克」，而「革命的浪漫諦克」的精髓是「革命加戀愛」的公式。錢杏邨曾提到：「書坊老闆會告訴你，頂好的作品，是寫戀愛加上點革命，小說裡必須有女人，有戀愛。革命戀愛小說是風行一時，不脛而走的。我們很多的

3　費正清主編，章建剛等譯：《劍橋中華民國史》（上海：人民出版社，1991年11月），頁510-511。

作家歡喜這樣幹,蔣光慈當然又是代表。」[4]蔣光慈不僅是此一文學的首要創作者,也是關鍵的類型代表。

　　蔣光慈(1901-1931)原名蔣如恒,1901 年 9 月 11 日出生於安徽省六安地區金寨縣,祖父是轎夫,父親為塾師,經營小本生意。蔣光慈幼年時便展現文學才華,受到父母寵愛,十八歲開始接觸無政府主義的思想,逐漸參與革命活動,1919 年以筆名蔣光赤發表文章,(1927年出版《野祭》時,因為白色恐怖而更名為蔣光慈。)1921 年蔣光慈21 歲時前往莫斯科留學,並認識當時《北京晨報》駐莫斯科記者瞿秋白,透過瞿秋白的介紹,1924 年蔣光慈於共產黨創立的上海大學社會系任教,1926 年在上海出版《少年漂泊者》,講述無產階級少年所受到的欺壓,父母雙亡後四處流浪,最終從軍而死。在青年讀者間引起熱烈迴響,小說出版後,七年間重版十五次。1927 年他陸續出版《鴨綠江上》、《短褲黨》,《短褲黨》結合時事,形成左翼文本中報導文學的新實驗。之後,蔣光慈的文學創作進入高峰,他出版了《野祭》、《菊芬》、《最後的微笑》、《麗莎的哀怨》、《衝出雲圍的月亮》等作品。蔣光慈的小說一向被視為革命加戀愛的代表類型,作品中多半有這兩種元素,刺激性的革命生活與不甚相關的性愛內容刺激了讀者的閱讀想像。《鴨綠江上》收錄蔣光慈的八篇短篇小說,與《最後的微笑》內容類似,多半是資產階級壓迫無產階級,後者起而反抗的故事,《短褲黨》是關於上海工人武裝起義的報導文學,在蔣光慈的作品中,風格較為特殊,《野祭》、《菊芬》、《衝出雲圍的月亮》都是革命加戀愛的小說,《野祭》與《菊芬》都以貌似蔣光慈本人的作家為男主角,內容以革命與戀愛為主軸,且兩者畫上等號。《衝出雲圍的月亮》以對革命幻滅

4　錢杏邨:〈革命的羅曼蒂克──序華漢的三部曲《地泉》〉,《阿英全集‧第一卷》(安徽:安徽教育出版社,2003 年 7 月),頁 673。

的女兵為主角，描述她試圖以肉體報復資產階級男性，最終重新燃起對革命的熱情，與心愛的左翼志士共赴光明的革命道途。《麗莎的哀怨》主角是流亡上海的白俄貴族麗莎，因為俄國的共產革命，使她逃亡海外，沒有謀生能力，又失去了貴族的地位與尊嚴，落得以賣淫度日，最後染上梅毒而自殺。後期的作品如《咆哮了的土地》（後全書出版後改名為《田野的風》）是一部反映共產黨領導農民武裝鬥爭的長篇小說。[5]

今日已乏人問津，同時讀者寥寥無幾的蔣光慈，在三〇年代卻曾經是引領文壇風潮的暢銷作家，令現在讀者無法想像的是，1928 至1930 年間，蔣光慈的作品成為青年的聖經，其作品也一版再版，一年之內就重印了好幾次。他的書被改頭換面不斷盜版，別人的作品也會被印上蔣光慈的大名而暢銷，甚至茅盾出版於 1929 年 7 月的短篇小說集《野薔薇》中的作品，1930 年 1 月也被包裝成蔣光慈的創作，以《一個女性》為名出版。[6]由此可理解蔣光慈的革命文學影響之深。曠新年於《1928：革命文學》中提到 1926 年出版的《少年漂泊者》是由五四浪漫主義到革命浪漫主義的轉型作品，它是郁達夫窮愁風格和「零餘者」原型的延伸與變形，並且選擇了書信這種典型的浪漫主義體裁，傾訴主角五卅運動前十年的漂泊歷程與反抗的情緒。[7]曠新年的觀點指

---

[5]　此部分參考方銘編：《中國文學史資料全編・現代卷・蔣光慈研究資料》（北京：知識產權出版社，2009 年 10 月），頁 2-19。本文主要著墨的除了蔣光慈的處女作《少年漂泊者》之外，還包括蔣光慈以上海為背景的小說，如《野祭》、《菊芬》、《衝出雲圍的月亮》、《麗莎的哀怨》等，《短褲黨》是以上海為背景的報導文學，《最後的微笑》觸及資產階級與無產階級的對立，及無產階級的暴力革命，也都在本文討論比較的範疇中。

[6]　曠新年：《1928：革命文學》（山東：山東教育出版社，1998 年 5 月），頁 95-96。

[7]　曠新年：《1928：革命文學》（山東：山東教育出版社，1998 年 5 月），頁 91。

出蔣光慈的重要性之一,《少年漂泊者》是五四浪漫主義過渡到革命浪漫主義的轉型代表,蔣光慈的文學風格則繼承了郁達夫小說中的窮愁形象,讓原本追隨五四作家奔放情感的讀者們踩踏著熱烈浪漫的步伐走上了革命之路。

《少年漂泊者》與蔣光慈後期的作品《田野的風》同樣觸及階級對立的愛情,《少年漂泊者》的主角汪中是一個父母雙亡的孤兒,雙親因為被地主逼租而過世,汪中開始漂泊的人生,想當土匪未果,曾經行乞,當過奴僕,之後在一間雜貨店,擔任老闆劉靜齋的學徒,汪中與劉靜齋的女兒劉玉梅發生情愫,因而被送走,到洋貨店擔任夥計,又因幫助抵制日貨的學生而被辭退,之後輾轉當過茶房、紗廠工人,在二七大罷工期間參與工會事務而被捕,之後參加工運,最終加入黃埔軍校在作戰中死去。在少年汪中年輕卻漂泊的悲劇人生中,只談過一次瀰漫著哀愁感的戀情,汪中與劉玉梅之間,就像才子佳人、鴛鴦蝴蝶的愛情故事般,處於不同階級的兩人受到家長的阻撓,劉玉梅的父母替她代訂婚姻,無法與汪中廝守的佳人因而一病不起,香消玉殞。玉梅臨死之前寫信給汪中:「我是一個弱者,我不能將我對於你的愛成全起來;你又是一個不幸者,你也沒有成全我倆愛情的能力。……我只得病,我只有走入死之一途。」[8]汪中因為貧窮孤苦,無力爭取他的愛情。「我的家在什麼地方?我的財產在什麼地方?我現在所處的是什麼地位?我是一個漂泊的孤子,一個寄人籬下的學徒,我哪有權利向玉梅的父母要求呢?聽說王氏子的父親做的是大官,有的是田地金錢,所以玉梅的父母才將自己的女兒許他;而我是一個受人白眼的窮小子,怎能生這種妄想呢?」[9]在蔣光慈的小說中,貧窮與戀愛未遂的

---

[8] 蔣光慈:〈少年漂泊者〉,《蔣光慈文集·第一卷》(上海:上海文藝出版社,1982 年 11 月),頁 48-49。

[9] 蔣光慈:〈少年漂泊者〉,《蔣光慈文集·第一卷》(上海:上海文藝出版社,

人同樣是弱者，而他們共同對抗的是萬惡金錢與貧富階級。《田野的風》也描寫了階級不對等的愛情，但這次是男尊女卑。《田野的風》故事內容，敘述出身資產階級的男主角李杰因為和農民之女王蘭姑早夭的愛情，而踏上革命，他回鄉發展農會，運作農村土地革命，但後來因為情勢變故，上級要求解散農會，李杰由於堅持革命，於是與好友張進德率領農民自衛隊退居山林，繼續抵抗反革命的勢力，結局是李杰在戰鬥中不幸身亡，而他的好友則繼續奮鬥，開始了新的美好生活的夢。在李杰與王蘭姑的愛情故事中，兩人已暗結珠胎，無奈身分的差距造成雙方注定無法結合，王蘭姑在走投無路之下自盡，懷念故人的李杰也從此脫離家庭。《少年漂泊者》與《田野的風》同樣控訴階級的差異導致戀情的失敗，以至於戀人的死亡。革命戀愛文學的原型可以追溯到中國才子佳人鴛鴦蝴蝶的傳統言情小說，這類才子佳人的故事在唐傳奇宋話本明清戲曲小說中，必須以男子高中狀元，取得雙方家長認同，才能獲得喜劇的大團圓結局。但到了三〇年代左翼小說中，革命成為扭轉情愛悲劇的唯一方法，蔣光慈的小說將五四時期所對抗的父權體制與宗法家族，轉化為對階級制度與意識形態的抗爭，雖然這兩部小說中的愛情型態與諸多傳統言情小說相同，依舊是家庭對於子女戀愛的阻撓，但是蔣光慈突顯出家長干涉與反對的行為背後，其主因是階級意識的作祟，革命是為了摧毀不合理的貧富階級制度，唯有如此才能拯救戀人們的悲劇愛情，以及青春生命的隕落。在這兩部小說中，除了「戀愛」之外，都牽涉到「死亡」，例如劉玉梅的病故與王蘭姑的自殺，死亡成為她們爭取自主的方法；而汪中的戰鬥與李杰的革命，同樣以死告終，相較之下，是更具積極性的抵抗。或有論者會認為女性為男性殉情此一安排，是落入性別歧視的傳統窠臼，或認

1982 年 11 月），頁 50-51。

為過多的死亡消解了革命戰鬥的積極意義。但在蔣光慈其他文本中，亦不乏女性踏上革命之途的情節，這兩部作品的殉情安排，僅能說是強化了女性在舊社會中弱勢的處境，並鼓勵讀者，弱者必須反擊，即使結局難逃一死，也應該奮戰而亡。

《少年漂泊者》中，汪中由一個軟弱無助的孤兒，蛻變為抗戰到底的英雄，可說是革命青年的成長史，吸引鼓動了當時無數的熱血青年，踏上革命的理想大道，後期的作品《田野的風》中，作者將關注聚焦於農村的武裝暴動，這兩部作品與都市的關聯性較低。真正開創出「革命加戀愛」模式的作品是《野祭》，本文將透過這部作品及《衝出雲圍的月亮》，探究蔣光慈「革命加戀愛」模式的作品與上海的關係。

二、革命、戀愛與上海

錢杏邨在《野祭》的書評中提到：「現在，大家都要寫革命與戀愛的小說了，但是在《野祭》之前，似乎還沒有。」[10]這說明了蔣光慈的《野祭》可作為「革命加戀愛」模式的起點。[11]1927 年 11 月初版的《野祭》，內容以第一人稱「我」展開敘述，描述主角形象與蔣光慈本人十分接近的陳季俠在上海的故事，於上海 S 大教書的男性革命文人陳季俠住在租賃的居所中，房東的女兒章淑君對陳季俠頗有好感，但陳對於「不十分美麗」，「很普通而無一點兒特出」的淑君不感興趣，而鍾情於自然樸素，散發著「很深厚的平民風味」，同時具有「天真的

---

[10] 錢杏邨：〈《野祭》〉，《阿英全集・第二卷》（安徽：安徽教育出版社，2003 年 7 月），頁 659。

[11] 根據楊義的觀點，革命加戀愛的模式在蔣光慈《少年漂泊者》、《鴨綠江上》可窺出端倪，不過真正引領文壇潮流是自《野祭》開始。詳見楊義：《中國現代小說史・第二卷》，（北京：人民出版社，1988 年），頁 55。

處女美」的鄭玉弦。當反革命浪潮來襲時，鄭玉弦卻選擇疏遠陳季俠，讓陳看清楚她「心靈的微小」。反觀章淑君，她對於舒服的生活，感到沒有味道，她認為與其這樣平淡地活著，倒不如轟轟烈烈地死去，於是成為陳季俠的革命同志，在危機四伏的反革命時代，她仍然毫不畏懼地上街發傳單，最後慘烈地被槍斃。陳季俠於是買了玫瑰酒與鮮花在海邊野祭淑君，為她寫下浪漫的哀詩悼詞。《野祭》裡對於自由戀愛有一番討論。淑君的嫂嫂提到：「現在男女生流行自由戀愛，這不是亂軋姘頭是什麼？」淑君說：「自由戀愛本來是可以的，……不過現在有些人胡鬧罷了。……男子所要求於女子的，是女子生得漂亮，女子所要求於男子的，是男子要有金錢勢力……唉！什麼自由戀愛？！還不是如舊式婚姻一樣的胡鬧麼？……」對於五四以來所弘揚的自由戀愛的價值，小說中有新的評價，並提出所謂的自由戀愛與舊式婚姻並無二致，假自由之名，實則同樣是條件論的複製，以此消解五四時期對自由戀愛的推崇。在這部小說中，愛情與革命緊緊相繫，章淑君對陳季俠落花有意的愛情成空之後，她將生命重心轉向陳所認同的革命事業，以革命彌補愛情的匱缺，當鄭玉弦因懼怕反革命勢力而疏遠陳季俠，陳感到很平靜，毫不難過，「這是我的薄情的表現嗎？」「這是因為她把我所愛的東西從她自己的身上取消了。」[12]陳將愛慕的眼光轉向忠貞擁抱革命的章淑君，當淑君為革命勇敢犧牲時，陳季俠感到深刻的哀慟。在這三角關係中，章淑君因為愛情而投入革命，陳季俠因為革命而產生愛情，反革命的鄭玉弦因為理念不同，使她與陳季俠之間的愛情瞬間消泯。革命成為推動或者消滅愛情的重要元素，亦即革命是優於愛情的人生選項。

---

[12] 蔣光慈：《野祭》，《蔣光慈文集·第一卷》（上海：上海文藝出版社，1982年11月），頁372。

　　《野祭》故事背景發生在上海，小說中上海被視為一種對照貧富差距的元素，「去年夏天，上海的炎熱，據說為數十年來所沒有過。……富有的人們，有的是避熱的工具，……可是窮人呢，這些東西是沒有的，必須要從事不息的操作，除非熱死才有停止的時候。機器房裡因受熱而死的工人，如螞蟻一樣，……黃包車夫時常拖著，忽地伏倒在地上，很迅速地斷了氣。」[13]「在上海，近來在旅館內開房間的風氣，算是很盛行的了。……不過窮苦的我，卻不能而且不願意多進入這種場所。手中寬裕些而好揮霍的俞君，卻時常幹這種事情。他為著要介紹密斯鄭同我認識，不惜在東亞旅館開了一間價錢很貴的房間，……我很奇怪，當我每進入到裝潢精緻，佈置華麗的樓房裡，我的腦子一定要想到黃包車伕所居住的不蔽風雨的草棚及污穢不堪的貧民窟來。……」[14]然而無論是小說中的陳季俠，或者現實裡的蔣光慈，同樣地難以拒絕上海都市生活的浪漫與愜意，一面同情著無產階級的貧窮生活，書寫鼓舞革命的文學，另一方面卻反諷地談著美好的戀愛，享受不食人間煙火的生活。小說中的陳季俠與鄭玉弦到公園散步、影戲院看影戲、與好友把酒言歡，預計到西湖旅行，盡情享受著舒適的都市生活，他也自稱「我是一個流浪的文人，平素從未曾做過實際的革命的運動。照理講，我沒有畏避的必要。」[15]現實生活中的蔣光慈因為書籍的暢銷，是當時最多產的文人，同時也是第一個賣文維生的共產黨作家，[16]這當然是在資本主義盛行的上海書市才有辦法做到，

[13]　蔣光慈：《野祭》，《蔣光慈文集·第一卷》（上海：上海文藝出版社，1982年11月），頁310。

[14]　蔣光慈：《野祭》，《蔣光慈文集·第一卷》（上海：上海文藝出版社，1982年11月），頁333。

[15]　蔣光慈：《野祭》，《蔣光慈文集·第一卷》（上海：上海文藝出版社，1982年11月），頁364。

[16]　夏志清原著，劉紹銘等譯：《中國現代小說史》（香港：友聯出版社，1979

多產的前提是暢銷，也因多產才能以鬻文糊口。蔣光慈的第三任妻子吳似鴻回憶初識蔣光慈時的模樣，蔣光慈身著呢大衣、西褲、皮鞋、戴鴨舌帽，頗有風度。吳似鴻並提到為追求女伴，蔣光慈可以非常從容地帶吳似鴻吃法國菜、喝咖啡、逛大世界電影院、赴先施百貨購物。同時他們住在法租界一間美國房東的屋子裡，房東雇有會烹調西餐的中國廚子，為他們料理洋蔥牛肉餅、牛肉青菜湯、煎魚、燒雞或烤鴨、油炸排骨等等。[17]在蔣光慈另外一部作品《菊芬》中，蔣光慈透過女主角菊芬與另一個形象與蔣光慈接近的男性革命文人江霞的對話，替自己辯白。「你能說文學與革命思想沒有關係嗎？你能否認文學不能鼓動革命的情緒嗎？老實向你說，一篇好的革命文學的作品，比一篇什麼宣傳大綱的效用還要大呢。」[18]以此說明書寫革命文學與參與革命活動同等重要，甚至有過之而無不及。然而參與革命原本就是拋頭顱、灑熱血的危險行徑，文學家一味地歌頌讚揚革命的偉大美好，鼓動胸懷浪漫壯志的青年犧牲性命，自己卻對革命活動敬而遠之，如此思想與行為之間的分裂，不免令人有言行相詭的質疑。蔣光慈本人因不願意參加示威遊行與集會而申請退黨，於 1930 年底被組織開除黨籍，小說中陳季俠的革命思想與他實際行為之間的落差，使他對無產階級的同情顯得諷刺可笑，反而印證了魯迅所言：「革命文學家風起雲湧的所在，其實是並沒有革命的。」[19]

　　曠新年於《1928：革命文學》中提到：「普羅文學與現代主義文學都是現代城市的精靈，它們發生在資本主義高度發達的上海不是偶

---

17 吳似鴻：《我與蔣光慈》（南寧：廣西教育出版社，1992 年），頁 8-46。
18 蔣光慈：《菊芬》，《蔣光慈文集・第一卷》（上海：上海文藝出版社，1982年 11 月），頁 410。
19 魯迅：〈革命文學〉，《魯迅全集・第五卷》（臺北：唐山出版社，1989 年 9月），頁 142。

然的。普羅文學的先鋒蔣光慈的作品大多以上海為背景，例如他的代表作《衝出雲圍的月亮》開篇描寫上海的『夜』，一開始就捕捉到了現代主義對於現代城市的那種特殊的『新感覺』。」[20]《衝出雲圍的月亮》是蔣光慈另外一部「革命的浪漫諦克」的代表作，出版於 1930 年 1 月，革命與愛情的勾連與《野祭》有著相似之處，只是這次主角換成女性王曼英。美麗的王曼英在革命浪潮的呼喚之下，成為一個女兵，她的同袍之中有兩個愛慕她的對象，分別是李尚志與柳遇秋，真摯木訥的李尚志不敵口才流利、目光靈動的柳遇秋，只能獲得王曼英的友誼。而後，三人因故分散，在蔣中正清黨之後，王曼英面對大革命的失敗，她感到幻滅與消沉，內在虛無並且失去目標，於是她產生自暴自棄與陰暗幽微的報復之心，輾轉來到上海的她，在阮囊羞澀的現實情勢中，她與資產階級男性上床，索取金錢報酬，並幻想著用肉體征服、侮弄、摧毀、輕蔑他們。之後，她在上海分別與李尚志、柳遇秋邂逅，李尚志人如其名，堅定著他的革命事業，而柳遇秋卻投向敵對的國民黨陣營當官，原本獲得曼英芳心的柳遇秋，因為對革命的變節而失去曼英的愛，王曼英轉而敬重欽慕李尚志，李尚志的出現為曼英槁木死灰的內在帶來蓬勃的生機，王曼英一度以為自己罹患梅毒而打算投海自盡，但郊外自然的氛圍激勵了她，她進入工廠，以女工的形象洗淨自己的心靈，經過檢查，王曼英發現自己並沒有罹患梅毒，只是一般的婦人病，她以潔淨的身心與李尚志奔赴革命大業，如同衝出雲圍的月亮。小說中有關愛情的架構，與《野祭》雷同，愛情與革命幾乎畫上等號，革命是推動與消滅愛情的關鍵肇因，堅持革命者可以獲得意中人的情愛，不革命者的懲罰便是失去愛情，愛情如同是革命者的恩賜或者報酬，變成對於革命的連帶肯定，如同茅盾在《「革命」

---

[20] 曠新年：《1928：革命文學》（山東：山東教育出版社，1998 年 5 月），頁 91。

與「戀愛」的公式》文中所言，「革命陪襯著戀愛」、「革命決定了戀愛」、「革命產生了戀愛」，[21]愛情與革命被簡單地化約為相輔相成的共生關係。革命與戀愛的本質都是浪漫激情，對於輕狂少年，格外具有吸引力，蔣光慈成功掌握這兩項要件，其作品主軸幾乎是承繼了傳統通俗言情小說的架構，再加上革命的新元素，兼融傳統與流行的思想，同時接收了通俗小說與五四文學的讀者，吸引並鼓舞熱血澎湃、雄心勃勃的年輕男女，因而謂為風潮。

　　《野祭》與《衝出雲圍的月亮》同樣以上海為背景，但在後作中，上海被賦予較多的詩意與抒情成分，加入了現代主義與新感覺派的寫作技巧。「上海是不知道夜的。夜的障幕還未來得及展開的時候，明亮而輝耀的電光已照遍全城了。人們在街道上行走著，遊逛著，擁擠著，還是如在白天裡一樣，他們毫不感覺到夜的權威。而且在明耀的電光下，他們或者更要興奮些，你只要一到那三大公司的門前，那野雞會集的場所四馬路，那熱鬧的遊戲場……那你便感覺到一種為白天裡所沒有的緊張的空氣了。」[22]「曼英呆立著不動，兩眼無目的地望著街道中電車和汽車的來往。然而人眾如浪潮一般，不由她自主地，將她湧進先施公司店房裡面去了。她在第一層樓蹀了一回，又跑上第二層樓去。她看看這個，看看那個，不懷著任何的目的。買貨物的人大半都是少奶奶，小姐和太太，藍的，紅的，黃的……各式各種的衣服的顏色，只在她的眼簾前亂繞，最後飛旋成了一片，對於她都形成一樣的花色了。」[23]於此處，蔣光慈加入了新感覺派所強調的視覺體驗與

[21] 茅盾：〈「革命」與「戀愛」的公式〉，《茅盾全集・第二十卷》（北京：人民出版社，1982年11月），頁3。
[22] 蔣光慈：《衝出雲圍的月亮》，《蔣光慈文集・第二卷》（上海：上海文藝出版社，1982年11月），頁3。
[23] 蔣光慈：《衝出雲圍的月亮》，《蔣光慈文集・第二卷》（上海：上海文藝出

心理感受，以及將都市擬人化的寫作技法，都市與物質不再只是消極
被動的客體，而幻化為具有能動性的主體，上海的夜光與物質的飛旋
突顯了都市的存在感與權威性，這與新感覺派或現代派小說的觀點十
分接近。

當然上海依舊是罪惡的淵藪：

> 曼英到了上海……上海也向她伸著巨大的懷抱，上海也似
> 乎向她展著微笑……然而曼英覺得了，這懷抱並不溫存，這微
> 笑並不動人，反之，這使得曼英只覺得可怕，只覺得在這座生
> 疏的大城裡，她又要將開始自己的也不知要弄到什麼地步的生
> 活……七年前，那時曼英還是一個不十分知事的小姑娘，……
> 曾在上海停留了幾日。曼英還記得，那時上海所給與她的印
> 象，是怎樣地新鮮，怎樣地龐大，又是怎樣地不可思議和神
> 秘……七年後，曼英又來到上海了。……人事變遷了，曼英的
> 心情也變遷了，因之上海的面目也變遷了。如果七年前，曼英
> 很樂意地伏在上海的懷抱裡，很幸福地領略著上海的微笑，那
> 末七年後，曼英便覺得這懷抱是可怕的羅網，這微笑是猙獰的
> 惡意了。……她見著那無愁無慮的西裝少年，荷花公子，那艷
> 裝冶服的少奶奶，太太和小姐，那翩翩的大腹賈，那坐在汽車
> 中的傲然的帝國主義者，那一切的歡欣著的面目……她不禁感
> 覺得自己是在被嘲笑，是在被侮辱了。他們好像在曼英的面前
> 示威，好像得意地表示著自己的勝利，好像這繁華的南京路，
> 這個上海，以至於這個世界，都是他們的，而曼英，而其餘的
> 窮苦的人們沒有份……唉，如果有一顆巨彈！如果有一把烈

版社，1982 年 11 月），頁 125。

火！毀滅掉，一齊都毀滅掉，落得一個痛痛快快的同歸於
盡！……[24]

　　大世界！大世界！住居在上海的人們誰個不知道大世界
呢？這是一個巨大的遊戲場，在這裡有的是各種遊藝：北方的
雜耍，南方的灘簧，愛文的去聽說書，愛武的去看那刀槍棍棒，
愛聽女人的京調的去聽那群芳會唱……同時，又是一個巨大
的人肉市場，在這裡你可以照著自己的口味，去選擇那胖的或
瘦的姑娘。……呵，聽揀罷，只要你荷包中帶著銀洋……呵，
大世界！大世界！住居在上海的人們誰個不知道大世界呢？
在這裡可以看遊藝，在這裡又可以弔膀子……每逢電燈一亮的
辰光，那各式各種的貨色便更湧激著上市了。這時買主們也增
加起來，因之將市場變得更形熱鬧。[25]

在蔣光慈的筆下，上海依然是資產階級勝利的表徵，是人肉市場，是
金錢帝國，但《衝出雲圍的月亮》以擬人化的筆觸，寫出上海神秘、
不可思議、有趣、新鮮的誘惑與魅力所在，跳脫往昔單調扁平的萬惡
形象，以較有層次與深度的觀點勾勒上海的魔魅風華，使上海的形象
較過去的作品顯得深刻豐富。誠如曠新年所言，蔣光慈的作品大多以
上海為背景，第一個關鍵因素，自然因為上海是帝國主義與殖民主義
的產物，是世界資本金錢流轉的國際都市，上海存在著剝削人民的血
汗工廠，上海的貧富差距對立極端，是左翼文學首要撻伐的敵對目標。
第二，蔣光慈長居上海，作家擅長描寫觸手可及的熟稔事物，也是主

---

[24] 蔣光慈：《衝出雲圍的月亮》，《蔣光慈文集·第二卷》（上海：上海文藝出
　　版社，1982 年 11 月），頁 43-44。
[25] 蔣光慈：《衝出雲圍的月亮》，《蔣光慈文集·第二卷》（上海：上海文藝出
　　版社，1982 年 11 月），頁 83。

因。另外弔詭的一點，蔣光慈雖然將上海視為萬惡深淵，但無法否認的，上海是全中國最浮華奢靡，同時最具現代感的所在，革命與戀愛在當時都是時尚話題，搭配上海的摩登風景，無疑是相得益彰，都市、革命、戀愛，三種時髦元素使蔣光慈的小說呈現出先鋒前衛的氛圍。他的革命戀愛小說雖然是以傳統言情小說為經緯，但透過流行元素的包裝，舊瓶裝新酒，在市場上仍深受讀者的青睞。蔣光慈本人並不排斥把革命文學摩登化的作法，他曾在〈關於革命文學〉一文中論及：「有的人說，這一般舊式的作家所以也提倡革命文學的，是因為革命文學成了一個時髦的名詞，他們是藉此來投機的；」蔣光慈認為這是個人問題，沒有討論的必要，他甚至樂觀地認為：「這可見得中國文壇發展到了哪一個階段，而革命文學成了一個重要的傾向。」[26]蔣光慈革命戀愛小說的暢銷，形成一種摩登風氣，時尚潮流，在蔣光慈以上海為背景的革命戀愛小說中，「上海」與「革命戀愛小說」，原本應當是相互攻訐，彼此拒斥的關係，卻反而陰錯陽差地互蒙其利。「革命戀愛小說」在「上海」的包裝之下被時尚化、摩登化；而「上海」也在「革命戀愛小說」的宣傳之下，充滿著無法被擊倒的強大魔性與誘惑魅力。蔣光慈一類的革命戀愛小說越是竭盡所能地描摹上海紙醉金迷的醜陋，或者資產階級的勝利，越是突顯了革命尚未成功的現況，相對地也就強化了上海無法被擊倒，屹立不搖，顛撲不破的事實，於是「上海」與「革命戀愛小說」反而形成一種充滿反諷的微妙張力，彼此需索，相互依賴，這是蔣光慈所始料未及的。

「革命的浪漫諦克」此一說法最早出於蔣光慈 1926 年寫的論文〈十月革命與俄羅斯文學〉，他認為革命是羅曼諦克的，革命越激烈，

---

[26] 蔣光慈：〈關於革命文學〉，《蔣光慈文集‧第四卷》（上海：上海文藝出版社，1988 年 10 月），頁 166-173。

越能抓住詩人的心靈，因為詩人的心靈所要求的是偉大、有趣具有羅曼性的東西，但革命羅曼諦克的確切涵義究竟為何，蔣光慈並未明確貼切地表述，[27]有論者認為把現實的、嚴酷的瑣碎的革命工作理想化、純粹化，便是蔣光慈所謂的革命的羅曼諦克。[28]《地泉》1932 年重版時，瞿秋白、茅盾、鄭伯奇、錢杏邨和華漢自己，同時為該書作序，這五篇序言批評了《地泉》公式化傾向，另一方面對早期左翼文學進行了檢討。瞿秋白在批評《地泉》的序言中，對「革命的浪漫諦克」的涵義提出他的觀點，大致歸納為一、革命浪漫主義的藝術風格。二、革命家戀愛的題材。三、脫離實際的寫光明、寫革命的空話，寫大話之類的。四、標語口號式和公式化、概念化的傾向。[29]此時，「革命的浪漫諦克」已變成一種負面的辭彙，一種必須被批判的觀點。瞿秋白在〈魯迅雜感選集序言〉中提到：

「五四」到「五卅」之間中國城市裏迅速的積聚著各種「薄海民」（Bohemian）──小資產階級的流浪人的知識青年。這種智識階層和早期的士大夫階級的「逆子貳臣」，同樣是中國封建宗法社會崩潰的結果，同樣是帝國主義以及軍閥官僚的犧牲品，同樣是被中國畸形的資本主義關係的發展過程所「擠出軌道」的孤兒。但是，他們的都市化和摩登化更深刻了，他們和農村的聯繫更稀薄了，他們沒有前一輩的黎明期的「清醒的現實主義」，──也可以說是老實的農民的實事求是的精神──

[27] 蔣光慈：〈十月革命與俄羅斯文學〉，《蔣光慈文集·第四卷》（上海：上海文藝出版社，1988 年 10 月），頁 57-128。

[28] 張大明、陳學超、李葆琰著：《中國現代文學思潮史》（北京：北京十月文藝出版社，1995 年 10 月），頁 591-598。

[29] 瞿秋白：〈革命的浪漫蒂克〉，《瞿秋白文集·第一卷》（北京：人民文 出版社，1986 年），頁 457。

反而傳染了歐洲的世紀末的氣質。這種新起的知識分子,因為
他們的「熱度」關係,往往首先捲進革命的怒潮,但是,也會
首先「落荒」或者「頹廢」,甚至「叛變」,——如果不堅決的
克服自己的浪漫諦克主義。[30]

瞿秋白在文中評論蔣光慈這類人的特質,「在文藝上自然是『才子』,
自然不肯做『培養天才的泥土』」[31]瞿秋白認為這一類小資產階級的流
浪人的智識青年早已都市化與摩登化,與農村關係疏離,也缺乏實事
求是的精神,容易被革命浪潮吸引,同時也容易叛變。平心而論,蔣
光慈雖然沉浸於摩登的都市生活,一方面書寫革命文學,另一方面卻
避免親身參與革命活動,只能說蔣光慈的行為僅僅是革命文學家,而
未能抵達革命家的層級,但以此論斷他的叛變,這樣的指責恐怕過於
嚴苛,甚至是一種誤解。蔣光慈曾說:「我自己便是浪漫派,凡是革命
家也都是浪漫派,不浪漫誰個來革命呢?」[32]然而浪漫的蔣光慈卻無
法料及革命文學的驚濤駭浪潮起潮落,瞬間翻覆,一眨眼,他已經被
淹沒在後起的潮浪之間。1930 年秋天,他被組織開除,1931 年夏天他
在貧病交迫中過世,1932 年 4 月蔣光慈的轉型之作《田野的風》出
版,蔣光慈生前企圖透過此作克服浪漫傾向,將關注點聚焦於工農鬥
爭,然而當長篇連載小說《咆哮的土地》改名為《田野的風》出版之
際,蔣光慈的名字已經為世人所遺忘,灰飛煙滅,如同他的朋友方英
(錢杏邨)在追悼蔣光慈的文章中所言:「在發展的浪潮中生長,在

---

[30] 瞿秋白編:〈魯迅雜感選集序言〉,《魯迅雜感選集》(上海:上海出版公司,
1953 年 9 月),頁 19。

[31] 瞿秋白編:〈魯迅雜感選集序言〉,《魯迅雜感選集》(上海:上海出版公司,
1953 年 9 月),頁 19。

[32] 轉引自郭沫若:〈創造十年續篇〉,《郭沫若全集・文學編第十二卷》(北京:
人民文　出版社,1992 年),頁 268。

發展的浪潮中死亡。」[33]，這是對蔣光慈的文學生命最感傷也最真實的註腳。

第二節　丁玲都市小說中的情愛觀移易

丁玲（1904-1986）原名蔣偉，字冰之，1904 年 10 月 12 日出生於湖南臨禮（安福）縣，她有一個想法進步開明的母親，由於父親過世，母親帶著丁玲與弟弟投靠舅父，弟弟之後過世了，母親擔任小學教員，丁玲的成績優異，先後就讀桃源、長沙的中學，1922 年丁玲反抗舅舅，鬧完家庭革命，擺脫了包辦婚約與其他糾纏，來到上海，之後進入陳獨秀、李達創辦的平民女校讀書，1923 年進入上海大學中文系學習，她於 1925 年與胡也頻結婚，並於 1927 年發表〈夢珂〉，1928 春天發表〈莎菲女士的日記〉，驚艷文壇。1930 年丁玲參加中國左翼作家聯盟，1931 年初，她的伴侶、戰友，左翼作家，同時也是共產黨員胡也頻被國民黨暗殺，在白色恐怖的環境中，她仍然毫不畏懼地出任「左聯」機關刊物《北斗》的主編，並於 1932 年加入中國共產黨。此一時期，她創作了〈韋護〉、〈水〉、〈母親〉等作品。丁玲曾於 1933-1936 年被國民黨逮捕，直到 1936 年被釋放後輾轉前往延安。[34]由丁玲的成長歷程與人生經驗觀察，她是一個堅毅不屈，勇敢頑強，甚至具有反叛精神的獨立女性，這也有助於我們理解她作品中的女性形象，並藉

---

[33] 方銘編：《中國文學史資料全編・現代卷・蔣光慈研究資料》（北京：知識產權出版社，2009 年 10 月），頁 81。

[34] 詳見袁良駿編：《中國文學史資料匯編・丁玲研究資料》（天津：天津人民出版社，1982 年 3 月），頁 1-41。

此觀察她對於革命與戀愛之間的思維想法。丁玲的小說以 1930 年所
發表的〈一九三○年春上海（之一）〉〈一九三○年春上海（之二）〉為
界，可以分為前期與後期，1930 年之前的作品多半著墨於年輕都市女
性的頹廢生活與虛無情感，包括〈夢珂〉、〈莎菲女士的日記〉、〈暑假
中〉、〈一個女人和一個男人〉、〈慶雲里中的一間小房裡〉、〈自殺日記〉、
〈日〉、〈他走後〉等，其中有的探討女同性戀的愛情，有的勾勒自願
出賣肉體的女子，也有如〈阿毛姑娘〉這樣的作品，探討城市、婚姻
與女子的關係，前述小說以都市女性的情感為主軸，思索都市的物質
生活對於女性的誘惑與影響。丁玲後期的作品包括〈田家沖〉、〈水〉、
《我在霞村的時候》、〈在醫院中〉、《太陽照在桑乾河上》等，中心
思想已明顯左傾，服膺中共黨中央的文藝路線，關注農村革命、土地
改革等問題，因此本論文所聚焦之處為丁玲中前期與都市相關的文學
作品。

　　丁玲的文學評價，存在著毀譽參半、善惡參次的情況，並且大多
與左右派的意識型態有關，以成名作〈莎菲女士的日記〉為例，左派
文評家如馮雪峰便持否定觀點，自由派文人夏志清卻認為是「微帶虛
無色彩的坦承態度」，至於丁玲的轉型之作〈水〉，馮雪峰認為是熱
情誠懇的重大突破，夏志清卻認為是「宣傳上的濫調」。[35] 1957 年反
右運動擴大後，丁玲被逐出文壇，長達二十二年的批判，直到中國改
革開放，對於丁玲的學術研究則如雨後春筍，大量湧現。研究丁玲的
論文，其探討的面向可以歸納為一、對於丁玲作品中女性形象與女性
意識的分析，這是丁玲研究內容中最重要的主軸。二、對其文本中心
理描寫的技巧探究。三、對其革命文學、農村作品與整體創作的評估。

---

[35] 詳見馮雪峰：〈從《夢珂》到《夜》──《丁玲文集》後記〉，頁 297，與
　　夏志清原著，劉紹銘等譯：《中國現代小說史》（香港：友聯出版社，1979
　　年 7 月），頁 230。

發表於四〇年代的《我在霞村的時候》以陝北農村抗日活動為背景，是丁玲的代表作之一；丁玲另一部描寫農村土地改革的作品《太陽照在桑乾河上》獲得史達林文學獎，享譽世界，因此多數人對丁玲的印象停留在她的農村文學，而忽略了她早期的都市創作。丁玲曾提到：「我生在農村，長在城市，是小城市，不是大城市，但終究還是城市。我幼年因為逃避兵禍戰亂，去過農村，但時間較短，所以我對農民雖然有一些印象，但並不懂得他們。」[36]丁玲1921年到上海讀書，至1933年被國民黨逮捕軟禁於南京，中間在上海經歷十多年的歲月，上海可說是丁玲生活的重要據點，雖然期間她曾來往穿梭於北京、南京、濟南、杭州及湖南老家等地，但有關知識積澱、情感發展與生命經驗的動盪起伏，大都發生於上海，丁玲在上海確立了左翼文人的身份，她對於上海的體驗觀察為何？她曾經嘗試過革命戀愛小說，小說中對於女性、革命、戀愛的想法？與都市的勾連又是如何？本文將進一步觀察。

一、都市女性的情愛觀

〈夢珂〉是丁玲的處女作，內容講述一個出身破落封建家庭的年輕女子夢珂，從鄉下來到上海，見識到上海新鮮有趣的豐富面向：從法國回來會講述巴黎博物館及法國種種事物的表哥、抽著香煙的義大利女人、無政府黨員的中國蘇菲亞女士、質料柔滑光澤的時髦服飾、卡爾登戲院演的《茶花女》、貂皮大衣、香水、絲襪……讓她大開眼界。但她對於在都市的表姊們愚弄男人的招數，以及表哥與另一追求

---

[36] 丁玲：〈談自己的創作〉，張迴主編：《丁玲全集・第八卷》（河北：河北人民出版社，2001年12月），頁80。

者澹明的風流虛偽深感失望，於是夢珂逃開了，如同出走的娜拉，然而「她便走上了光明大道嗎？她是直向地獄的深淵墜去。」[37]為人民服務？她自認沒才力，讀書？又不想和老師同學周旋，最後她當了女演員，忍受自己被濃妝艷抹，如同妓女，販賣靈魂身體，在「純肉感的社會裡」，觀眾們「從她身上，得到各人所以捧的欲望的滿足，或只想在這種欲望中得一點淺薄的快意。」[38]在這篇小說中，她探討了都市女性的戀愛與婚姻，「舊式婚姻中的女子，嫁人也等於賣淫，只不過是賤價而又整個的⋯⋯」「新式戀愛，如若只為了金錢、名位，不也是一樣嗎？並且還是自己出賣自己，不好橫賴給父母了。」夢珂的表嫂，謙和、溫雅、小心，卻發表了大膽的言論：「可是有時，我竟如此幻想，⋯⋯一個妓女也比我好！也值得我去羨慕！」[39]〈夢珂〉記錄了丁玲來到上海的觀察，以及對於女性在舊式社會中位置的思考，小說對於上海並非全然的批判，而是以隱而未顯的方式平鋪直敘上海資產階級的奢華富裕，夢珂並不排斥在上海獲得的戲劇藝術資源，以及豐富的域外知識，也不厭惡美好精緻的衣飾商品或者美味大餐，令她不適應的是都市人的虛偽膚淺，最後因為看清追求者的嘴臉憤而離家。小說點出了上海的文化優勢，資訊發達，知識多元，可以接觸各種前衛思想，同時上海有諸多飲宴及娛樂場所，時髦的舶來精品，可以滿足消費者的感官需求，然而浮沉在這座海上都市的飲食男女，卻敷衍應酬，虛情假意，並無真誠。小說點出的另一個問題是，在大上海這五光十色的龐然之都，女子的容身之所卻十分侷促，夢珂與表嫂的對

---

[37] 丁玲：〈夢珂〉，張迥主編：《丁玲全集·第三卷》（河北：河北人民出版社，2001 年 12 月），頁 33。

[38] 丁玲：〈夢珂〉，張迥主編：《丁玲全集·第三卷》（河北：河北人民出版社，2001 年 12 月），頁 40。

[39] 丁玲：〈夢珂〉，張迥主編：《丁玲全集·第三卷》（河北：河北人民出版社，2001 年 12 月），頁 28-29。

話，突顯出都市女性在舊式社會中捉襟見肘的困境，除了結婚，其餘的謀生選項乏善可陳，無意革命的女人，除了當醫院看護、老師、保母、僕婦、妓女，簡直無從選擇；然而自由戀愛與父母之命的婚姻，同樣帶給女性「家」的束縛，因此夢珂婚姻失和的表嫂大膽地告白，認為當自由自在的妓女更值得羨慕。夢珂選擇出走，是因為對追求者的失望，這意味著她已無法以結婚一途在上海棲身立足，之後，她以女伶維生，仍然是出賣色相，活在膚淺觀眾慾望的滿足或快意之下。小說的結局揭示了鄉村婦女在逸樂上海的墮落，夢珂有機會回歸鄉下，但她選擇實踐幻想，「她不知道這是把自己弄到更不堪收拾的地方去了。」[40]但與蔣光慈《衝出雲圍的月亮》迥異的是，小說所揭示的不只是萬惡的資本主義都市逼使女性沉淪，追根究底，是舊式社會提供女性的生存空間過於狹窄，而導致的悲劇。

〈慶雲里中的一間小房裡〉與〈阿毛姑娘〉進一步討論了都市、女性、婚戀的問題。〈慶雲里中的一間小房裡〉女主角阿英由鄉下來到上海，在大街上拉客，貨腰維生，她並不覺得生活很糟，雖然有時想念家鄉的相好陳老三，她也清楚認知到陳老三養不起她，更遑論為她贖身，事實上她也並不憧憬那貧瘠的生活。她問自己為什麼定要嫁人呢？「吃飯穿衣，她現在並不愁什麼？」「說缺少一個丈夫，然而她夜夜並不虛過啊！而且這只有更能覺得有趣的⋯⋯」陪男人睡這件事，她現在已經很習慣了。[41]都市給予阿英舒適的物質享受，以及謀生能力，這使她不需要仰賴婚姻而得以生存，她在都市裡擁有不被婚姻與家庭限制管束的身心自由，這篇小說延續了夢珂與表嫂對話中的困惑，

[40] 丁玲：〈夢珂〉，張迥主編：《丁玲全集・第三卷》（河北：河北人民出版社，2001年12月），頁34。
[41] 丁玲：〈慶雲里中的一間小房裡〉，張迥主編：《丁玲全集・第三卷》（河北：河北人民出版社，2001年12月），頁196。

阿英在上海的生活究竟是一種淪落，或者是一種提昇？但另外的問題
是，阿英在都市中所獲得的是真實的自由，或是另外一種被物欲控制
的身心束縛？孟悅、戴錦華認為：「夢珂的故事象徵了走入資本主義
都市生活女性的共同命運：從鄉村到都市，從反封建到求自由，非但
不是一個解放過程，而是一個從封建奴役走向資本主義式性別奴役的
過程，也是女性從男性所有物被一步步出賣為色情商品的過程。」[42]這
段論述的觀點十分精闢地點出女性從鄉村來到都市所面臨的困境，然
而，女性在舊式社會中未必是隸屬於男性的，女性與男性同樣附庸於
傳統宗法家族，女性並非單純從屬於某一種性別或某一個男人，其次，
〈夢珂〉的小說中，我們或許可以感受到女主角淪為色情商品的掙扎，
孟悅、戴錦華提到，「在這純肉感的社會中隱忍著的夢珂，在異化為資
本主義市場上色情商品後才能生存。」[43]但夢珂其實是有選擇的，她
可以歸返故鄉，但她卻寧願留在都市，為什麼？同樣的問題也浮現在
〈慶雲里中的一間小房裡〉，阿英與夢珂處境雷同，她們都選擇出賣
自己的色相，拒絕回故鄉結婚，繼續在「萬惡」的上海浮沉，而阿英
的內在糾葛比夢珂更微不足道，她們認為都市的生活雖不盡完美，但
仍是農村生活所無可比擬的。值得探問的是悠遊於感官物慾中，接受
自我商品化的女人，是否真的為物所役而失去自由？或者她們徜徉在
這種不自由中，並且幸福快樂？又或者她們並不幸福快樂，但對女人
而言，為「物」所役勝於為「婚姻家族」所役？〈阿毛姑娘〉強化了
都市對於女性虛榮與欲望的勾動，阿毛若不是從山裡嫁到城裡，不至
於被撩撥比較的心態，也不至於被欲望折磨，最終以自殺結束生命。

---

[42] 孟悅、戴錦華：〈丁玲──脆弱的女神〉，《浮出歷史地表──中國現代女性
文學研究》（臺北：時報文化出版公司，1993 年 9 月），頁 180。
[43] 孟悅、戴錦華：〈丁玲──脆弱的女神〉，《浮出歷史地表──中國現代女性
文學研究》（臺北：時報文化出版公司，1993 年 9 月），頁 181。

然而戕害了阿毛的，是城市？還是婚姻？究竟是因為從山裡去到城裡，或者是從山裡嫁到城裡，導致了阿毛的凋零與頹敗？因為婚姻，阿毛有機會離開山谷，她來到西湖，因緣際會，被國立藝術學院的教授看上，請她擔任模特兒，因為婚姻與家庭，她失去了這個機會。她一心一意想透過男人晉身更富裕的生活，因為「阿毛看輕女人，同時把一切女人的造化之功，加之於男子了。她似乎這樣以為，男子的好和歹，是男子自己去造成，或是生來就有一定。而女人只把一生的命運繫之於男子，」[44]於是阿毛把自己對更美好生活的欲望與夢想加諸在丈夫小二身上，當她對小二失望，並且發現自己根本無法離開，她開始慢性自殺，從此喪失了生存的意志。丁玲的小說突顯了女性個體的選擇，與夢珂、阿英相較，阿毛與這些鄉村姑娘同樣地迷失在城市所帶來的更便利美好的感官物慾中，然而迥異的是，單身的夢珂與阿英可以擺脫家庭與婚姻的束縛，選擇自己想過的生活，而阿毛卻受限於婚姻家庭，只能絕望地死去。阿毛的死亡固然是她個人的無知膚淺所導致的悲劇，但同樣是未接受知識教育的阿英，卻得以歡快地享受她的生活，結尾時充滿活力地「用兩顆活潑的眸子盯射過路的行人」[45]。阿毛的死亡使這一系列省思「從封建奴役走向資本主義式性別奴役」的故事，重新將矛頭對準「封建奴役」中「傳統家族勢力」以及「舊式婚姻體制」。

〈莎菲女士的日記〉以第一人稱的日記體，捕捉都市女性的情欲內在，破碎斷續的敘述方式，正好妥貼地表述都市生活片段性的感受。五四時期流行日記體的小說書寫，以「我」為敘事主體發聲，無

---

[44] 丁玲：〈阿毛姑娘〉，張迥主編：《丁玲全集‧第三卷》（河北：河北人民出版社，2001 年 12 月），頁 138。

[45] 丁玲：〈慶雲里中的一間小房裡〉，張迥主編：《丁玲全集‧第三卷》（河北：河北人民出版社，2001 年 12 月），頁 197。

處不在地強調個人的主體性,符合五四所提倡「發現自我」的個人主
義精神。由於是日記體的形式,因此小說中缺乏緊密的情節高潮,代
之以大量的心理分析與內在剖白。年輕的莎菲有肺病,沒有就學,離
開家族,一個人孤獨地居住在北京公寓中,她連報紙廣告也鉅細靡遺
地反覆溫習,日記勾勒出她百無聊賴的生活。莎菲帶有五四青年的部
分鮮明特質,倔強、反叛、蔑視一切,個人主義強烈,她對一切事物
都感到挑剔、厭倦,無法滿足,同時又充滿迷惘,她在日記裡寫道:
「我厭恨我不喜歡的人們的殷勤……我能說出我真實的需要是些什麼
呢?」[46]正如李歐梵教授所言,在拋棄了一切傳統方式與價值觀念,
五四作家們不得不回歸自身,讓愛情成為他們生活的中心點,戀愛也
被看作一種反抗和真摯的行為。莎菲的生活中出現兩個男人,癡情熱
愛她的葦弟,與外表俊美但心靈傖俗的凌吉士。莎菲雖憐憫葦弟對她
的癡迷,但她自身卻無法自拔地迷戀凌吉士的色相,而陷入情欲的糾
結。小說中傳達出獨居城市的虛無漂浮,不知何去何從的感受,不被
他人理解的寂寞,以及不知需求為何的困惑。面對不同的兩個男人,
情欲的反反覆覆,理性與感性的衝突,〈莎菲女士的日記〉細膩地捕捉
女性面對戀愛複雜矛盾的面向,〈自殺日記〉的伊薩,〈日〉的伊賽,
〈他走後〉的麗婀……這些都市女性與莎菲相同,都被賦予一個西化
的名字,這些作品也都書寫都市生活的頹廢虛無,或者都市情感的反
覆糾葛,呈現出中國女性在西風東漸的時代,面對漂浮無根的都市生
活,尋找不到自身座標的面貌。她們想要將重心託付情感,但甚至連
自己的情感需求都無從確認,失衡失重的內在風景突顯出一個重點,
自由是需要學習的。五四青年風起雲湧地投入摧毀傳統的驚滔駭浪

---

[46] 丁玲:〈莎菲女士的日記〉,張迴主編:《丁玲全集・第三卷》(河北:河北
人民出版社,2001 年 12 月),頁 48。

中，一旦傳統世界被潮浪掩沒，成為荒涼的海底廢墟，青年們才恍然發現自己漂泊在茫茫汪洋，無所適從，無岸可靠，這才明瞭自由的滋味並非全然美味，更有可能是一種無止境地失落與失序的苦澀。

其餘的都市小說〈暑假中〉、〈一個女人和一個男人〉、〈歲暮〉、〈小火輪上〉等，或者存在著徬徨無依的茫然，或者描寫不合社會體制的歧戀，都重複傳達了失落與失序的苦澀。〈小火輪上〉的盧大姐因為婚外情而失業，〈暑假中〉一群抱獨身主義的女教師們產生了爭風吃醋的同性戀情，〈歲暮〉中的女大學生佩芳依戀著她的魂影姊，魂影給男友寫信她便妒嫉，魂影出門，她便六神無主，〈一個女人和一個男人〉中女子問著「難道有了丈夫，有了愛人，就不能被准許獨自去會另外一個男人嗎？」這些複雜頹廢的情感與掙扎迷惘的思緒呈現了都市女子在獲得自由以後，尋找自我的過程。蘇敏逸提到，丁玲對於女性處境的思考在 1929 年出現轉折，〈野草〉與〈年前的一天〉出現轉折，〈野草〉與〈年前的一天〉說明丁玲已經逐漸擺脫「莎菲時期」的人生困境，不再執迷於愛情的糾纏與追逐，而以創作「暫時」讓自己安身立命。[47]誠如蘇敏逸所言，〈野草〉與〈年前的一天〉標誌著丁玲女性都市小說創作的新方向。〈野草〉的女主角野草不再為愛情所惑，專注於小說創作中，結尾是她愉悅地迎向工作，「她彷彿很快樂似地唱著她新得的佳句。」[48]〈年前的一天〉近似於丁玲與胡也頻的情況，過著貧窮充實、充滿希望的寫作生活。這兩篇的結尾揚棄以往的感傷迷惘或困惑，堅定的以寫作在紛擾的都市中確立自己的方位，寫作成為丁玲投入革命之前，順位優於愛情的生命選項。

---

[47] 蘇敏逸：〈「個性主義」與「革命理想」的辯證發展──丁玲小說創作發展歷程及其特色〉，《成大中文學報》，第 23 期（2008 年 12 月），頁 172。

[48] 丁玲：〈野草〉，張迴主編：《丁玲全集‧第三卷》（河北：河北人民出版社，2001 年 12 月），頁 225。

總結丁玲投入革命戀愛小說之前的女性都市文學作品,「都市」為女性帶來自由,自由與選擇同時也帶來掙扎與糾結,自由的滋味咀嚼起來未必甜美,反而往往是苦澀。女性獨居城市,脫離家族的羽翼,疏離孤獨的人際相處,強化了女性對於戀愛的依存。但面對都市中誘惑複雜的情愛,悖德、幽微、凌亂、飄忽,女性敏感脆弱的內在失卻憑藉,無所依從,亟欲尋求安定,婚姻已不再是女性安定的歸屬,阿毛姑娘的死亡宣告舊式婚姻對於女性的戕害遠勝於物質,在都市物欲與鄉村婚姻的選擇之中,夢珂與阿英寧願選擇在都市出賣色相維生,似乎認為在都市沉淪勝於回歸美好的故鄉,顯然故鄉的婚姻也未必是一種提升。這一連串女性都市小說的結尾,丁玲認為工作是都市女性最佳的安身立命之法,她筆下的女性與她自己都充滿希望地投入愉悅充實的文學創作中,直到革命理想的浮現。

二、丁玲左翼都市小說中的革命與戀愛

根據學者賀桂梅的看法,她認為「革命加戀愛」的小說可以分為「蔣光慈模式」與「丁玲模式」。賀桂梅的分析是參照茅盾對於革命戀愛小說的觀點,認為可以將茅盾的公式簡化為兩類,一類是「革命」與「戀愛」的衝突(即茅盾的「為了革命而犧牲戀愛」),一類則是兩者的相容(即「革命決定或產生了戀愛」)。「革命產生(或決定)了戀愛」的小說,意味著「革命」與「戀愛」是共通的,它們有著類同的欲望狀態,戀愛驅動了革命的追求,或者彌補了革命的挫敗。這種模式的代表作品有蔣光慈的《野祭》、《菊芬》、《衝出雲圍的月亮》;另一種模式「為了革命而犧牲戀愛」,則意味著「革命」與「戀愛」的

不相容，這一模式意味著一個欲望的辨別、瓦解或分離的過程，以將主人公從「戀愛」當中導向「革命」。這一類的代表作品主要有丁玲的〈韋護〉、〈一九三〇年春上海（之一）〉、〈一九三〇年春上海（之二）〉可稱為「丁玲模式」。[49]丁玲這三部作品寫於 1929-1930 年，其中充滿嘲諷的是，批駁「革命加戀愛」小說不遺餘力的瞿秋白，正是〈韋護〉的故事原型，而〈一九三〇年春上海（之一）〉、〈一九三〇年春上海（之二）〉則是丁玲加入左聯之後的作品，這三篇小說的背景都發生在上海。

　　〈韋護〉以瞿秋白與王劍虹為素材而創作，內容敘述革命文人韋護與美麗熱情的麗嘉陷入熱戀，這段戀情受到韋護的同志們撻伐，麗嘉雖然對韋護參與革命事務抱持體諒，韋護的同志卻容不下她，攻擊她的原因是為了攻擊韋護，他們「不滿意他的有禮貌的風度，說那是上層社會的紳士氣派；有的人苛責他過去的歷史；然而都不外乎嫉妒。現在呢，都找到了攻擊的罅隙，」[50]而韋護自己也貪圖與麗嘉戀愛時的美好時光，怠惰了革命事業。最終韋護選擇了革命，留下一封信與麗嘉告別。〈一九三〇年春上海（之二）〉望微與瑪麗的故事與〈韋護〉雷同，女主角有著同樣的西化名字，對於革命了無興趣，但瑪麗被進一步描述為深受物化，愛慕虛榮的資產階級女性，而〈韋護〉中對於革命人士的醜態形容，在新作中已不復見。〈一九三〇年春上海（之一）〉敘述子彬與美琳的故事，男性與女性對於革命的熱衷程度剛好顛倒，子彬是享受舒適生活的作家，與革命友人若泉漸行漸遠，他的愛人美琳卻對幸福的生活感到空虛，開始參與左翼活動，兩人在

---

[49] 賀桂梅：〈性／政治的轉換與張力——早期普羅小說中的「革命加戀愛」模式解析〉，《中國現代文學研究叢刊》，（2006 年 5 月），頁 80-81。

[50] 丁玲：〈韋護〉，張迴主編：《丁玲全集・第一卷》（河北：河北人民出版社，2001 年 12 月），頁 99。

生活目標缺乏共識的情況下，終於分道揚鑣，美琳留下一封信，拋棄子彬，隨著大眾去了。丁玲曾在寫完〈韋護〉三四年之後，在〈我的創作生活〉散文中檢討這篇小說，「自己重讀的時候，才很厲害地懊惱著，因為自己發現這只是一個很庸俗的故事，陷入戀愛與革命衝突的光赤式的陷阱裡去了。」[51]誠如丁玲的反省，〈韋護〉與蔣光慈式的革命戀愛小說近似，絕大部分在書寫浪漫的言情小說情節，革命成為點綴戀愛的插曲，革命變得飄浮，戀愛卻反而真實，韋護在小說裡過的生活，與蔣光慈或其部分筆下人物無異，吃點心，上館子，看電影，裝潢家居，談著不食人間煙火的戀愛，過著左翼同志所鄙棄的「墮落沉淪、空洞虛無的生活」。然而與蔣光慈不同的是，丁玲對於戀愛與革命之間衝突的精采剖析。蔣光慈看來毫無扞觸，相通共生的戀愛與革命，在丁玲的革命戀愛小說中，卻沒有不扞挌不扞觸的。「戀愛」是五四時期與「個人主義」、「個性解放」同時被弘揚的價值，「革命」則是為了群體、大眾、他人的福祉而奮鬥，「個體利益」與「群體利益」兩者之間原具有相拒斥的關係，倘若「愛人」是「同志」，才能迴避兩者的對立，如若不然，則丁玲的小說已宣告仳離的結局，這類左翼小說必須將「戀愛」導向「革命」，為革命犧牲戀愛，畢竟愛情誠可貴，自由價更高。對一般傳統女性而言，婚姻戀愛的價值原本是重於自由的，然而如前所述，丁玲的性格堅毅不屈，勇敢頑強，甚至具有反叛精神，因此她筆下的女性，寧願孤身留在都市自由自在地賣淫，也不願回歸故里，不願鎖死在貧瘠的婚姻裡困老終生。但在丁玲革命戀愛的三部作品中，為群體利益革命的順位已超越了個體的自由，由此可以窺視其價值的轉向。丁玲在〈韋護〉中客觀地探討了革命文人社群

---

[51] 丁玲：〈我的創作生活〉，張迥主編：《丁玲全集・第七卷》（河北：河北人民出版社，2001 年 12 月），頁 16。

的勾鬥角力與正反面向,並以同情麗嘉的立場析論革命與戀愛之間矛盾相悖的種種情勢,這或許是融入了無政府主義時期的丁玲與革命文人胡也頻相處時的部分寫照。當丁玲加入左聯之後,左傾的立場較為鮮明,與麗嘉性格相仿的瑪麗,被其塑造為追求享樂,賣弄風情的女子,由麗嘉到瑪麗,已明顯由同情的筆觸轉為貶抑的口吻,然而對於革命與戀愛的衝突,〈韋護〉、〈一九三〇年春上海(之二)〉的描摹無疑是較〈一九三〇年春上海(之二)〉更為細緻精采,顯見丁玲對於不革命的「女性」的內外在剖析更勝於不革命的「男性」。微妙的是,在這三篇小說中,告別者都留下書信飄然離去,單向絕決地割捨愛情,愛情需要雙向的交流,但革命是個體理想的堅持,當革命與愛情無法兼容,僅能當機立斷,孤獨地離去。令人疑惑的是為何在丁玲的革命戀愛小說中不存在革命戀愛共榮共生的情況,似乎是丁玲悲觀地認為這兩者之間注定衝突對立,毫無轉圜,因此革命者必須做好孤獨的準備。

上海在這三篇小說中,是貧富階級對比劇烈的殖民都市,是資產階級奢華象徵的墮落之都,卻也同時是左翼人士孕育理想的革命載體,是創造未來的希望空間。麗嘉在上海吃館子、看電影、談戀愛,瑪麗在上海錦衣玉食、購物享樂,美琳在上海發傳單,遊行、開會與演講,丁玲寫出上海的兩種面貌,任由革命女性或者資產階級女性自由選擇,各取所需。都市給了女性自由選擇的機會,但是革命卻剝奪女性這項自由。孟悅、戴錦華在論著中提到〈韋護〉與〈一九三〇年春上海〉麗嘉與瑪麗等城市自由女性與革命之間的摩擦,透露了都市自由女性與大眾的格格不入,「從〈韋護〉或從〈一九三〇年春上海〉始,經過〈一天〉、〈田家沖〉到〈水〉,丁玲的創作通過壓抑或拋棄女性自我,進而拋棄知識分子自我而終於稱臣於那個在想像中無比高大

的群體，我們歷史的一貫勝利者群。」[52]這篇論著的結論是：「丁玲的創作道路也代表了中國解放婦女的道路，婦女做為一個性別群體只是在都市異化環境中才有所覺醒，但隨著都市生活的文學價值在左翼陣營中遭到冷淡，這一性別意識重新流入盲區。」[53]前述觀點精確地掌握住丁玲文學轉向後，革命文學成功，而女性文學失敗的現實情況。〈韋護〉的麗嘉根據自主意識選擇不參與左翼活動，但她在理解包容韋護革命理想的處境下，仍然遭受攻擊，最後導致戀情受挫。〈一九三〇年春上海（之二）〉提到：「望微知道他們之間的不協調，瑪麗若是一個鄉下女人，工廠女工，中學學生，那他們會很相安的，因為那便只有一種思想，一種人生觀，他可以領導她，而她聽從他。」[54]這都是都市知識女性與大眾革命之間的無法相容的困境，都市給予女性個體選擇的自由，而革命卻剝奪了這項自由，弔詭的是，革命所致力的是解放性別，解放群體，所爭取的是大眾的福利，群體的自由，然而在革命至上的世界中，個體必須放棄性別，並且失去自由。這是否真的是馬克思的原意？本文將在下一章進一步思索個體與群體的融合與對立。

〈一九三〇年春上海（之一）〉中美琳革命理想的覺醒是很獨特的，她不受戀人子彬的影響，義無反顧地投入左翼活動之中，原因是：「她理想只要有愛情，便什麼都可以捐棄。她自從愛了他，便真的離了一切而投在他懷裡了，而且糊糊塗塗自以為是幸福快樂的過了這麼久。但現在不然了。她還要別的！她要在社會上站一個地位，她要同其他的人，許許多多的人發生關係。……她彷彿覺得他無形的處處壓

---

[52] 孟悅、戴錦華：〈丁玲──脆弱的女神〉，《浮出歷史地表──中國現代女性文學研究》（臺北：時報文化出版公司，1993 年 9 月），頁 193。

[53] 孟悅、戴錦華：〈丁玲──脆弱的女神〉，《浮出歷史地表──中國現代女性文學研究》（臺北：時報文化出版公司，1993 年 9 月），頁 201。

[54] 丁玲：〈一九三〇年春上海（之二）〉，張迴主編：《丁玲全集‧第三卷》（河北：河北人民出版社，2001 年 12 月），頁 319。

制她。他不准她有一點自由，比一個舊式家庭還要厲害。」[55]事實上由小說內容看來，他們倆的關係並不如美琳想像的惡劣，美琳也並不如她所形容的毫無自由，而這段話究竟真的是女性意識的覺醒，或者是革命理性的彰揚，值得玩味。對三〇年代的女性而言，能如此斷然割裂與深愛男性的情感，且不受其干涉與掣肘，並不容易，就連如此堅毅頑強的獨立女性丁玲自己都難以做到。原本抱持無政府主義思想的丁玲，受共產黨員胡也頻的影響日益左傾，直到胡也頻被國民黨暗殺之後，丁玲徹底投入左翼活動，試想，倘若丁玲繼續發展都市女性文學的創作路線，今日她的作品會呈現何種面貌？當時的女性是否真的可以不被愛情牽制，不追隨男性的步伐前進？革命文學是解放女性，或者將女性去性別化？早期的都市女性，與後期的農村姑娘，哪一張才是丁玲真正的自我面貌？無論丁玲的革命戀愛小說如何詮釋，對丁玲自身而言，她竟也充滿嘲諷地落入革命戀愛小說的公式中，革命成為愛情匱缺之後的替代品。

第三節　「革命」「愛情」的幻滅與重生

　　學者楊義曾提到：「『五四』時期，方向就是成就；而到了三十年代以後，成就才是方向。」「『五四』時代，寶貴的是開拓者的精神；三十年代可貴的是建設者的氣魄。而在茅盾、巴金和老舍的身上，是具有這種建設者的氣魄。」[56]夏志清在《中國現代小說史》中提到，

---

[55] 丁玲：〈一九三〇年春上海（之一）〉，張迴主編：《丁玲全集・第三卷》（河北：河北人民出版社，2001年12月），頁281。
[56] 楊義：〈茅盾、巴金、老舍的文化類型比較〉，《二十世紀中國小說與文化》

當茅盾的《蝕》三部曲完成，1928 年下半年，茅盾已被公認為中國當代最傑出的長篇小說作家。[57]反共立場堅定的評論家夏志清，對於蔣光慈的看法是：「除了受他自己的朋友的推崇外（此指錢杏邨），蔣光慈（1901-1931）從來沒有被認為是現代中國的一個偉大作家。」[58]他對於丁玲的評價也頗為兩極，認為她前期的作品是忠於自己之作，而後期則是狂熱的宣傳家，淪為文學宣傳的工具。他對於茅盾的肯定卻無庸置疑：「茅盾無疑仍是現代中國最偉大的共產作家，與同期任何名家相比，毫不遜色。」並讚許他：「由於他對事實及歷史認識較深，故相較起來，他沒有一般左派作家淺薄，也沒有像他們一樣陶醉於革命必勝的自我催眠調子中。」[59]即使是非左派的國際文學評論者，對於茅盾文學成就的推崇也毫不吝惜，並讚揚他是三十年代左翼文壇其他作者難望其項背的偉大作家。瞿秋白曾說：「有許多人說《子夜》在社會史上的價值是超越他在文學史上的價值的，這原因是《子夜》大規模的描寫中國都市生活，我們看見社會辯證法的發展，同時卻回答了唯心論者的論調。」[60]茅盾所最為人所稱道的是他對現實社會的捕捉與描摹，茅盾自己在討論自然主義的文章中提到：「自然主義的真精神是科學的描寫法。見什麼寫什麼，不想在醜惡的東西上面加套子，……我覺得這一點不但毫無可厭，並且有恆久的價值；不論將來藝術界裡要有多少新說出來，這一點終該被敬視的。」[61]王德威認為

（上海：上海三聯書店，2007 年 10 月），頁 149。

[57] 夏志清原著，劉紹銘等譯：《中國現代小說史》（香港：友聯出版社，1979年 7 月），頁 120。

[58] 夏志清原著，劉紹銘等譯：《中國現代小說史》（香港：友聯出版社，1979年 7 月），頁 222。

[59] 夏志清原著，劉紹銘等譯：《中國現代小說史》（香港：友聯出版社，1979年 7 月），頁 139。

[60] 瞿秋白：〈讀《子夜》〉，《瞿秋白文集・第二卷》（北京：人民出版社，1986年），頁 92。

[61] 茅盾：〈『左拉主義』的危險性〉，韋韜、陳小曼編：《茅盾雜文集》（北京：

他是以此向國民黨政府所書寫的官方歷史抗爭，[62]無論茅盾的企圖是否成功，至少他展現了他想描摹真實的誠意。

茅盾在革命戀愛小說流行的最高峰開始執筆創作，他是最早期對「革命＋戀愛」模式進行系統歸納的評論家，他在〈「革命」與「戀愛」的公式〉一文中，將蔣光慈所代表的「革命的浪漫諦克」概括為「臉譜主義」，認為這是對革命現實嚴重的扭曲，無法讓讀者見識到革命的真實面。[63]在這理念之下，茅盾自己所書寫的革命戀愛小說以及其他的小說作品，自然是以揭露真實，紀錄社會現況為創作的趨近目標，他的處女作《蝕》三部曲，以〈幻滅〉、〈動搖〉、〈追求〉描寫蔣介石清黨之後，都市的知識分子對於革命與愛情都幻滅的處境，這與蔣光慈所宣揚的革命美好世界大相逕庭，革命的浪漫與真實，都市在茅盾的革命戀愛小說中所代表的意義，是本文深入探究的重點。

一、上海與「革命」「愛情」的幻滅

茅盾（1896-1981）本名沈德鴻，字雁冰，1896 年 7 月 4 日生於浙江桐鄉縣烏鎮。沈雁冰少年喪父，由寡母撫養長大，從北京大學預科讀畢，無力升學，1916 年到上海商務印書館工作，之後主編《小說月報》，成為出色的編輯與評論家。1921 年他加入共產黨，1923 年，他辭去《小說月報》的編輯工作，投身政治，他到上海大學教書，1926 年，在國共合作的情勢之下，擔任國民黨中央宣傳部秘書。國共合作

生活、讀書、新知出版社，1996 年 5 月），頁 67。
[62] 王德威：《茅盾、老舍、沈從文——寫實主義與現代中國小說》（臺北：麥田出版，2009 年 7 月），頁 56。
[63] 茅盾：〈「革命」與「戀愛」的公式〉，《茅盾全集・第二十卷》（北京：人民出版社，1982 年 11 月），頁 3。

破裂之後，他退出政治圈，在怙嶺養病，同年八月搬到上海租界，被蔣介石通緝的他隱姓埋名，深居簡出，根據北伐與國共政治鬥爭的經歷，開始寫作〈幻滅〉、〈動搖〉、〈追求〉的《蝕》三部曲，〈幻滅〉在《小說月報》上發表時，因為無法使用真名，他以「矛盾」為筆名，反映時代與自己內心的矛盾糾結，而主編葉聖陶認為太過敏感，將之更改為茅盾。之後他前往日本避難與養病，創作了《虹》一書，1933年《子夜》初版，奠定了他三十年代左翼文壇無可動搖的首席都市作家地位。[64]茅盾與上海的關係是和諧融洽的，由於他任職財政部公債司司長的表叔幫助，他得以進入上海商務印書館工作，並因個人才華表現，受到器重，職場一帆風順，事業成功隨之而來是可觀的收入，1921年沈雁冰已經有辦法接母親與妻子來上海居住，他月薪百元，家中僱佣一女僕買菜洗衣，由母親煮飯，妻子進學校讀書，過著不虞匱乏，小資產階級的生活。[65]與沈從文、丁玲、胡也頻等人在上海錙銖必較的困窘生活相比，沈雁冰顯然寬裕許多，茅盾與上海，應當並無矛盾，相互交融，也因此身為左翼文人，茅盾小說中的上海顯然比蔣光慈、丁玲、張天翼及其他左傾作家筆下的上海更具詩意與魅力，而茅盾與上海之間也交織著模棱兩可、曖昧迷離的複雜風景。

〈幻滅〉有兩個重要的女性角色：靜女士與慧女士，慧女士世故自信，爽快剛毅，看透人生，對愛情玩世不恭。靜女士則剛好相反，敏感嬌弱，單純天真，富於理想。茅盾如此形容兩人：「慧使你興奮，她有一種攝人的魔力，」而靜女士「她的幽麗能熨貼你的緊張的神經，」[66]

---

[64] 資料參考孫中田、查國華編：《中國文學史資料匯編·茅盾研究資料（上）》（北京：中國社會科學出版社，1983年5月），頁14-42。

[65] 羅蘇文：《大上海——石庫門：尋常人家》（上海：人民出版社，1991年），頁51。

[66] 茅盾：〈幻滅〉，《茅盾全集·第一卷》（北京：人民出版社，1984年），頁20。

這彷彿紅玫瑰與白玫瑰，蕩婦與貞女的殊異類型是茅盾小說中兩種女性原型，女主角靜來自安逸的小資產階級家庭，到上海唸書，對不如預期的人事物，感到失望，她的摯友慧女士到法國唸過兩年書，比她更早遇上世間挫折，於是凡事抱著不以為意的瀟灑態度。[67]在愛情方面，靜女士委身於抱素，卻發現他是個輕薄的女性追逐者，同時是無恥的賣身軍閥的暗探。她悲憤交集，住進醫院。而後她懷著新的憧憬與希望來到革命中心武漢，卻發現換了三次工作，還是只換得幻滅的悲哀，輕浮苟且的同事令她感到格格不入，所謂的革命不過是「一種敷衍應付裝幌子的生活，不是她理想中熱烈的新生活。」「一方面是緊張的革命空氣，一方面又有普遍的疲倦和煩悶。各方面的活動都是機械的，幾乎使你疑惑是虛應故事，」「『要戀愛』成了流行病，人們瘋狂地尋覓肉的享樂，新奇的性欲的刺激；⋯⋯所謂『戀愛』遂成了神聖的解嘲。」[68]之後她進了九江一間專醫輕傷官長的病院當看護，遇到英雄強猛連長，投入愛情的高潮，然而最後的結局是強猛連長要重返前線，靜女士的愛情終於還是幻滅。〈動搖〉再度出現靜女士與慧女士的縮影，這次靜女士化身為男主角方羅蘭溫馴的妻子陸梅麗，慧女士則化身方羅蘭活潑熱情的女同事孫舞陽，方羅蘭擺盪在兩者之間，內心掙扎，這是他內在動搖的部分。外在的政治局勢中，方羅蘭是國民黨縣黨部的負責人，在大革命的嚴峻時刻，由於他的妥協與動搖，姑息養奸，助長了反革命的勢力。這篇小說透過主角內心的軟弱，由內而外捕捉現實，反映國共分裂的動盪時刻，政治上的激烈鬥爭，

---

[67] 茅盾曾於自敘創作的文章中提到，靜女士是天真的夢想家，以為革命很容易，一旦遇到挫折和失敗，很容易覺得一切都完了。慧女士不同，她不會幻滅，她將通過自己的生活方式找到安慰。詳見茅盾：〈創作生涯的開始〉，《我走過的道路》（中）（香港：三聯書店，1984 年），頁 3-4。

[68] 茅盾：〈幻滅〉，《茅盾全集·第一卷》（北京：人民出版社，1984 年），頁 71。

與人性的動搖脆弱。〈追求〉則敘述大革命失敗後,知識青年的人生追求與選擇,故事從一群對革命失望的青年,在上海舉辦的校友會拉開序幕。這篇小說的女主角章秋柳重蹈了慧女士與孫舞陽的外在形象,是個風姿綽約,顛倒眾生的女性,她的內在卻擺盪在情欲追逐與高貴的理想之間,在聚會中,她與史循重逢並試圖拯救他,此時老同學史循變得槁木死灰,對人生感到虛無悲觀,企圖自殺,她充滿熱情地嘗試救贖史循,喚醒其生命動力,最終不但失敗,史循死後,她自己還被史循傳染了梅毒。參加聚會的包括章秋柳的昔日戀人張曼青,張曼青對政治失望後,把重心轉向教育與愛情,然而他卻逐漸感受到教育界同樣的黑暗污穢,他娶了原本想像中嬌柔可愛的理想妻子,婚後才發現她竟如此淺薄庸俗,潑辣不堪。另一個同學王仲昭,對自己的新聞事業充滿熱情,同時他奮鬥的目標是為了博取他心儀的陸俊卿認同,當他正沉浸於自己情感事業的得意時,他忽然接到一封電報,告知他陸俊卿因為車禍而毀容。小說的最終一句話點出主旨,「你追求的憧憬雖然到了手,卻在到手的一剎那間改變了面目。」[69]茅盾的《蝕》三部曲顯現他個人面對國共分裂之後的悲觀情緒,三篇小說瀰漫著頹廢與失落的氛圍,彷彿重返丁玲五四時期的都市文學,如墜迷宮,在破碎的廢墟中無路可走。〈幻滅〉、〈動搖〉、〈追求〉充斥著造化弄人的悲劇感,蔑視個人努力,陷入一種宿命觀之中。這部小說當然遭到左翼人士的攻擊,畢竟悖離革命文學的宣傳宗旨太過遙遠,簡直近乎反動文學,然而《蝕》三部曲真實紀錄了大革命失敗之後,知識青年尋找生命方向的陣痛過程,其文學價值遠勝於其他的革命戀愛小說。

---

[69] 茅盾:〈幻滅〉,《茅盾全集・第一卷》 (北京:人民出版社,1984 年),頁 422。

　　茅盾對都市的觀點，以及他與上海之間的關係，在《蝕》中可窺視一二，〈幻滅〉的靜女士與慧女士對上海存在著一種欲迎還拒的矛盾心情，慧女士說：「我討厭上海，討厭那些外國人，討厭大商店裡油嘴的夥計，討厭黃包車夫，……真的，不知為什麼，全上海成了我的仇人，想著就生氣。」靜女士說：「我也何嘗喜歡上海呢！可是我總覺得上海固然討厭，鄉下也同樣的討厭；我們在上海，討厭它的喧囂，它的拜金主義文化，但到了鄉間，又討厭鄉間的固陋，呆笨，死一般的寂靜了；在上海時我們神魂頭痛；在鄉下時，我們又心灰意懶，和死了差不多。不過比較起來，在上海求知識還方便……」[70]想要求取知識的靜女士在上海換了兩間學校，同學們卻經常奔走演講，示威遊行，開會表決，哪有辦法讓她靜心讀書？靜女士與慧女士兩人離開上海，前往革命中心武漢，最後依舊是失望。與丁玲筆下的都市女性面臨同樣的問題，靜女士與慧女士認為都市生活不盡如人意，但又無法甘於寂寞，不願回到鄉村，與乏味的男人結婚，就此終老一生。都市一方面充滿活力，資訊蓬勃，另一方面又喧囂拜金，庸俗不堪，都市帶來自由與選擇，同時也使都市裡的知識青年陷入兩難的處境。這種左右為難的選擇困境在《蝕》中無處不見，方羅蘭既不願割捨符合傳統價值、溫順婉約的妻子，又憧憬變化莫測、性感誘人的孫舞陽，一方面他被孫舞陽那象徵新希望的光芒所吸引，同時在面對她時卻又愛又怕；新舊思維的反覆徘徊，家庭問題的掙扎兩難連帶影響他在政治上所做的決策，因此讓小人胡國光趁虛而入。章秋柳同樣存在著光明黑暗的兩種面向，章秋柳明艷動人，攝人心魂，她有健康的肉體，活潑的精神，旺盛的生命力，小說詳盡描述她的雙面性格：「她有極強烈的個性，有時且近於利己主義者，個人本位主義。大概

---

[70] 茅盾：〈幻滅〉，《茅盾全集・第一卷》（北京：人民出版社，1984 年），頁 7。

就是這,使得她自己不很願意刻苦地為別人的幸福而犧牲,雖然明知此即光明大道,但是她又有天生的熱烈的革命情緒,反抗和破壞的色素,很濃厚地充滿在她血液裡,所以她又終於不甘寂寞無聊地了此一生。」當史循自殺後在醫院被急救時,章秋柳在內心對話:「章秋柳呀,兩條路橫在你面前要你去選擇呢!一條路引你到光明,但是艱苦,有許多荊棘,許多陷坑;另一條路會引你到墮落,可是舒服,有物質的享樂,有肉感的狂歡!」[71]章秋柳的前男友張曼青,對於章秋柳的感覺是:「一會兒他覺得章秋柳是多愁善感的神經質的女子,但另一觀念又偷偷地掩上心來,章秋柳又變成了追逐肉的享樂的唯我主義者。」[72]如果我們試著將靜女士與方太太陸梅麗視為中國傳統價值的符號,那麼慧女士、孫舞陽便如同西方現代化新思想的象徵。茅盾對於這兩種女性原型的戀戀不捨,無法選擇,正說明著他本人與他筆下的方羅蘭一般,陷入追求新與舊兩種價值秩序的矛盾之中,學者樂黛雲曾在演講與論文中肯定茅盾的文學成就來自於他對於東西方文化的兼容並蓄,除了吸收西方新知外,對於中國傳統文學也並不偏廢,[73]然而在這兩種殊異的文化之間,必然也有曾令茅盾感到扞格不入之處,同時茅盾自身也陷入兩位分別體現了新舊價值體系的女性的情愛掙扎之中,這部分本文將在之後的論述中繼續探析。上海的魅力誠如前一章節所述,融合了舊中國與新西方的建築與價值觀,或許茅盾本人也沒有發現,這也正是他迷戀上海的原因。尤物與都市的勾連,尤物作為都市的化身,在三十年代新感覺派小說中屢見不鮮。倘若從茅盾的小說中尋找一個足以代表上海的女性,章秋柳可說是上海的化身。《蝕》

---

[71] 茅盾:〈追求〉,《茅盾全集・第一卷》(北京:人民出版社,1984年),頁319。

[72] 茅盾:〈追求〉,《茅盾全集・第一卷》(北京:人民出版社,1984年),頁328。

[73] 詳見樂黛雲:〈中國新文學長篇小說最早的實踐〉,《北大文學講堂》 (北京:中央編譯出版社,2005年),頁53-58。

三部曲的最後，靜女士與慧女士兩種女性原型合而為一，章秋柳具有慧女士、孫舞陽媚惑妖嬈的外表，內心卻又存在著靜女士、方太太理想與善感的性格，兼具聖女與妖婦的神性與魔性，一如上海的雙面，既是孕育革命志業的神聖殿堂，又是貧富對立的人間煉獄，既是能提供你讀書進學的知識場域，又是能誘惑你尋求刺激的荒淫社會，是新舊價值並陳，神魔性格交織的謎樣空間。最後章秋柳從史循這虛無病態的男子身上得到梅毒，有如上海這一疾病都市的隱喻，在狂歡頹廢的肉慾享樂與無止無盡的物質追求中病入膏肓，然而章秋柳並未因病憔悴絕望，仍舊坦然自信，活在當下，在一群被命運與環境擊倒的悲慘知青中，她顯然是最強韌最剛烈的存在，無庸置疑的，章秋柳是茅盾最鍾情的都市女性類型，或許也是他想像中的大上海形象。小說中有一段落，章秋柳與張曼青調情對話，章秋柳拉著張曼青的手往窗外看，「你看，朦朧的暮色裡透出都市的燈火，多麼富於詩意。」[74]這正是茅盾心中的美麗上海，即使在憔悴的暮色裡，上海依舊朦朧詩意，永遠透著光明。

　　錢杏邨曾評論〈幻滅〉與〈動搖〉中，戀愛寫得比革命精彩，[75]《蝕》三部曲裡的主角以女性居多，男性這一革命主體的遠離，使得革命被邊緣化，成為「遙遠」「失落」的代名詞，戀愛則變成替代革命失敗的肉慾麻醉劑，這些都市裡的知識青年，驟然失去革命與戀愛的神聖性，使他們在都市中跟跟蹌蹌，倉皇失措，遍尋不到生命重心，僅能終日漂泊海上，浮沈在光影破碎的海浪之間，化為隨波逐流的點點浮萍。

---

[74] 茅盾：〈追求〉，《茅盾全集・第一卷》（北京：人民出版社，1984 年），頁 325。
[75] 錢杏邨：〈茅盾與現實〉，《阿英全集・第二卷》（安徽：安徽教育出版社，2003 年 7 月），頁 176。

二、茅盾革命文學中的寫實與浪漫

茅盾的處女作《蝕》推出後，受到左翼人士的口誅筆伐，直到《虹》一作的出現，才使得茅盾在左翼文壇站穩腳步，但令人費解的是《虹》描寫到四川瀘州偏僻縣城的故事，茅盾本身卻從未去過四川，如何能細緻勾勒當地的風土民情，又如何能精通書中的四川方言？學者王德威在名為〈革命加戀愛〉的論文中爬梳沈衛威的傳記資料[76]，提供了解答，並重新還原這段被茅盾「遺忘」的革命加戀愛的真實故事。

茅盾與妻子孔德沚是所謂的包辦婚姻，由於孔德沚並不識字，母親曾經問他的意思是否要退婚，孝順的茅盾選擇聽從寡母的安排結婚。婚後孔德沚嫁夫隨夫，也開始求學讀書，並參與革命活動。[77]然而，誠如前文所述，方羅蘭的情感矛盾根本是茅盾錯綜複雜的內在投射與寫照，茅盾本人並不安於他身邊貞靜傳統的沈太太或者靜女士，當他有機會與秦德君相識相處，彷彿方羅蘭與孫舞陽的交會，他宿命般地邂逅或者說召喚了他筆下的章秋柳。[78]秦德君的感情生活比起慧女士、孫舞陽，或者章秋柳，可說是不惶多讓，毫不遜色。秦德君是四川富戶的私生女，如同《虹》的小說情節，五四運動爆發時，她立

---

[76] 王德威：〈革命加戀愛〉，《歷史與怪獸：歷史‧暴力‧敘事》（臺北：麥田出版，2004 年），頁 63-76。

[77] 茅盾：〈我的婚姻〉，《我走過的道路》（上）（香港：三聯書店，1981 年 8 月），頁 120-122。

[78] 秦德君本人也曾經以筆名辛夷寫出〈追求中的章秋柳〉一文，並在文中肯定章秋柳的立場，王德威認為秦德君顯然也覺得自己與這個角色有相似之處。詳見辛夷：〈追求中的章秋柳〉，伏志英：《茅盾評傳》（上海：開明書店，1936 年），頁 103-104，與王德威：〈革命加戀愛〉，《歷史與怪獸：歷史‧暴力‧敘事》（臺北：麥田出版，2004 年），頁 70-71。

刻就剪短頭髮，參與學生運動，並因此結識劉伯堅與穆濟波，她分別
與兩人發生戀情，並被後者強暴，時年十五，秦德君曾經因羞憤而嘗
試自殺，但後來因緣際會與穆濟波和好，並為他生下兩個孩子，開始
參與中國共產黨的事務。之後秦德君被派到西安從事地下活動，與劉
伯堅重逢，她拋棄了西安的丈夫與孩子，轉投劉伯堅的懷抱，儘管對
方當時已有未婚妻，秦加入劉的部隊，一同北伐，接著秦為劉生下一
個孩子，因為被懷疑為間諜，她只得將女兒託人照顧，輾轉從上海逃
往日本，並在前往日本的船上，與茅盾同行。此時秦德君才二十三歲，
卻已經歷了戀愛、懷孕、生子、學運、革命、被強暴、自殺、私奔、
背叛、逃亡等顛沛流離的滄桑人生，卻仍然充滿活力，不受家庭或者
丈夫子女的羈絆，這完全是茅盾憧憬的慧女士的翻版，爽快剛毅又放
蕩不羈，於是茅盾非常微妙地重蹈了他筆下人物方羅蘭的覆轍，在情
感與政治的立場上動搖了，背叛他的家庭，或者還有政黨。[79]之後，
茅盾與秦德君在日本同居，透過秦德君的幫助，提供了她好友胡蘭畦
的故事，胡蘭畦是《虹》女主角的原型。由於日本政府展開對中國共
產黨員的緝捕行動，茅盾與秦德君不得不重返上海，回到上海，兩人
必須面對現實生活，最終茅盾對秦德君始亂終棄，儘管秦德君為其墮
胎兩次，兩人也曾許允承諾，但在家庭與外遇的現實壓力之下，茅盾
選擇不告而別，回歸家庭，並徹底遺忘了這段革命加戀愛的歷史，在
他晚年的回憶錄《我走過的道路》中對這段過去隻字未提。[80]

---

[79] 根據王德威的資料考據與推測，國共分裂後，茅盾對於中國共產黨與革命的
未來充滿悲觀，其行為有背叛黨的傾向，而在秦德君的訪談中，也在在提
到了茅盾對她以及對於黨的動搖與背叛。詳見王德威：〈革命加戀愛〉，《歷
史與怪獸：歷史‧暴力‧敘事》（臺北：麥田出版，2004 年），頁 21-28。

[80] 這段歷史部分參考王德威：〈革命加戀愛〉，《歷史與怪獸：歷史‧暴力‧敘
事》（臺北：麥田出版，2004 年），頁 67-68，以及研究這段戀情的中國學
者沈衛威的著作：《艱辛的人生》（臺北：業強出版社，1991 年 10 月），頁
104-134。

　　作為茅盾與秦德君之間情愛紀念的小說《虹》，內容敘述新女性梅女士的人生經歷，這個故事橫跨 1919 年的五四運動到 1925 年的五卅慘案，開幕的場景是梅女士由四川搭船前往上海，小說以倒敘手法娓娓傾訴，梅女士在五四運動反傳統的浪潮中覺醒，想要對抗當時知識青年大為抨擊的包辦婚姻，因此她雖然已被父親許配給表哥柳遇春，但她仍有私下戀愛的對象韋玉，韋玉罹患肺病，個性又軟弱無能，沒有勇氣與其私奔。柳遇春雖然教育程度低，但是憑藉個人奮鬥，收入寬裕，能解決梅女士父親的經濟問題，梅女士只好委身下嫁。婚後的生活，不盡如意，梅女士於是趁隙離開了丈夫，前往四川瀘州的師範學校教書，卻又發現周圍的教師鎮日勾心鬥角，蜚短流長，與她的理想相悖甚遠。梅離開學校之後，一度擔任惠師長家中的家庭老師，為了拒絕成為師長的妻妾，她坐上從四川開往上海的船，展開上海的新生活。來到上海之後，梅女士加入共產黨的地下活動，而她在上海第一次遇到不被她美貌打動的共黨領袖梁剛夫，梁剛夫全心投入他的革命活動，為理想奉獻，梅女士反而油然產生好感，小我的戀愛私慾與大我的革命理想產生衝突，故事最後嘎然中止在梅參加的反帝國主義的五卅運動遊行之中。小說對於梅女士的內在思維，勾勒地精細透徹，例如梅雖然厭惡表哥柳遇春的市儈鄙陋，有時卻又會被他無微不至的殷勤所打動，被自己的脆弱情欲所擊敗，又或者她在四川教書時，被眾多男職員吹捧追求，那種內心的虛榮，小說都能細膩捕捉。

　　《虹》的啟始之處，並非依照傳統小說的順序法由梅女士四川的生活開始交代，反而從四川開往上海的船上娓娓道來，這種打破線性敘述而從情節中間開始描寫的手法，跳脫時間的縱貫線，而以空間象限作為分界，四川代表著梅女士陳舊傳統的過去，而上海則象徵她奔放光明的未來。小說開宗明義地說：「『梅小姐』，她是不平凡的女兒，

她是虹一樣的人物，……她只是因時制變地用戰士的精神往前衝！她的特性是『往前衝！』她惟一的野心是征服環境，征服命運！幾年來她惟一的目的是克制自己的濃郁的女性和更濃郁的母性！」「顛沛的經歷既已把她的生活凝成了新的型，而狂飆的『五四』也早已吹轉了她的思想的指標，再不能容許她回顧，她只能堅毅地壓住了消滅了傳統的根性，力求適應新的世界，新的人生。她是不停止的，她不徘徊，她沒有矛盾。現在這艱辛地掙扎著穿出巫峽的長江，就好像是她的過去生活的象徵，而她的將來生活也該像夔門以下的長江那樣的浩蕩奔放罷！」[81]回溯梅女士來到上海之前，她在成都的學運之中，剪去長髮，宣告她的獨立與前進，她並不畏懼鄉親的千夫所指，之後她拋棄婚姻家庭，赴學校教書，又離開學校，到惠師長家擔任家庭教師，又拒絕成為惠師長的妻妾而飄然前往上海。梅女士從對抗包辦婚姻，到對抗成為某人的妻妾，她在對抗的是自己女性面與母性面，然而除了不斷對抗之外，她卻不知道她要追求的是什麼，於是她的「往前衝」顯得盲目與衝動，但是梅女士無法停止，自從五四運動使她覺醒之後，她便渴望消滅傳統的根性，力求適應新的世界。梅女士來到上海，遇到憧憬戀愛的目標，更進而意識到自己革命的理想，於此確立人生的方向，徹底擺脫《蝕》的浮萍時代，得以目睹絢爛耀眼的彩《虹》未來。小說中首先描寫梅女士從四川來到上海之後，對於上海的失望，以及自己的改變。「她覺得眼前這黑影就是她所要冷笑的第二個自己。這是到上海以後新生出來的第二個自己，喪失了自信力，優柔寡斷，而且更女性的自己。」梅女士與梁剛夫的對話突顯出上海的不同意義。梅女士道：

---

[81] 茅盾：〈虹〉，《茅盾全集‧第二卷》（北京：人民出版社，1984 年），頁 6。

「好罷！我打算回去呢！沒有來上海的時候，多少有幾分幻想，尤其在船上的時候；來了，住過三個月了，才知道亦不過爾爾。當然是文明的都市，但是太市儈氣，人家又說是文化的中心。不錯，大報館，大書坊，還有無數的大學，都在這裏。但這些就是文化麼？一百個不相信！這些還不是代表了大洋錢小角子！拜金主義就是上海的文化。在這個圈子裏的人都有點市儈氣，你看，這裏也掛著漁翁得利圖；不錯，上海人所崇拜的就是利，而且是不用自己費力的漁翁之利！成都雖然鄙塞，卻還不至於如此俗氣！」

梅女士痛快地呼出一口氣，覺得自己又站得高高地，蔑視一切，踐踏一切了。不幸這高興極不耐久。她立刻又渾身冰冷了，當她聽得了梁剛夫的回答：「據我想來，你也是回去的好。對於你，上海是太複雜！」

「我不明白你這話的意義。」

「就是太複雜。你會迷路。即使你在成都也要迷，但是你自己總覺得是在家裏。」[82]

抵達上海之前，梅女士在四川是天之驕女，無論在大城市成都，或者偏僻的瀘州，都是男人追捧的掌上明珠，堅定而豪不畏懼地征服環境，征服命運，然而在自己的故鄉，畢竟不乏熟悉安全的沉著感。來到上海這物欲橫流的國際都會，她忽然感到自己的渺小，離鄉背景，喪失自信，這種初來乍到的不適應自然產生對立與批駁的情緒，梁剛夫察覺了並一語道破她的想法。如本文前述，上海的半殖民地特質，使得上海與中國存在著此消彼長的翹翹板關係，出於反帝國主義與反

---

82 茅盾：〈虹〉，《茅盾全集・第二卷》（北京：人民出版社，1984 年），頁 191。

資本主義的立場，使得上海在左翼文本中存在著必然與永恆邪惡的定律，茅盾的小說自然也會詬病上海的拜金、媚俗、帝國主義、資本主義、唯利是圖，但也不能否認上海處處是機會與挑戰，強者必然能從中尋覓機會，克服挑戰，創造生存之法，佔有一席之地，那麼上海反而一體兩面地成為孕育新思想新希望的美好世界，這對因時制變的女戰士而言並不困難，只需克服挫折感，遲早能適應新環境。梁剛夫的直言不諱，點醒梅女士她對於故鄉的毫不留戀，使她勇敢向上海新世界前進。梁剛夫的出現也使梅女士陷入戀愛的危境之中，立足左翼觀點，戀愛是一種個人主義，使女人軟弱，彰揚女性與母性特質，走向婚姻，進而為人妻為人母，被家庭綑綁桎梏，這自然有害於革命，因此《虹》的結尾，梅女士擺脫追求者，跑出旅館，關上戀愛之門，衝向革命大街，展開她的新生命。

茅盾曾於文章中自敘創作歷程，提到：「但長篇小說《虹》的意義是積極的，主人公經過許多曲折，終於走上革命的道路，所以，這裡的《虹》取了希臘神話中莫耳庫里駕虹橋從冥國索回春之女神的意義。」「『虹』是一座橋，便是春之女神由此以出冥國，重到世間的那一座橋，『虹』又常見於傍晚，是黑夜前的幻美，然而易散；虹有迷人的魅力，然而本身是虛空的幻想。」[83]這段話既說明了茅盾的創作歷程，同時也彷彿是茅盾與秦德君這段革命加戀愛故事的最佳註解。梅是一個戰士般的女性，幾乎是揉合了胡蘭畦與秦德君的性格，猶如茅盾的北歐女神，帶領他衝破《蝕》的冥國，來到《虹》的幻美天地，然而虹畢竟是虛幻的，無論美得多麼攝人心魄，終於有消散的一天，正如茅盾與秦德君的故事。《虹》這部小說是茅盾長篇計畫的一部分，

---

[83] 茅盾：〈亡命生活〉，《我走過的道路（中）》（香港：三聯書店，1984年），頁32。

原本是為了過度到另一部長篇《霞》,《虹》的幻美將轉變為朝霞或晚霞,創造出不同的風景,因此《虹》的結束點帶有未完待續的感覺,[84]捷克著名漢學家普實克（Jaroslav Prusek, 1906-1980）曾針對茅盾小說中的這項特點提出討論,「茅盾的一些作品好像並沒有結束,或者根本沒有結尾。……例如小說《虹》、《子夜》都是未完成的作品。……」普實克提到茅盾小說中的結尾、情節、故事線索常常都有突然消失的情況,但他認為章節與情節的未完並不影響小說的完整性,茅盾所描述的情境與生活中真實發生的事情一樣。[85]現實生命之中,漫長的人生確實是由斷裂的吉光片羽集錦而成,這所謂的真實正是茅盾自從創作以來,戮力以赴的目標,茅盾曾於文章中自剖:「我提倡過自然主義,但當我寫第一部小說時,用的卻是現實主義。我嚴格地按照生活的真實來寫,我相信,只要真實地反映了現實,就能打動讀者的心,使讀者認清真與偽,善與惡,美與醜。」[86]反映現實的寫實主義或者科學描寫法的自然主義,都是為了讓小說趨近真實,然而所謂的真實是如此遙不可及。新感覺派的都市作家被左翼作家攻訐指斥,譴責謾罵,認為距離現實人生太過遙遠,穆時英曾在他小說中辯駁:「記得有一位批評家說我這裏的幾個短篇全是與生活,與活生生的社會隔絕的東西,世界不是這麼的,世界是充滿了工農大眾,重利盤剝,天明,奮鬥……之類的。可是,我卻就是在我的小說裏的社會中生活著的人,裏邊差不多全部是我親眼目睹的事。」[87]誰能代表真實?誰說的才是

---

[84] 茅盾自述《虹》本來尚有姐妹篇《霞》,但因人事變遷,回到上海後加入左聯,忙碌於其他事務,《虹》的後半篇並未續成。詳見茅盾:〈亡命生活〉,《我走過的道路（中）》（香港:三聯書店,1984年）,頁34。

[85] 雅羅斯拉夫‧普實克著,李燕喬等譯:《普實克中國現代文學論文集》（長沙:湖南文藝出版,1987年8月）,頁142-143。

[86] 茅盾:〈創作生涯的開始〉,《我走過的道路（中）》（香港:三聯書店,1984年）,頁3。

[87] 詳見穆時英:〈公墓自序〉,穆時英著,嚴家炎、李今編:《穆時英全集‧第

真相？蔣光慈曾經是左翼文壇的紅人，以革命加愛情的小說引領風潮，然而當風潮褪去，他的小說被解讀為過度浪漫，茅盾在文章中，將蔣光慈所代表的「革命的浪漫諦克」概括為「臉譜主義」，認為這是對革命現實嚴重的扭曲，無法讓讀者見識到革命的真實面，蔣光慈說：「我自己便是浪漫派，凡是革命家也都是浪漫派，不浪漫誰個來革命呢？」[88]包括蔣光慈在內的太陽社、創造社成員，曾提出創造生活，寫光明的想法，他們認為文學雖是生活的反映，但作家應該只寫積極的光明面，寫一種推動社會向前的現實。[89]贊成「寫光明」的作家批判茅盾《蝕》的消極黑暗，而茅盾則批評他們掩蓋黑暗的阿Q心態。到底什麼是革命文學應該描寫的現實？茅盾自己所反映的又是誰認同的真實呢？茅盾的回憶錄《我走過的道路》與秦德君的自傳《火鳳凰》，誰隱瞞了秘密？誰說出了真相？茅盾與秦德君的故事到底是寫實主義還是浪漫主義？所謂的真實，就像都市霓虹燈閃爍的光束，有非常多種層次，也有非常多樣的光影面向，讓人眼花撩亂，你永遠只能捕捉到一種自以為是的真實。

第四節　都市小康階級的戀愛與革命

張天翼（1906年-1985），原名張元定，號一之。1906年9月26日生於南京，祖籍湖南湘縣。父親是開明的知識分子，清末曾中舉人，

一卷》（北京：北京十月文藝出版社，2008年1月），頁233。
[88] 轉引自郭沫若：〈創造十年續篇〉，《郭沫若全集‧文學編第十二卷》（北京：人民文 出版社，1992年），頁268。
[89] 蔣光慈：〈關於革命文學〉，《蔣光慈文集‧第四卷》（上海：上海文藝出版社，1988年10月），頁166-173。

辭官不就，父親當過教員、職員。張天翼 1927 年開始信仰馬列主義，
1929 年 4 月發表他的短篇小說〈三天半的夢〉，1930 年發表長篇小說
《鬼土日記》，1931 年加入左翼作家聯盟，1932 年開始書寫兒童文學，
張天翼曾在〈為孩子們寫作是幸福的〉一文中說明他的書寫的動機：
「當時寫童話也罷，寫小說也罷，就是想使少年兒童讀者認識、了解
那個黑暗的舊社會，激發他們的反抗、鬥爭精神，使他們感到做一個
不勞而獲的寄生蟲是多麼可恥和無聊。」[90]與魯迅相仿，張天翼創作
兒童文學的動機是為了從小導正中國人的國民性，魯迅對於張天翼的
文學作品深具影響，張天翼讀中學時，讀到魯迅的《阿 Q 正傳》，原
本沉浸在《禮拜六》、福爾摩斯作品中的張天翼卻被魯迅這篇新式小說
迷住了，他發現自己身上的阿 Q 病，與別人身上的阿 Q 性。[91]使張天
翼也產生了藉由文學改善國民性的想法。

　　由於家道中落，張天翼自小跟隨父親四處奔波，了解生活的艱苦，
接觸到社會各階層的人物，他自己為了謀生，也做過記者、公務員、
教師，他所結識與往來的對象，包括邊緣底層的流浪漢、失業者、女
工、僕役、學徒，或者中上階層的地主、商人、教師，這對他創作時
勾勒各階層人物的嘴臉，頗具助益。張天翼有五個兄弟姐妹，家族中
排行第十五，姊姊們有的嫁教授，或者嫁給國民黨高層，哥哥們有的
當將軍，有的當縣長，在攀親帶故的中國社會，張天翼卻沒有憑藉關
係在國民黨右派勢力中擔任一官半職，曾在南京、上海等地擔任記者、
編輯、職員、教員的他，靠賣文維生。[92]夏志清對張天翼的評價：「張

90　張天翼：〈為孩子們寫作是幸福的〉，沈承寬、黃侯興、吳福輝：《中國文學
　　史資料全編・現代卷・張天翼研究資料》（北京：知識產權出版社，2009
　　年 10 月），頁 193-194。
91　張天翼：〈論《阿 Q 正傳》〉，沈承寬、黃侯興、吳福輝：《中國文學史資料
　　全編・現代卷・張天翼研究資料》（北京：知識產權出版社，2009 年 10 月），
　　頁 160-164。
92　此部分參考沈承寬、黃侯興、吳福輝：《中國文學史資料全編・現代卷・張

天翼是這十年當中（1928-1937）最富才華的短篇小說家。」[93]王瑤《中國新文學史稿》對張天翼的形容是：「他善於運用活潑跳躍的形式和簡明的合於人物身份的口語詞彙，又富於諷刺與幽默的才能，而表現的主題又都是現實的，這使他擁有了多量的讀者。」[94]張天翼以短篇小說見長，其作品幽默諷刺的特質向來為人稱道，他也曾在文章〈什麼是幽默──答文學社問〉中提出關於幽默諷刺的看法：「現在一般人把幽默這個詞兒用得太隨便了，就是洋鬼子也如此。」他認為幽默跟諷刺似乎很難分，不過「說假話的人也可以用諷刺來攻擊真話。然而幽默辦不到：幽默非說真話不可。」「幽默者，即是真實。」[95]楊義對張天翼的觀點正是：「張天翼藝術世界的通行證，寫著一個大字：真！」[96]張天翼曾在短篇小說選集中自言：「寫作這些東西是在舊中國處於動亂的卅年代。當時寫作的目的，就是要揭露現實生活中的各種矛盾，揭示生活中形形色色的人，特別是要剝開一些人物的虛偽假面，揭穿他們的內心實質；同時也要表現受壓迫的人民是怎樣在苦難中掙扎和鬥爭的。」[97]或許有許多作家與他的文章之間存在著言行相詭的矛盾，但張天翼並非如此，在三十年代政治局勢左右搖擺，人心

天翼研究資料》（北京：知識產權出版社，2009 年 10 月），頁 3-42。

[93] 夏志清原著，劉紹銘等譯：《中國現代小說史》（香港：友聯出版社，1979年 7 月），頁 181。

[94] 王瑤：《中國新文學史稿》（節錄），沈承寬、黃侯興、吳福輝：《中國文學史資料全編‧現代卷‧張天翼研究資料》（北京：知識產權出版社，2009年 10 月），頁 296。

[95] 張天翼：〈什麼是幽默──答文學社問〉，沈承寬、黃侯興、吳福輝：《中國文學史資料全編‧現代卷‧張天翼研究資料》（北京：知識產權出版社，2009年 10 月），頁 139-140。

[96] 楊義：〈從文化視角看左翼文壇以及丁玲、張天翼〉，《二十世紀中國小說與文化》（上海：上海三聯書店，2007 年 10 月），頁 140。

[97] 張天翼：〈《張天翼短篇小說選集》前言〉，沈承寬、黃侯興、吳福輝：《中國文學史資料全編‧現代卷‧張天翼研究資料》（北京：知識產權出版社，2009 年 10 月），頁 201。

險惡動盪詭譎的時代，呈現出難得的表裡一致，文如其人。他揭露中產階級虛偽功利的假面，諷刺有錢有閒者的附庸風雅、故作浪漫，他對於反動階層的抨擊與反諷躍然紙上，張天翼同情社會中受到壓迫的底層人民，並在作品中思索革命者所面臨的掙扎與現實，不落窠臼地突破了一般左翼作家文本中公式化與理想化的問題。

　　張天翼的小說才華是在上海被魯迅所賞識的，1929 年 4 月，張天翼首先在魯迅的和郁達夫主編的《奔流》雜誌上發表他的短篇小說〈三天半的夢〉，他的小說大多在上海發表，且引起重大的影響。[98]雖然張天翼在上海崛起，但他所長期居住寫作的地方在南京，上海的左翼作家對政治意識的看法比較激進，因為他們在思潮漩渦的中心，而南京的作家隔了一兩百公里，便顯出另外一種群體性，比較講究作品的藝術性，以及體現人生。南京的左翼文壇受到上海左翼文壇的影響，但又對上海左翼文壇產生補強作用，而在左翼內部，張天翼代表了左翼文壇中的魯迅方向，也就是要求文學的政治性和藝術性的統一，階級意識和文化意識的統一，要求文學功能的豐富性。[99]吳組湘曾提到：「文藝界很多朋友為工作方便，喜歡長住上海，天翼卻寧願躲在石頭城內他姊姊家。」吳組湘分析張天翼不願意住上海，是出於一種潔癖，深感社會風氣很糟，格格不入，又無可奈何，藉著避開上海保持自己的不介入，並避開應付一些人際關係的應酬。[100]張天翼不喜歡上海，也並不為了貪圖方便，而忍受上海的物欲橫流、虛偽人情或者拜金主

---

[98] 周頌棣：〈我和天翼相處的日子〉，沈承寬、黃侯興、吳福輝：《中國文學史資料全編‧現代卷‧張天翼研究資料》（北京：知識產權出版社，2009 年 10 月），頁 60。
[99] 楊義：〈從文化視角看左翼文壇以及丁玲、張天翼〉，《二十世紀中國小說與文化》（上海：上海三聯書店，2007 年 10 月），頁 147。
[100] 吳福輝整理：〈吳組湘談張天翼〉，沈承寬、黃侯興、吳福輝：《中國文學史資料全編‧現代卷‧張天翼研究資料》（北京：知識產權出版社，2009 年 10 月），頁 66。

義，由此可以理解張天翼的狷介性格，不隨波逐流，不同流合污。但即使不住在上海，他住在南京，也沒有選擇住在農村裡。魯迅的小說挖掘了鄉村中國農民世界的愚昧無知，藉此改造農村中國的劣根性，張天翼的小說則以反映都市中腐朽的小市民生活最為精到。他寫過關於農村的故事，他於 1931 年 3 月份發表〈二十一個〉，之後以農民逃荒為題材發表〈仇恨〉，但張天翼本人曾遺憾地表示他不懂得中國的農村與農民，比不上來自湘鄉農村的蔣牧良。[101]張天翼短篇小說的優秀作品中有許多體現都市小康族群的醜態，他對於都市小資產階級的觀察與速寫傳神而到位，以諷刺幽默的筆觸將其假面一針見血得戳破，被譽為同時期短篇小說作家中的佼佼者，本文將探究張天翼如何用小說體現他對上海的觀察，他對革命與戀愛的想法，以及他如何用犀利的筆觸捕捉都市小康階層的種種樣貌。

一、城市小康族群的灰敗世界

　　胡風是三十年代出色的文學評論者，除卻左派的意識形態之外，他的〈張天翼論〉鞭辟入裡得詳敘了張天翼小說中的特點，其中他提到張天翼長於勾勒「小康者群底的灰敗世界」，胡風提到：「他是從『小康之家』（借用他自己的用語）裡出來的，進過大學，在中流社會裡謀生。他最熟悉的是這一社會層的人們，恐怕他最看不起的最討厭的也是這一類的人們。」[102]張天翼的短篇小說中表現得最令人拍案叫絕的，

---

[101] 楊義：〈從文化視角看左翼文壇以及丁玲、張天翼〉，《二十世紀中國小說與文化》（上海：上海三聯書店，2007 年 10 月），頁 138。

[102] 胡風：〈張天翼論〉，沈承寬、黃侯興、吳福輝：《中國文學史資料全編·現代卷·張天翼研究資料》（北京：知識產權出版社，2009 年 10 月），頁 244。

莫過於對於都市小資產階級的劣根性的描摹，他揭示了這一類人的軟弱、虛偽、平庸、矛盾，與拼命往上爬的醜態。夏志清將張天翼的小說劃分為三類：煽動性的、意識性的、諷刺性的。煽動性的如暴動或者起義，例如農民、士兵在山窮水盡的情況之下，起而反抗他們的壓迫者。如〈二十一個〉。意識性的左翼小說，主題大多是小資產階級的知識分子，遭遇到革命經驗時的搖擺不定，如〈豬腸子的悲哀〉、〈荊野先生〉、〈移行〉。諷刺性的小說則不分階級個人，都成為其諷刺的對象，跳脫共產主義樂觀派的教條，如〈砥柱〉。[103]夏志清的評論扼要地歸納出張天翼小說的題材類型，本文所要聚焦的部分便是張天翼第二、三類型短篇的左翼小說與諷刺小說。

張天翼的諷刺小說中經常速寫的一種類型是拼命往上爬的小資產階級，〈友誼〉描寫想要靠關係爬上全省魚稅督辦的留洋學生蘇以寧，為了與現任省長的弟弟查二先生攀交情，奉承獻媚，甚至讚許妻子應酬對方，而他年輕貌美的妻子早已嫌棄丈夫賦閒在家七八年，在色誘查二先生成功後，甚至想要與之私奔，最後劇情急轉直下，查二先生深感蘇家待他情深意重，不禁透露，原來平日查省長偽裝與弟弟感情融洽，實際上卻掠奪了弟弟的財產，欺侮凌辱他，蘇太太忽然之間感到天旋地轉，發現自己的愛情失了根據，蘇以寧則思量忖度著如何利用新得知的情報去要脅省長，換取官位，兩人只擔憂自己的利益，無人同情可憐的查二先生。這篇小說的標題反諷地點出小資產階級的虛偽友情，充滿利益交換，爾虞我詐，而蘇太太小資產階級的愛情又是多麼仰賴金錢權勢，經濟地位。張天翼的另外一篇名作〈陸寶田〉勾勒了一個可笑可鄙可憐的小人物的悲劇，陸寶田是政府機關裡的小科

103 夏志清原著，劉紹銘等譯：《中國現代小說史》（香港：友聯出版社，1979年7月），頁 183-196。

員，想要攀附上司，平步青雲，為了討好主管，打同事的小報告，為了應酬上司，儘管自己有肺病，仍陪主管抽菸喝酒，打牌輸錢，淪為主管的玩物，最後陸寶田與同事比賽騎馬，從馬背上摔下，臥病在床，被主管革職了。小說中對於陸寶田汲汲營營的形象著墨得活靈活現，陸寶田對於同事的捧高踩低，對於妻子的誇耀驕矜，對於主管的涎皮賴臉宛如《孟子》所勾勒的無恥齊人，小說最後的高潮是，當同事苦惱著該如何開口對家裡瀰漫著酸臭味，妻與子俱嗷嗷待哺，臥病在床的陸寶田說明他被開除的消息時，陸寶田兀自露出微笑，自言自語：「我雖然生病請假，其實樊秘書那些公事——我在家裡還是可以辦，老凌你看呢？我看是行得通的。」[104]〈包氏父子〉是討論中國現代小說中父子關係時不可忽略的短篇傑作，小說描述在大戶人家工作的聽差老包，身處中下階層，一心想靠兒子翻身，於是四處借貸，供兒子進洋學堂讀書，認為「洋學堂裡出來就是洋老爺，要做大官哩。」[105]他心想靠兒子享清福，於是「俯首甘為孺子牛」，去銀行求免繳學校的制服費，涎著臉向朋友拖欠債務，為了討好兒子而去主人家偷司丹康頭髮油，老包對兒子包國維百依百順，沒想到兒子卻不學好，被留級三次，成日與紈褲子弟攪和在一起，包國維在父親面前張牙舞爪，不可一世，甚至於看不起父親，在他富家公子的朋友郭純面前卻抬不起頭，如同低聲下氣的溫順奴才，最終包國維因打架滋事，被學校開除，老包的一切憧憬與寄託化為灰燼，不覺昏倒在地。〈包氏父子〉描寫的是扭曲的父子之情，〈砥柱〉勾勒的則是鄙陋可笑的父女關係，男主角黃宜庵是一位「理學家」，表面上滿口仁義道德，實際上

---

[104] 張天翼：〈陸寶田〉，《張天翼文集・第四卷》（上海：上海文藝出版社，1985年2月），頁231。

[105] 張天翼：〈包氏父子〉，《張天翼文集・第二卷》（上海：上海文藝出版社，1985年2月），頁3。

一肚子男盜女娼。他帶著十六歲的女兒到另外一個城市，想讓一個官宦人家評鑑，是否適宜作對方的兒媳婦，因為他野心勃勃想憑藉女兒的婚姻為自己換取更美好的前程，為了攀附權貴，因此他格外嚴謹地管束護衛女兒。旅途中，他們在船上，他發現女兒與哺乳嬰孩的女人談話，黃宜庵立刻私下申斥女兒，不應與敞胸不雅的女子多加交談，申斥的同時，聞到隔艙的鴉片味與猥褻的對話，一方面自己陶醉其中，另一方面又怕女兒受到淫言穢語的污染，最後他支開女兒，與隔艙的人同流合污去了。女兒的純真無知映照父親的表裡不一，形成一種諷刺的張力。〈春風〉描述公路局辦的春風小學的故事，學校原本的立意是不分貧富，免費讓學生就讀，接受春風化育的民主教育，然而教師們薪資微薄，便將對學校與生活的不滿，發洩到可憐的窮學生身上，教師們吹捧嬌寵有錢人家的子弟，譏刺踐踏窮苦學生，富家小孩認清這一點，便更加驕橫霸道，人性的卑劣醜惡在這篇小說中一覽無遺。

陸寶田曾對妻子振振有詞地教訓道：「一個人要升上去——就要懂得兩件事：一個是工作努力，一個是要有手段。如今世界太狡猾，你不講求講求手段呀——那你該死：書記就當一輩子書記，科員就當一輩子科員，再也不會升。」「我毫無背景，但我曉得訣竅。」「一個人要轉運，還是要自己能幹。」[106]因為小資產階層不像資產階級有關係可靠，又害怕稍微鬆懈便墮入了下流社會，因此凡事得靠自己努力張羅，戮力向上本該是好事，然而若不擇手段便令人看了鄙夷不齒。在張天翼的小說中，儒家所推崇的三綱五常被顛覆掉，父親形象的崩毀，父子或父女關係的扭曲，親子或夫妻彼此之間的金錢利益糾葛，

---

[106] 張天翼：〈陸寶田〉，《張天翼文集·第四卷》（上海：上海文藝出版社，1985年2月），頁203-205。

師道不存，父子、夫妻、君臣（主管與下屬）、師生、朋友一切倫常關係被階級所支配，對同階層或下階層的人踐踏輕蔑，對上階層的人親附攀比，張天翼捕捉到這群拼命往上爬的人是如何的無所不用其極。於是春風不化雨，中流不砥柱，友誼不友誼，標題與內容形成強烈的對比，進而造成反諷的效果。春風小學的天真校園比嚴寒的冬日更殘酷，身為理學家，維護禮教心性的黃宜庵，其內外不一的行為難堪可笑，蘇家與查二先生的友誼脆弱不堪，荒謬至極，包氏父子的關係，父不父，子不子，令人心寒。探究這些小人物的醜陋行徑背後，何以傳統的倫常會敗壞毀滅？何以人性的陰鬱幽暗會如此彰揚？民族的奴性、劣根性固然是重要原因，這也是魯迅念茲在茲必須被導正的國民性，除此之外，歸結問題的核心，張天翼認為是階級的存在，毀滅了固有的倫常，製造了一切矛盾，資本主義的現代社會劃分出新的階級制度，以資產為衡量標準的社會，使人性的醜惡卑劣被放大到無所遁形，因此解決問題的辦法，還是必須讓社會趨向消泯階級的大同世界，這便回歸到左翼文本所弘揚的核心價值。張天翼的敘事方式簡潔俐落，排除冗長的敘述，特重人物的素描，往往以簡筆勾勒，透過漫畫式的放大誇張技巧，強調人物的肢體動作，藉以反映人物的內在想法，使人物形象躍然紙上。張天翼說故事重人不重事，當人物風貌形塑完畢，故事便邁入尾聲。張天翼在描述小資產階級灰敗世界的此類短篇小說中，往往存在一種模式，於小說前半部鋪陳小人物攀高踩低的醜態，在結尾處劇情急轉直下，使主角前面的種種苦心付之一炬，製造一種諧謔感，不過此種手法反覆運用，不免有公式化的傾向，同時對人物速寫的過度簡化，也使主角的生命力為之削弱，而陷入扁平化的危機之中。張天翼的簡筆書寫鋪陳短篇小說，有令人眼前一亮的驚艷感，但用於長篇小說，便顯得力道不足，無法架構起長篇小說的

恢弘體制，因此張天翼的長篇小說的成就顯然不如其短篇的佳作，這是其創作的範限。

二、張天翼對小資產階級戀愛與革命的嘲諷

胡風曾提到張天翼對於小康族群的面相捕捉，大致可分為三類人物，除了前述的拼命往上爬的角色之外，張天翼最常素描的還有兩類，分別是在生活的矛盾裡顯現得非常軟弱的人，以及在戀愛的把戲裡現出了令人難堪的虛偽。[107]〈荊野先生〉、〈稀鬆的戀愛故事〉、〈找尋刺激的人〉、〈豬腸子的悲哀〉、〈宿命論與算命論〉、〈溫柔製造者〉、〈移行〉、〈出走以後〉、〈蜜味的夜〉都是這一類的作品。

〈荊野先生〉原名〈從空虛到充實〉，描寫張荊野在革命同志受到酷刑慘死之後，自己還是墮入空虛腐化的生活之中，小說敘述張荊野離開北京，到了上海，從朋友傳來的消息中，他仍然酗酒，抽菸，消沉。〈豬腸子的悲哀〉的豬腸子曾經加入無政府黨，之後又加入共產黨，最後卻沉淪在物欲生活中無法自拔，為了經濟決定迎娶並不相愛的千金小姐，失去目標，渾渾噩噩度日的豬腸子相信無產階級革命必然成功，自己卻無法擺脫過度消費的頹廢生活。〈宿命論與算命論〉出賣朋友的舒可濟，原本是共產黨，後來自首了，被他人瞧不起，沒錢娶老婆，過著不如意的窘迫生活，偶然遇見同窗好友綽號小癟嘴的林克駿，好友小癟嘴的生活過得比他寬裕，又訂了婚，充滿忌妒心的舒同志，竟然前去單位告密，想要建功往上爬，於是供出朋友的秘密身

---

[107] 胡風：〈張天翼論〉，沈承寬、黃侯興、吳福輝：《中國文學史資料全編・現代卷・張天翼研究資料》（北京：知識產權出版社，2009 年 10 月），頁 244-246。

分，小瘌嘴被逮捕了，諷刺的是竟由舒同志親自壓解，之後舒同志陷入良心的譴責之中，這篇小說表現出犯罪者的懺悔心理。〈移行〉敘述變節的革命者桑華，曾經懷抱著理想投入危險的革命事業，但受不了革命生活的膽顫心驚、陰暗艱苦，當她看到同為革命者，患有肺結核的小胡在瀰漫著臭味的房間咳血時，理想與現實的差距使她開始動搖，於是她轉而嫁給毫不相愛、腦滿腸肥的大富賈李思義，做了養尊處優的闊太太，她每年要買輛新車，每天花四五個鐘頭在臉上下功夫，整日無所事事，快樂逍遙。但故事的末了，李思義的事業走下坡，桑華強顏歡笑，過一天算一天。〈出走以後〉同樣探討天真理想與嚴酷現實的撞擊，出身貧微的何太太一時激憤返回娘家，嚷著要離婚，抱怨她富有的廠長丈夫何伯峻苛刻工人，在道不同不相為謀的理想主義之下，她想要離開丈夫。然而回到家中，她發現年邁的父親剛辭了差使，打算賦閒在家靠她養，因為妹婿才能掙得好工作，才能唸書的兄弟們也將失業失學，何太太又回想到她結婚前窮苦單調的灰色生活，她不禁感到倉皇失措。本想從過去一直灌輸她左翼思想的七叔身上尋求精神支援，這時七叔卻不得不坦承生活與思想是兩回事，所幸最後何伯峻打來電報，化解僵局，何太太充滿活力地對著鏡子畫起妝來……前述作品，是面對生活的矛盾與革命的嚴峻而軟弱動搖的人物。另一類則是在戀愛中顯現出虛偽做作的角色。〈稀鬆的戀愛故事〉開宗明義說：「這故事不動聽，沒什麼曲折，也沒四邊形戀愛或五百六十七邊形戀愛。」[108]小說嘲弄與醜化新感覺派等都市小說中神秘化與浪漫化的翻譯名稱與故事情節，例如羅密歐與茱麗葉被翻成羅繆與朱列，屠格涅夫翻成吐膃孽夫，朱古力糖（巧克力）翻成豬股癩糖，廚

---

[108] 張天翼：〈稀鬆的戀愛故事〉，《張天翼文集·第一卷》（上海：上海文藝出版社，1985 年 2 月），頁 161。

川白村變成日本那個廚子，故事確實沒有曲折或高潮之處，純粹描寫羅繆與朱列空虛、浪費、並且佯裝浪漫詩意的戀愛生活，自稱詩人的羅繆家境優渥，帶著朱列吃巧克力、看電影、在薔薇館喝美酒、吃西餐、吟詩、同居、並聲稱「這就是人生」，明顯反諷都市現代派的作家。〈蜜味的夜〉同樣是對新感覺派作家的冷潮熱諷，小說中一群都市作家聚集在他們組織的 Salon 中，其中有個叫「上海橫光」的作家，還有媚姍先生，彼此爭辯誰抄襲誰，「董色的色情之夢」、「椰子味的眼睛」，小說穿插許多中英混雜的詞語，彷彿以譏誚的態度取笑新感覺派作家如劉吶鷗、穆時英之流，小說中的文人為了金錢、名譽、女人等浮光掠影的事物爭論不休，暗示著這類上海都市文人空洞而無意義的生活方式。〈找尋刺激的人〉中的少爺江震，對於尋常平凡的戀愛興味索然，偏要挑戰追求律師的老婆，或者身分階級相距懸殊的婢女，行徑不切實際而可笑。〈溫柔製造者〉描寫有婦之夫老柏，明明已是幾個孩子的父親，卻因為照顧朋友的妹妹家璇，而產生戀愛關係，女學生家璇陷入溫柔戀愛的夢幻憧憬之中，要求老柏反覆表白「那個」愛情，要求他時時製造溫柔，老柏用吃了蔥滿嘴蔥氣的嘴吻家璇，接吻時他的眼睛變成了鬥雞眼，老柏強調他們的「那個」愛情有助於工作，他反對小姐少爺式的「那個」，「那個」應當是建立在僚友關係上。他在「製造溫柔」時，常常懊悔自己的時間被耽誤，但一旦「解放」之後他又想「那個」了，小說將老柏的戀愛關係演繹成一場笑鬧劇。張天翼關於革命主題的左翼小說，除了如〈二十一個〉一類遵循左翼「群像」描寫的作品外，大多秉持作家的自我風格，揭示反動階層的種種心態，探討人性的複雜黑暗，思索革命與愛情的真貌，理想與現實的糾葛，堅持文學的深度，並克服了早期革命文學作品只注重宣傳功能，而忽視審美價值的問題，推動左翼文學走向更成熟的階段。

　　張勇《摩登主義：1927——1937上海文化與文學研究》一書，將張天翼小說中對於都市生活的表述態度，形容為「反摩登」，並提到張天翼攻擊的並非是頹廢的生活，而是偽頹廢的人。[109]張勇的看法說明張天翼小說的一項特點，張天翼的作品刻劃最深的是人，而非事件，因此他所針對的目標，往往也是人，而非事件。張天翼的藝術理想是為了求真，他的幽默諷刺也是為了求真，張天翼嗜讀古典小說《儒林外史》，因此他小說中最精采的部分是揭示虛偽者的嘴臉，甚至以諧謔的態度捉弄他們。然而一再反覆操作，不免使其作品失之油滑，像〈荊野先生〉或〈豬腸子的悲哀〉這類的作品，難得的呈現出他認真嚴肅的感傷面向。張天翼並非反對戀愛或者革命，他戲謔與譏刺的對象是陶醉在戀愛假象的人，或者天真爛漫的革命者，但對於坦承自己沉淪在失去目標、頹廢生活中無法自拔的豬腸子，或者荊野先生，張天翼的筆觸是帶著同情的。他並不忌諱描寫在庸俗的左翼文本中，較常被忽略的革命變節者，頹廢者，甚至反倒是張天翼小說的聚焦所在，呼應了魯迅所說的「我以為在現在，『左翼』作家是很容易成為『右翼』作家的。」他提出，「倘不明白革命的實際情形，也很容易變成『右翼』。革命是痛苦，其中也必然混有污穢和血，決不是如詩人所想像的那般有趣，那般完美；革命尤其是現實的事，需要各種卑賤的、麻煩的工作，決不如詩人所想像的那般浪漫；革命當然有破壞，然而更需要建設，破壞是痛快的，但建設卻是麻煩的事。所以對於革命抱著浪漫諦克的幻想的人，一和革命接近，一到革命進行，便容易失望。」[110]在張天翼這一類揭示小市民軟弱、矛盾、虛偽面向的小說中，正面人

<hr>

[109] 張勇：《摩登主義：1927——1937上海文化與文學研究》（臺北：人間出版社，2010年1月），頁291-300。
[110] 魯迅：〈對於左翼作家聯盟的意見〉，《魯迅全集‧第六卷‧二心集》（臺北：唐山出版社，1989年9月），頁48-49。

物是很少見的，在大量描摹這些負面的革命者與戀愛者的同時，卻不
免因人廢事地令人質疑起戀愛與革命的正面價值，戀愛與革命的神聖
感似乎也因之被消解。在魯迅的短篇小說中，我們也經常可見魯迅對
於愚昧無知的國民的攻擊批判，但是小說中往往還是存在令人同情的
正面的悲劇人物。張天翼的筆觸簡略精要，漫畫式的人物速寫，使人
物有時失之扁平，這使得他的小說失去了一種令人啞然失笑之後的雋
永餘味。如前文所述，張天翼提出他卅年代寫作的短篇小說，是要揭
露現實生活中的各種矛盾，特別是要剝開一些人物的虛偽假面，揭穿
他們的內心實質，當讀者看到這諸多革命者與戀愛者的醜態之後，是
否也隨之對革命與戀愛產生幻滅？那麼幻滅之後的何去何從，在張天
翼的小說中往往是沒有結論的，徒留一個諷刺荒謬而可笑的問號。但
是，揭開假面具之後呢？胡風曾在〈張天翼論〉的結尾處提醒作者，
「他在現實生活裡面看到了凡庸，可笑，醜態，忍不住要嘲笑曝露，
但我們希望他不要忘記了，如果他自己站得太遠，感不到痛癢相關，
那有時就會看走了樣子。我們更希望他不要忘記了，藝術家不僅僅是
使人看到那些東西，他還得使人怎樣地去感受那些東西。他不能僅僅
靠著一個固定的概念，需要在流動的生活裡面找出溫暖，發現出新的
萌芽，由這種孕育他底肯定的活的心，用這樣的心來體認世界。」[111]張
天翼筆下的城市生活多半沒有具體的指涉，因為他所表述的通常不是
某個事件的寫實紀錄，而是一種類型人物的漫畫速寫，他們所居處的
地方共同的特點是城市，卻少有鉅細靡遺的細節性書寫，他所指斥的
是大多數城市生活中的小市民，他所反映的是城市生活所形塑出的小
市民的慾望掙扎，人際之間對立競爭，金錢物慾支配的頹廢生活。他

---

[111] 胡風：〈張天翼論〉，沈承寬、黃侯興、吳福輝：《中國文學史資料全編・現
代卷・張天翼研究資料》（北京：知識產權出版社，2009 年 10 月），頁
263-264。

筆下的上海，無論是〈移行〉、〈蜜味的夜〉，或者另一部有如中國版唐吉柯德（Don Quixote），妄想以俠術救中國的長篇小說《洋涇浜奇俠》，上海被視為一座現代化、殖民化的都市，物質、摩登、消費、享樂、洋化，在這失去傳統的都市中，唯一保留中國傳統的是那群自私、虛偽、可笑、可鄙的劣質國民，對於上海，張天翼的筆觸之間既沒有曖昧思戀，也沒有深惡痛絕，純粹將上海視為烘托人物存在的背景，張天翼所關注的是都市中小人物的醜態，他忙著勾勒小市民的負面形象，都市反而變成被忽略的次要角色了。

第四章　左翼都市小說中的
　　　　　群我觀與敘事轉向

　　中國的群我觀價值認同，由古至今，不盡相同。五四時期個人主義抬頭，傳統的大家族觀念遭受抨擊，而到了三〇年代，都市文學對個人存在意義的強化，與左翼文學以天下為己任的觀點大相逕庭，左翼文學中又出現前期突顯個人英雄主義到中後期彰揚集體主義的觀念移易。如果說五四時期文學革命與新文化運動的歷史意義是「個人的發現」，那麼左翼文學則是將關注的焦點由「個人」轉向「階級群體」。丁玲的小說〈水〉標誌著左翼小說的敘事轉向，由個人敘事轉向集體敘事，此一轉向是成功或者失敗？本章將探討從傳統到現代的群我觀轉變，文學與革命之間個體與群體本質的衝突，都市文學與革命文學的歷史觀辯證，左翼都市小說個人敘事轉向群體敘事的成敗，茅盾《子夜》的都市群像書寫，左翼知識分子與都市下層市民的群我關係，菁英與庸眾的問題，除藉此深化對於文本的閱讀外，並觀察與思索三〇年代左翼都市小說敘事轉向的文學史意義。

第一節　左翼都市文學的群我觀

　　左翼都市文學作為一種特殊類型，兼具了左翼文學與都市文學的特色，都市文學依恃著資本主義與工商業社會而興起，特別是中國新感覺派小說，受到西方現代主義的浸潤，放大了個人的存在意義，中國的共產主義所追求的是無產階級的利益，因此中國左翼文學聚焦所在是廣大的群眾，作為一種中間文類，左翼都市文學的群我觀是否存在著曖昧的灰色空間，值得討論。

　　由蔣光慈引領風騷的革命戀愛小說，是左翼文學的第一波主流，諸多作家深受影響，投入創作，然而革命戀愛小說中的公式化、理想化，以及個人英雄主義的彰揚，都成為之後作家與論者批駁與詬病的對象。如何另闢蹊徑，跳脫革命戀愛小說的公式，成為革命文學作家致力的方向。1931 年 3 月，張天翼的〈二十一個〉發表，內容敘述軍閥混戰中二十個從前線撤退的士兵，受不了軍官的非人待遇而走上了反叛的道路，並因為覺悟到雙方士兵都是在鄉裏連稀飯都吃不著才跑來的，於是拯救了敵兵的傷員，變成二十一個，血肉相連地去尋找自己的出路。張天翼的〈二十一個〉率先提出一種群像描寫的模式，半年後，丁玲的〈水〉發表，標誌著左翼小說的敘事轉向，由個人敘事轉向集體敘事。丁玲的〈水〉雖然較晚發表，但由於她在文壇的知名度高，又擔任當時左翼重要刊物《北斗》的主編，因此較受注目，影響力也較大。1933 年茅盾發表《子夜》，書中描寫都市不同階層的人物群像，《子夜》於出版後 3 個月內，重版

4次，初版三千部，此後重版各為五千部，開創出左翼都市文學的新路徑與新風格。

　　為求理解三〇年代文學中群我觀建立的背景，本節將回顧中國由古至今的群我觀變異，並比較左翼小說與中國新感覺派都市小說等作品，對於群我觀與歷史觀的辯證，進而思索左翼都市小說個人敘事轉向群體敘事的成敗。

一、從傳統到現代的群我觀轉變

　　在中國古代天人合一的傳統觀念裡，個人的位置何在？按圖索驥，細心爬梳，「人」以及「個人」意義的彰顯與追求，一直蜿蜒曲折，幽微曖昧地在中國各朝代的主流思潮之外暗中發展與擴大。屈原的《天問》以翻躍揚飛於文字之外的沉鬱哀慟，向天發問，展現強烈的懷疑批判的人文精神，突顯了個人的存在意義。項羽的英雄悲歌，「力拔山兮氣蓋世，時不利兮騅不逝。」呈現出孤獨豪傑無力回天的心情。魏晉風流，世人談論的不再是朝臣的愛國情操，或他的出色功績，被人們聚焦的竟是個人的氣質、神貌、風韻、才性。在明清蓬勃發展的城市經濟裡，中國的早期資本主義萌芽，宋明理學的禁錮被逐漸打破，個人情欲的解放超越前代，明代狂士李卓吾〈童心說〉主情反禮，涵蓋整個晚明性靈文學的思想要義，主張個人的情性出於自然，不應壓制。清代開始發展自傳體文學，到了清末民初，梁啟超的《新民說》揭露舊時代舊政治對於人的束縛，並闡述西方現代社會中的個人觀念，主張個人自由的實踐，國父孫中山的民主革命，以庶民為主，宣告中國進入新的時代。

　　前述英雄才子對於自我存在意義的探求，是少數不被淹沒在群體主義中的例證，儒家「以天下興亡為己任」的群體觀，以及將社會理解為家庭延伸「家天下」的倫理觀，深刻影響了中國歷朝歷代的文人志士，個人是從屬於家庭與社會的觀點，直到五四才受到挑戰。五四時期，「個人」的觀念被知識分子深入討論，胡適所提出關於易卜生的文章，其中的觀點頗具有影響力。胡適曾經認為中國的家族制度讓老有所養，幼有所依，優於西方養成孩子自助能力，而無須家庭贍養的個人主義。然而他後來又發現中國家族制度的危機是父母視子女為養老存款，子女將父母的遺產視為固有，而形成一種依賴的奴性價值觀。[1]胡適在〈易卜生主義〉一文中主張「健全的個人主義」，他認為專制的社會往往用強力催折個人的個性，等到人的個性被消滅，自由獨立的精神完了，社會也沒有生氣，也不會進步。胡適認為易卜生的「健全的個人主義」，是中國所需要的，他提到《玩偶之家》的娜拉，要努力把自己鑄造成個人，娜拉拋棄了丈夫兒女飄然遠去，為了「救出自己」。[2]不過，他在〈不朽——我的宗教〉中又提到：「我這個『小我』不是獨立存在的，是和無量數小我有直接或間接的交互關係的；是和社會的全體和世界的全體都有互為影響的關係的；是和社會世界的過去和未來都有因果關係的。」「個人的生活，無論如何不同，都脫不了社會的影響；」[3]在胡適的想法中，人必須被鑄造成個人，但這個人還是從屬於國家社會整體的歷史中，而他認為這並沒有衝突，因此彰顯「個人」的目的與意義還是為了國家社會的利益。徐志摩是另一

---

[1]　胡適：〈我國之「家族的個人主義」〉，《胡適留學日記（一）》（臺北：遠流出版社，1994 年 1 月），頁 225-227。

[2]　胡適：〈易卜生主義〉，《胡適文存・第一卷》（臺北：遠東圖書公司，1990年 4 月），頁 629-647。

[3]　胡適：〈不朽——我的宗教〉，《胡適文集・第二卷》（北京：北京大學出版社，1998 年），頁 528-529。

個堅定的個人主義者，他說：「我只知道個人，只認得清個人，只信得過個人。」[4]他毅然決然與經過父母之命，媒妁之言結合的張幼儀離婚，追求林徽音、陸小曼，他與有夫之婦陸小曼的相戀，更是當時社會上轟轟烈烈的新聞。徐志摩不顧家庭的眼光與社會的輿論，依循個人的真實情感，他顯然是更徹底的個人主義者，不僅衝破家庭的藩籬，甚至不認為個人從屬於社會，在徐志摩的觀點中，個人只屬於自己，而不受任何更大的組職干涉。

陳獨秀在 1917 年發表的〈東西民族根本思想之差異〉中提到：西洋民族以個人為本位，東洋民族以家庭為本位，並各自為個人利益或家庭利益努力。當時他認為東洋民族以家庭為本位的問題是損害個人獨立自尊的人格、窒礙個人意思之自由、剝奪個人法律上平等的權利、養成個人的依賴性而妨害生產力，因此導致民族社會之殘酷衰微，必須以個人本位主義取代家族本位主義。[5]但 1920 年他發表的另一篇文章〈虛無的個人主義及任自然主義〉，他卻徹底顛覆前論，批評個人主義沒有社會責任感，是一種虛無主義的概念。[6]相對於陳獨秀隨著時間移易而產生的思想轉變，李大釗則是對於「個人」與「群體」分別有不同的主張。李大釗認為個人應當是個性解放與人格獨立，而群眾中的每一份子應當為了群體的利益服從與犧牲，他將「個人」與「群體」視為分別獨立的不同領域。[7]五四時期，個人、家族與國家的關係產生移易，儒家「修身齊家治國平天下」個人與家國一體的觀念受到挑戰，

4　徐志摩：《徐志摩全集‧第三卷》（臺北：傳記文學出版社，1969 年），頁 138。

5　陳獨秀：〈東西民族根本思想之差異〉，《陳獨秀著作選‧第一卷》（上海：上海人民出版社，2009 年 1 月），頁 194。

6　陳獨秀：〈虛無的個人主義及任自然主義〉，《陳獨秀著作選‧第二卷》（上海：上海人民出版社，2009 年 1 月），頁 187。

7　李大釗：〈青春〉，《李大釗全集‧第一卷》（北京：人民出版社，2006 年 3 月），頁 182-192。

陳獨秀〈東西民族根本思想之差異〉強調個人本位主義的目的是抨擊家族本位主義，胡適〈易卜生主義〉、〈不朽——我的宗教〉對於個人意識的彰揚，最終依舊是為了幫助國族社會的生產建設。此時期對於個人主義的肯定，是為了否定家族的控制力，進而強化個人與國族社會的緊密度。過去家與國緊密相連，甚至化約為等號的親密感，被五四時期的知識分子抽離，「個體」不再從屬於「家族群體」，但仍然與「國族群體」息息相關，而「家族」似乎已轉變為有礙於「國族」的群體組織。

　　李歐梵曾提到「魯迅是中國現代作家中最具個人主義色彩的一位作家。」李歐梵認為大部分的中國的魯迅學者都很正確地強調了魯迅國家主義的情感，卻忽略了魯迅所塑造形象裡，一種悲劇性的涵義。魯迅在 1918 至 1925 年之間所陸續發表的故事，總有一個孤獨天才，被無知及殘酷的群眾疏離、懲罰，卻無法為他的自我存在定義，儘管他為拯救懲罰他的人，甚至不惜冒著被犧牲的危險，群眾依然無法瞭解他的意圖。[8]李歐梵的觀點強化了部分魯迅學者所忽略的重點，魯迅小說中「個人」與「庸眾」的對抗，固然是其作品中的重要意象，但思索這樣的對抗背後，是個人主義的奮戰，或者是另外一種群體主義的突顯？在《吶喊・自序》中，魯迅記錄了他和錢玄同的一段對話，魯迅提到：「假如一間鐵屋子，是絕無窗戶而萬難破毀的，裏面有許多熟睡的人們，不久都要悶死了，然而是從昏睡入死滅，並不感到就死的悲哀。現在你大嚷起來，驚起了較為清醒的幾個人，使這不幸的少數者來受無可挽救的臨終的苦楚，你倒以為對得起他們麼？」錢玄同認為「然而幾個人既然起來，你不能說決沒有毀壞這鐵屋的希望。」[9]

8　李歐梵：《現代性的追求》（臺北：麥田出版，2005 年 5 月），頁 99-101。
9　魯迅：〈吶喊・自序〉，《魯迅全集・第二卷》（臺北：唐山出版社，1989 年 9

魯迅被說服了，於是創作〈狂人日記〉。若不是懷抱著導正國民性，改造庸眾的理想，魯迅不會寫下〈狂人日記〉，企圖喚醒庸眾，與庸眾溝通，雖然他也質疑庸眾覺醒的可能性及意義所在，但他還是持續創作了相關作品，如果我們將「個人主義」理解為「高度評價個人意志，特別強調自我支配、自我控制，主張根據自己的思想、利益或激情進行自我選擇和決定。」[10]既然一切都由個人自我覺醒、自我選擇、自我決定，魯迅便無須扮演喚醒者的角色，反覆書寫相關小說，企圖導正庸眾醜陋劣質的國民性。張天翼在讚許魯迅《阿Q正傳》時提到：「我這麼相信：要是一位藝術家不懷著偉大的熱情，要是他對人生冷淡，無所善惡，無所愛憎，並不想來洗滌我們的靈魂的話，那他一定寫不出這樣的作品來。」[11]由此可以理解，魯迅對於群體大眾的關懷。當然我們不能否認，魯迅小說中對於〈狂人日記〉的狂人，〈藥〉的革命者夏瑜，〈祝福〉的祥林嫂等悲劇人物的形象勾勒得鮮活靈動，使讀者感受到魯迅對於這些孤獨個體具有深切的同情與理解，但如果將個人主義者定義為優先考慮自我利益、自己思想與激情的人，或許很難將魯迅視為中國現代作家中最具個人主義色彩的一位作家，僅能說他是懷抱著曖昧的態度，擺盪在個人主義與群體主義之間。

蔣光慈在 1928 年刊載在《太陽月刊》的〈關於革命文學〉一文中，曾提到：「我們的社會生活之中心，漸由個人主義趨向到集體主義。個人主義到了資本社會的現在，算是已經發展到了極度，然而同時集體

月），頁 10。

[10] 李今：《個人主義與五四新文學》（哈爾濱：北方文藝出版社，1992 年 6 月），頁 2-6。

[11] 張天翼：〈論《阿Q正傳》（節錄）〉，沈承寬、黃侯興、吳福輝：《中國文學史資料全編・現代卷・張天翼研究資料》（北京：知識產權出版社，2009 年 10 月），頁 165。

主義也就開始了萌芽。」「現代革命的傾向，就是要打破以個人主義為中心的社會制度，而創造一個比較光明的，平等的，以集體為中心的社會制度。」「就是以英雄主義為中心的作品，也不能算做革命文學。」「在社會生活中，所謂個人生活，所謂英雄，當然站有相當的位置，但是現代革命的潮流，很顯然地指示了我們，就是群眾已登上了政治的舞臺，集體的生活已經將個人的生活送到了不重要的地位了。」[12]「革命文學的內容是怎樣的呢？革命文學是以被壓迫的群眾做出發點的文學！革命文學的第一個條件，是具有反抗一切舊勢力的精神！革命文學是反個人主義的文學！革命文學是要認識現代的生活，而指示一條改造社會的新路徑。」[13]由蔣光慈的論文，可以歸納出幾項重點，當時資本主義的都市使個人主義發展到中國社會有史以來的極度高點，於此同時，也使得集體主義開始萌芽。左翼革命便是要打破以個人主義為中心的資本主義社會，打倒個人主義與英雄主義，創造以集體為中心的社會制度，個人是從屬於群眾、集體、國家，革命文學便是宣揚此種觀點，革命文學是屬於群眾的，而且限定是「被壓迫的群眾」。

　　蔣光慈此一文章可代表當時左翼文學群我觀的主流看法，但此篇文章觸及了左翼文學的群我衝突中，幾項核心的矛盾與問題，第一，「革命文學是反個人主義的文學」，然而「革命」與「文學」之間，是否存在著本質的衝突？革命所宣揚的集體主義與文學本身的私密性與個人化特質如何取得平衡？李歐梵提到：「一個作者只能藉著透過他的作品和觀者溝通，這一點和政治家或是觀念學者是很不相同的。在一九四○年代的集體主義概念尚未被介紹進來之前，創作始終都是一項

---

[12] 蔣光慈：〈關於革命文學〉，《蔣光慈文集・第四卷》（上海：上海文藝出版社，1988 年 10 月），頁 171。

[13] 蔣光慈：〈關於革命文學〉，《蔣光慈文集・第四卷》（上海：上海文藝出版社，1988 年 10 月），頁 173。

隱密且孤獨的行為。」[14]普實克在〈中國現代文學的主觀主義和個人主義〉一文中提到：「『主觀主義和個人主義』根據我的理解，這兩個詞是強調文學創作者的藝術個性和側重表現藝術家的個人生活。藝術家在文學藝術作品中首先注意的是尋找機會來表達他的觀點、感受、同情，或許是憎恨，等等。」[15]文學藝術的創作始終都是一項隱密且孤獨的行為，並且相當個人化，強調文學創作者的藝術個性和側重表現藝術家的個人生活。文學藝術的本質與蔣光慈所說的「革命文學」相違背，然而蔣光慈對革命文學的定義又是否正確呢？左翼學者普實克提到：「中國的現代革命——首先最重要的是意識形態的革命——是個人和個人主義反對傳統教條的革命。」[16]在普實克的想法中，中國的現代革命並不與個人相悖，相反的，革命是建立在個人和個人主義反對傳統教條上。本論文附錄的法國作家馬爾羅《人的境遇》中，馬爾羅也曾透過書中人物強矢之口道：「馬克思主義與其說是一種學說，不如說是一種意志。在無產階級及其盟友看來，它是自我認識的意志，如實地自我感覺和奪取勝利的意志。」[17]普實克與馬爾羅的看法有所出入，但相同點是他們並不認為革命或者馬克思主義在弘揚集體利益的前提之下，進而反對個人的發展。蔣光慈的〈關於革命文學〉代表了當時大多數中國左翼文人對於革命文學的看法，然而這便牽涉到第二個問題，「現代革命的潮流，很顯然地指示了我們，就是群眾已登上了政治的舞臺，集體的生活已經將個人的生活送到了不重要的地

---

[14] 李歐梵：《現代性的追求》（臺北：麥田出版，2005 年 5 月），頁 103。

[15] 普實克：〈中國現代文學的主觀主義和個人主義〉，《普實克中國現代文學論文集》（湖南：湖南文藝出版社，1987 年 8 月），頁 1。

[16] 普實克：〈中國現代文學的主觀主義和個人主義〉，《普實克中國現代文學論文集》（湖南：湖南文藝出版社，1987 年 8 月），頁 2。

[17] 馬爾羅著，丁世中譯：《人的境遇》（北京：人民出版社，2009 年 9 月），頁 55。

位了。」此種抹煞個人，使集體與群眾無限上綱的想法，是否是馬克思理論中的原始觀點？馬克思、恩格斯在《共產黨宣言》第二章結尾指出：共產主義社會是一個「自由人的聯合體」，「在那裏，每個人的自由發展是一切人的自由發展的條件。」[18]馬克思也曾在〈青年在選擇職業時的考慮〉中提到「在選擇職業時，我們應該遵循的主要指針是人類的幸福和我們自身的完美。不應認為，這兩種利益是敵對的，互相衝突的，一種利益必須消滅另一種的；人類的天性本身就是這樣的：人們只有為同時代人的完美、為他們的幸福而工作，才能使自己也達到完美。」[19]馬克思認為青年選擇職業時，應當注意兩個重點：一、人類的幸福，二、自身的完美，兩者並不相悖，而共產主義社會，是自由人的聯合組織。因此在馬克思的理論中，並非如蔣光慈所言，個人的生活已被送到不重要的地方。學者黃瑞祺便曾提到：「一個常見的誤解是把馬克思當做一位集體主義者（collectivist），亦即在道德理念上或社會哲學上把群體的價值看做是優於或高於個人的價值。」黃瑞祺提到馬克思雖然提倡社會主義與共產主義，但是唯有在群體價值與個人價值相對立時，才有高低先後之別。[20]第三，「就是以英雄主義為中心的作品，也不能算做革命文學。」但蔣光慈自己的小說，正是被批評為英雄主義的作品，蔣光慈的好友錢杏邨曾在革命的羅曼蒂克浪潮消退後的檢討文章中，批評蔣光慈的《短褲黨》是個人主義、英雄主義作品，「蔣光慈，他是非常賣力的，把《短褲黨》裡的英雄，寫成一個『鞠躬盡瘁，死而後已』的今代諸葛孔明。」[21]姑且不論蔣

---

[18] 馬克思、恩格斯：〈共產黨宣言〉，《馬克思恩格斯選集・第一卷》（北京：人民出版社，1995 年 6 月），頁 294。

[19] 馬克思、恩格斯：〈青年在選擇職業時的考慮〉，《馬克思恩格斯全集・第四十卷》（北京：人民出版社，1982 年 2 月），頁 7。

[20] 黃瑞祺：《馬學與現代性》（臺北：允晨文化出版，2001 年 11 月），頁 118-122。

[21] 錢杏邨：〈革命的羅曼蒂克──序華漢的三部曲《地泉》〉，《阿英全集・第

光慈的小說自打嘴巴地過分宣揚了個人英雄主義所造成的箇中矛盾，在現實的革命環境中，領導中國革命的也幾乎都是知識分子，而非廣大庸眾。《中國共產革命七十年》中提到：「中共的早期黨員都是知識分子，」書中並分析陳獨秀與楊明齋大知識分子與小知識分子的差別，陳獨秀是科舉制度下的秀才，又去日本留學，是瞭解現代歐美文明的先驅者，擔任北京大學的文科學長，是全國性的社會菁英。楊明齋小時候唸過三四年的四書五經，為生活所迫，放棄求學，做過雜工，下過礦坑，後來俄國發生十月革命，工人翻身，他得以進入莫斯科東方大學學習，才有機會擔任中共的翻譯，成為中共建黨的功臣。陳獨秀當時在共黨中地位崇高，無人可以向他的權威挑戰，工人出身的中共創黨人楊明齋對此深感不滿，不滿的原因是，陳獨秀成立的中國共產黨，代表社會上最進步的工人無產階級，理應對工人出身的楊明齋加倍尊敬，事實上楊明齋感到自己在陳獨秀眼中根本微不足道，於是他做出種種與陳獨秀在意識形態上爭取霸權的行為，但最後他失敗了，失望之餘，偷渡回蘇俄，被拘留在勞改營中，雖然後來獲得釋放，但卻未能得到重用，最終隱居在一小房間中，精神看來十分不正常。[22]陳獨秀與楊明齋的對比，突顯出早期即使在共產黨內部，庸眾與菁英之間仍然存在著絕對的界線分野，蔣光慈描寫的個人英雄主義式的革命小說固然過分理想化，但知識分子或者社會菁英領導大眾投入革命的情況卻也是不爭的事實，庸眾無法取代菁英，確實是被統馭被領導的對象。王德威也認為：茅盾——做為五四文人的一個典範——特別意識到自己的菁英地位並期望貢獻一己之力加速社會／政治變革。他和其他左翼同儕都抱著儒家士人的入世理想，這一點反諷地解釋了為何

一卷》（安徽：安徽教育出版社，2003 年 7 月），頁 672。
[22] 陳永發：《中國共產革命七十年》（臺北：聯經出版社，1998 年 12 月），頁 121。

中國左翼知識分子如此輕易地接受了馬克思主義的自覺意識與列寧經典論述中的菁英領導。[23]這說明了蔣光慈與其他左翼作家的作品中為何經常出現從天而降的偉大英雄，他們所亟欲揚棄的小說中的英雄主義，其實與現實情況相去不遠，部分有理想抱負的知識分子，懷抱著英雄或聖人的光環投入偉大的革命事業，這才是真正寫實的革命文學內容。

如前所論，中國由傳統至現代群我觀的轉變，民國以前，中國主流思潮是以家國主義為代表的群體利益為主，個體意義的彰揚只能幽微邊緣地暗中擴大，從明清到民國之後，個人的位置逐步提高，但即使是在五四時期，大多數的知識分子仍擺盪在個人主義與集體主義之間，到了三○年代依舊如此，革命文學雖然宣告著以集體利益為主，然而在其集體主義的中心思想裡，有諸多矛盾是左翼人士自己都未曾發覺未嘗釐清的。

二、都市文學與革命文學的歷史觀辯證

茅盾曾在文章中提到，少年時便有吞下整個世界的豪氣，認為社會與人類將來的一切，都等著他來努力創造。[24]王德威〈歷史的建構與虛構──茅盾的歷史小說〉一文，提到茅盾抱著儒家士人的入世理想，甚至提出他「是否屬於一個胸懷儒家思想的士人而披上了激進馬克思主義的面紗」的質疑。王德威並在文中討論茅盾如何以虛構的小

---

[23] 王德威：《茅盾、老舍、沈從文──寫實主義與現代中國小說》（臺北：麥田出版，2009 年 7 月），頁 118。

[24] 茅盾：〈我的中學時代及其後〉，孫中田、查國華編：《茅盾研究資料（上）》（北京：中國社會科學出版社，1983 年 5 月），頁 51-53。

說忠實地再現歷史：「茅盾寫實小說的特色就在於他能快速捕捉人們記憶猶新、尚未褪入過去的事情；他的動機有明確的目的性，即抵制、批駁（國民黨）官方正史的詮釋權。」[25]由前述觀點可以得知，茅盾的思想中仍保留傳統士大夫以天下興亡為己任的理想，試圖改變社會，創造更美好的時代，他是抱持著「立德、立功、立言」三不朽的使命感創作，是以寫史的動機寫小說。然而王德威也提出質疑，「茅盾試圖以小說來拼湊碎裂的過去，還是無法脫離意識形態的限制。正如國民黨官方歷史的寫作就是為了將其剛剛成為『過去』的解釋權合法化，茅盾也覺得他必須把自己觀察到的『事實』寫下來不可。他的歷史（小說）版本與官方說法針鋒相對，因此並不讓人意外。然而，儘管茅盾信誓旦旦要呈現真相，他的小說虛構畢竟是所為而為，因此與官方立場有了微妙的呼應。」「掩藏在歷史小說理應傳述『真實』前提下的其實是一種絕對主義，其存在意義隨著自身的目的論律法而開展。」[26]如同本文第三章論述茅盾小說中寫實主義時所析論，所謂的真實其實難以趨近，任何的書寫仍然無法擺脫創作者個人的主觀認知，在此一論點上，茅盾的虛構小說其實正與國民黨的官方歷史遙相呼應。然而本文想進一步探問的是，都市文學以個人為主體的小歷史，與左翼文學以群眾為主體的大歷史形成何種辯證關係？而左翼文學以群眾為主，結合時事的書寫方式是否成功？

　　相較於茅盾「以天下興亡為己任」的歷史觀，新感覺派與鴛鴦蝴蝶派等都市文人顯然沒有這樣的想法，作為通俗文學代表的鴛鴦蝴蝶派小說，其作品充其量反映了當時的社會面向，可以作為歷史文化的

---

[25] 王德威：《茅盾、老舍、沈從文——寫實主義與現代中國小說》（臺北：麥田出版，2009 年 7 月），頁 48-49。

[26] 王德威：《茅盾、老舍、沈從文——寫實主義與現代中國小說》（臺北：麥田出版，2009 年 7 月），頁 56。

考察，而創作者本身則多半以商業利益為出發點。新感覺派作家對於歷史的想像與觀點，則值得進一步推敲與思索。李今在《海派小說論》中提到：「海派文人適應都市市民的口味與神經的文學概念，實際上反映出他們接受了文人在現代社會中作為出版社的雇傭者，賣文維生的生存狀態，也代表了一部分知識分子在現代社會中的分化，及逐漸地由認同『經國之大業』，『不朽之盛事』的神聖角色向社會僱傭者的職業化的世俗身分轉變。」[27]社會僱傭者的職業化的世俗身分轉變，自然使得海派都市文人[28]的作品內容意識也隨之產生變異，施蟄存的歷史小說對於英雄豪傑的「重寫」便是例子。茅盾與施蟄存同樣寫過故事新編的小說，也改寫了水滸傳的故事〈豹子頭林沖〉、〈石碣〉，茅盾的故事新編小說，著重以階級意識取代個人英雄主義，農民背景是驅使這些人踏上革命之途的原因。而施蟄存卻採用了另外一種視角：魏晉南北朝的高僧鳩摩羅什在施蟄存筆下被摘除了聖僧的光環，變成受色欲所苦的破戒者。取材自《水滸傳》的〈石秀〉，同樣將《水滸傳》中喜愛打抱不平的豪俠石秀，改寫成癡戀義兄妻子，得不到大嫂進而借刀殺人的性變態。阿蓋公主原是《新元史》中為夫殉命的烈女，到了〈阿襤公主〉中，有了猶豫權衡，最終也不是選擇自盡，而是被仇人灌毒酒而死，消解她的神聖性。施蟄存在〈關於〈黃心大師〉〉一文中，提到：「黃心大師在傳說者的嘴裡是神性的，在我筆下是人性

---

[27] 李今：《海派小說論》（臺北：秀威資訊科技，2006年7月），頁157。
[28] 本文所界定的海派文學根據吳福輝於《都市漩流中的海派文學》的定義：「第一，它應當最多的『轉運』新的外來文化，⋯⋯在文學上具有某種前衛的先鋒性質。第二，迎合讀者市場，是現代商業文化的產物。第三，它是站在現代都市工業文明的立場上來看待中國的現實生活與文化的。第四，所以，它是新文學，而非充滿遺老遺少氣味的舊文學。⋯⋯能符合這樣品格的海派，只能1920年代末期以後發生。那就是葉靈鳳、劉吶鷗、穆時英、張愛玲、蘇青、予且諸人。」詳見吳福輝：《都市漩流中的海派文學》（上海：復旦大學出版社，2009年1月），頁2-3。

的。」[29]李今認為此一作法是「以人的世俗性消解歷史英雄與聖人的光環」,[30]施蟄存自己也提到:「人有三等,上等人有革命意識而無飲食男女之欲,中等人有革命意識亦有飲食男女之欲,下等人則僅有飲食男女之欲而無革命意識。寫上等人的文章叫做社會的現實主義,寫中等人的文章叫做革命的浪漫主義,寫下等人的文章叫做鴛鴦蝴蝶派。……雖然說這些人的革命意識到底還是為了飲食男女,並不妨事。」[31]施蟄存以為英雄也是人,是人便不可能沒有人欲,他認為懷抱著革命大志的英雄同樣有飲食男女的人之所欲,於是他重回遙遠的歷史現場,還原歷史英雄的真實面貌。以古喻今,他藉此諷諭了現實生活中高舉著革命大旗,卻滿腦子飲食情欲的左翼人士。歷史以其官方視角記錄了某種真實,左翼文學以虛構的小說企圖建構另一種真實,施蟄存的歷史小說質疑了正史或稗史中豪傑聖女的光環,也質疑了歷史書寫的真實性,除了對於官方說法的顛覆,同時也消解了革命文學中不食人間煙火的英雄烈士的光環。施蟄存的小說以及他的觀點,與蔣光慈的〈關於革命文學〉同樣反對英雄主義,然而矛盾的是,無論是蔣光慈的小說,或是現實的革命發展,都存在著知識分子懷抱著英雄或聖人的光環投入偉大的革命事業,卻又無法避免地掙扎在飲食男女的凡情俗欲之中,從這一點來看,施蟄存的小說反映與暗示了當時真正的革命現實。

個人主義強調個人的自由和個人的重要性,認同個人獨立,個人主義反抗權威以及那些由國家或社會施加的控制力量。在經濟上,個

---

[29]　施蟄存:〈關於〈黃心大師〉〉,施蟄存著,陳子善、徐如麒編選:《施蟄存七十年文選》(上海:上海文藝出版社,1996年10月),頁357。
[30]　李今:《海派小說論》(臺北:秀威資訊科技,2006年7月),頁157。
[31]　施蟄存:〈鬼話〉,施蟄存著,陳子善、徐如麒編選:《施蟄存七十年文選》(上海:上海文藝出版社,1996年10月),頁118。

人主義主張每個人都應該被允許作出他自己的經濟決定，反對由國家
或社會共同體加以干涉，「私有財產神聖不可侵犯」這是資本主義社會
的最高信條，資本主義社會中私有財產是個人自由及人人努力工作的
基礎。西方的現代主義產生於文人知識分子對於大眾崛起的恐懼，現
代主義即是一種拒絕大眾的姿態，現代主義文本的晦澀也可以從這方
面得到解釋。西方現代主義者因而被塑造成遺世獨立，高高在上的形
象，與這種形象相比，中國的新感覺派則有著很大的差距，雖然他們
對資產階級的生活也有暴露，但同時流露出偏好、欣賞的態度。[32]左
翼文學所推崇的馬克思主義致力批判的是資本主義，因此左翼文學所
撻伐的敵對目標自然是右翼文學，現代主義是依恃著資本主義都市與
工業社會而產生，雖然現代主義同樣是批判工業社會所造成的個人與
社會問題，但是經受西方現代主義洗禮和日本新感覺派直接影響的中
國新感覺派，卻相對欠缺西方現代主義的批判性。西方的現代主義是
極度的個人主義，同時批駁人類進入工業社會所產生的種種問題，中
國的新感覺派小說對於工業社會或者資產階級的生活有所討論與省
思，但批判的部分少，迷戀的成分高，因而成為左翼文學首當其衝的
攻擊對象。劉吶鷗的小說〈方程式〉描寫都市職業男性每天嚴格按照
鐘錶時間吃飯、睡覺、上班，這種日復一日、照表操課的程式化狀態，
反映了工業社會中的機械生活。穆時英的〈白金女體的塑像〉敘述謝
醫師對女病人的性幻想，投射都市文明之下人的心理變異。〈黑牡丹〉
勾勒舞女浮華生涯背後的悲哀，都會奢靡表相下的生活壓力，這些小
說對於工業社會與資產階級的生活不無反省，然而更多的作品反映了
他們對於逸樂之都的憧憬與沉迷，劉吶鷗的〈遊戲〉描寫「探戈宮」

---

[32] 張勇：《摩登主義：1927——1937 上海文化與文學研究》（臺北：人間出版
社，2010 年 1 月），頁 92。

中動搖的旋律，男女的肢體，紅綠的液體，發焰的眼光等魔宮傳奇，
〈兩個時間的不感症者〉、〈熱情之骨〉……中都市麗人的生活，留連
在舞場、影戲院、馬場，摩登而浪漫。穆時英的〈上海的狐步舞〉、
〈駱駝‧尼采主義者與女人〉、〈夜總會裡的五個人〉……以瑰麗眩目
的文字實驗與文學技巧，寫盡上海罪惡的、浪蕩的、迷人的萬種風情。
在劉吶鷗與穆時英的新感覺派小說中，個人的感官世界被強化與放
大，竭力展示著各種耽溺於情欲與享樂的頹廢之人與其虛無的生活，
與施蟄存的歷史小說殊途同歸的，是他們都以個人生活的平凡與庸俗
消解英雄史詩的神聖與偉大，中國文學傳統中「文以載道」的觀念，
「立德、立功、立言」三不朽的使命感，在中國新感覺派小說裡難以
尋覓蹤影，新感覺派小說意欲追跡的是個人的感官逸樂，情欲想像，
日常的市民生活，都市風景。新感覺派小說與《紅樓夢》、《金瓶梅》、
《浮生六記》等古典作品相近的，是只關注個人的生活細節與種種瑣
事，欠缺對於國家社會的宏觀體察，或者「先天下之憂而憂，後天下
之樂而樂」的儒士憂患精神。但是在中國都市文明發展到前所未有的
極致時期，倘若缺少了新感覺派小說，中國三〇年代的文學史拼圖便
會顯得殘缺支離，反映都市寫真的文學創作將因而缺席。中國新感覺
派小說受西方現代主義的影響，具有大膽創新的實驗精神，文字技巧
融合電影的運鏡手法，以及都市生活帶給他們的個人主觀感受，他們
真實地記錄了三〇年代的都市文化對於作家文人的影響，而這正是三
〇年代生活的重要環節，從此一面向思索，新感覺派小說反倒是書寫
了當時都市生活的另一面貌與資產階級的歷史。

　　從司馬遷的《史記》開始，確立了中國以紀傳體作為正史的史書
體例，《史記》中的「太史公曰」突顯了司馬遷的個體自覺意識，他對
於自我生命意義的實踐，以及他對個人永恆理想的堅持，《史記》所強

調的仍然是群眾中的個體價值。左翼文學試圖讓在歷史中被忽略的群眾浮上檯面，重寫大眾的歷史，然而，此一努力是否成功？三○年代除了茅盾的小說之外，蔣光慈、丁玲都有結合時事，反映現實的小說文本，1927 年蔣光慈的《短褲黨》在上海第三次工人武裝起義不久後完成，是現代文學中第一次正面描繪工人運動的發展與實況，丁玲的小說〈水〉寫於 1931 年秋天，以同年震撼全國的十六省大水災為背景，反映湖南地區農民在劇烈的天災來臨後，更深刻體認現實，小說暗示了殘酷的階級剝削和壓迫實際上是比洪水天災更兇猛的禍患。這兩篇作品與茅盾有志一同的以時事為題材，並嘗試以群眾為主體描寫現實。當時丁玲的〈水〉以主題的戰鬥性和題材的現實性，頗受讀者好評。丁玲的都市小說從〈莎菲女士的日記〉到〈韋護〉，都市的女性知識分子已經走出象牙塔，而注意到群眾的存在，〈一九三○年春上海（之一）〉及〈一九三○年春上海（之二）〉，左傾意識逐漸加強，1931 年丈夫胡也頻被國民黨暗殺後，曾經在自由女性與革命大眾之間掙扎擺盪，感到左右為難的丁玲，揚棄了女性知識分子對於性別與自我的堅持，完全服膺左聯文藝大眾化的政策與路線，轉而以〈水〉書寫勞動人民群像。〈水〉的發表，說明丁玲對文學創作的態度轉化，由過去的個人私密行為改變為替大眾服務的公共革命行動。〈奔〉、〈田家沖〉等也都是此一系列的群像作品。丁玲在 1932-1933 年發表的散文中，明確地宣告她的寫作策略，以及她的文藝觀：「不要太歡喜寫一個動搖中的小資產階級的知識分子。這些又追求又幻滅的無用的人，我們可以跨過前去，而不必關心他們，因為這是值不得在他們身上賣力的。……用大眾做主人。不要使自己脫離大眾，不要把自己當一個作家。記著自己就是大眾中的一個，是在替大眾說話，替自己說話。」[33]

---

[33] 丁玲：〈關於創作上的幾條具體意見〉，張迥主編：《丁玲全集・第七卷》（河

「文藝便必須是大眾的。不是為大眾服務的作品，便不是有價值的文藝，沒有價值的東西，還能說是藝術嗎？當然不是。」[34]丁玲不只是自己創作，1931 年後她擔任《北斗》雜誌的主編，也要求刊登的作品能趨向她所認定的正確方向。然而此一文學路線的嘗試是否成功呢？

　　馮雪峰在〈關於新小說的誕生〉中批判丁玲前期的都市小說作品〈夢珂〉、〈莎菲女士的日記〉，否定作家思想上「壞的傾向」，這「壞的傾向」本質是「個人主義的無政府性加流浪漢的知識階級性加資產階級頹廢的和享樂而成的混合物」，文中肯定〈水〉的最高價值是「著眼到大眾自己的力量」，然後讚揚〈水〉是一篇「我們應當有的新的小說」。[35]錢杏邨也認為 1931 年最值得書寫的題材便是洪水的災難，而丁玲的〈水〉不僅是反映了洪水的災難，也是左翼文藝運動 1931 年最優秀的成果，展開了龐大的洪水的畫卷，描寫了廣大的饑餓的人群，以及他們對自然的苦鬥，為生活抗爭的全部過程。[36]不過，馮雪峰在肯定丁玲思想轉變的成功之餘，也提到〈水〉的不足之處，例如流於速寫，篇幅應該增加，沒有充分反映土地革命的影響，沒有很好的寫出他們的組織者與領導者等。[37]錢杏邨則是在 1932 年發表的〈革命的羅曼蒂克——序華漢的三部曲《地泉》〉中，批評丁玲〈水〉裡的英雄，「如飛將軍自天而降」，使讀者茫然不知所措。[38]馮雪峰對丁玲前

北：河北人民出版社，2001 年 12 月），頁 9-10。

[34] 丁玲：〈作家與大眾〉，張迥主編：《丁玲全集・第七卷》（河北：河北人民出版社，2001 年 12 月），頁 43。

[35] 馮雪峰：〈關於新小說的誕生〉，《雪峰文集・第二卷》（北京：人民出版社，1983 年 1 月），頁 335-336。

[36] 錢杏邨：〈一九三一年中國文壇的回顧〉，《阿英全集・第二卷》（安徽：安徽教育出版社，2003 年 7 月），頁 566。

[37] 馮雪峰：〈關於新小說的誕生〉，《雪峰文集・第二卷》（北京：人民出版社，1983 年 1 月），頁 339。

[38] 錢杏邨：〈革命的羅曼蒂克——序華漢的三部曲《地泉》〉，《阿英全集・第

期作品的批判，錯誤地將作者等同於作品人物，對〈水〉的評價又流於主題先行，無法對〈水〉提出中肯的評論。錢杏邨的觀點前後矛盾，應當是經過沉澱後，改變了評論的角度。今日的讀者與論者擺脫意識形態的挾制後，多半認為〈水〉是一篇失敗的作品。楊義對於〈水〉的評價是：「人物的面目是模糊不清的，描寫的群體淹沒了人物的個性。」[39]蔣光慈的《短褲黨》與丁玲的〈水〉有同樣的問題，錢杏邨曾批評蔣光慈〈短褲黨〉的英雄主義，[40]而蔣光慈自己也在書的前言坦承：「當寫的時候，我為一股熱情所鼓動著，幾乎忘記了自己是在做小說。寫完了之後，自己讀了兩遍，覺得有許多地方很缺乏所謂的『小說味』，當免不了有粗糙之譏。」[41]蔣光慈《短褲黨》的缺失同樣是人物面貌模糊，幾乎分不清楚是報導作品或小說，比丁玲的〈水〉更令人不忍卒讀。為了追求集體主義，人物化為社會階級的一環，只存「共性」，而無「個性」，個人式的心理分析必須避免，這曾是丁玲最擅長的文學技巧，但卻被視為孤立的靜態描寫，不適用於左聯所提倡的群像書寫，群像書寫注重的是描寫集體的行動，勝過個人的內心解剖，小說必須揭示「我」與「我們」的關係，其結果是小說的人物毫無個性，流於扁平，與其讀小說，不如看新聞。

　　左翼文學念茲在茲地呼籲文學是反映現實，茅盾更是再三強調：「自然主義的真精神是科學的描寫法。見什麼寫什麼，不想在醜惡的東西上面加套子，……」[42]然而小說的本質便是虛構，所有小說文本的

一卷》（安徽：安徽教育出版社，2003 年 7 月），頁 672。

[39] 楊義：《二十世紀中國小說與文化》（上海：上海三聯書店，2007 年 10 月），頁 135。

[40] 錢杏邨：〈革命的羅曼蒂克──序華漢的三部曲《地泉》〉，《阿英全集·第一卷》（安徽：安徽教育出版社，2003 年 7 月），頁 672。

[41] 蔣光慈：《短褲黨》，《蔣光慈文集·第一卷》（上海：上海文藝出版社，1982 年 11 月），頁 213。

[42] 茅盾：〈『左拉主義』的危險性〉，韋韜、陳小曼編：《茅盾雜文集》（北京：

創作都無法不加入作家的主觀意識，左翼文學以寫實主義小說所描寫
的真實，與官方歷史一般，是一種個人主觀的虛構。重寫大眾歷史真
正成功的，應當是茅盾曾編輯過的一部報導文學作品《中國的一日》。
書中徵求庶民大眾書寫個人的一日經歷，真實呈現了三〇年代的中國
生活。茅盾於文前〈關於編輯的經過〉提到：「這計劃是看了偉大的高
爾基所動議而進行著的『世界的一日』，覺得非常新鮮而有意義，因而
大膽來『學步』。」書中作者包括店員、小商人、警察、小學教員……，
內容包括宗教迷信的猖獗、公務員的腐化、土劣的橫暴、小市民知識
分子的徬徨等，空間從都市到農村，從監獄到工廠，茅盾認為展現了
「人民大眾的覺醒」。[43]這種由群眾個人書寫的日常生活敘事，成果是
被肯定的，容許大眾發聲，讓歷史不僅僅由知識分子定義，然而這畢
竟是報導文學。除此之外，左翼作家所書寫的群像小說卻不見得成功，
丁玲、蔣光慈試圖以時事小說消解國民黨官方歷史，指涉出官方歷史
之外的真實，卻被新感覺派小說以另外一種方式質疑與消解左翼文學
的歷史，並指涉出革命文學之外的資產階級歷史。張天翼的〈二十一
個〉是他的一篇嘗試之作，他的優異作品還是在於以諷刺的筆法捕捉
小資產階級的醜態，丁玲早期的都市小說，雖然在意識形態上偏離革
命文學的戰鬥目標，但在文學價值上卻遠勝於〈水〉，蔣光慈的《短褲
黨》在文學上無疑是一篇失敗的作品，抽離了所謂時代意義，以及對
中國革命史的貢獻之外，文學價值寥寥無幾。此一時期左翼文學以群
眾為主體，結合時事的書寫方式，除了茅盾之外，其餘的作品幾乎是
宣告徹底失敗，這說明了所謂群像式的書寫未必適合所有的作家。歷
史蓋棺論定一個人物或一件史實，有其相信的視角，與選擇如斯書寫

　　生活、讀書、新知出版社，1996 年 5 月），頁 67。
[43] 茅盾主編：《中國的一日》（上海：上海書店，1991 年），頁 1-7。

的肇因。事實上，正史難以擺脫成王敗寇的主觀性，小說如同稗史，記錄了另外一種主觀的真實，所謂的「主觀」其實便是個人的，任何一種歷史未必能涵蓋全面的真實，往往只能表達記錄者的主觀看法，僅僅說明了書寫者所居處的位置，以及他所代表的立場罷了。

第二節　茅盾《子夜》都市群像書寫之析論

從蔣光慈、張天翼、丁玲到茅盾，左翼作家紛紛向偉大的「群眾」伏首稱臣。蔣光慈以〈關於革命文學〉宣告著要擺脫華而不實的個人英雄主義，張天翼率先以〈二十一個〉走出革命戀愛小說的公式，丁玲這曾經在都市自由女性與革命大眾之間左右為難的女作家，終於在1931年丈夫胡也頻被國民黨暗殺後，徹底左傾，轉而以〈水〉書寫勞動人民群像。然而此時期的群像小說書寫，值得深入討論的是 1933年茅盾發表的《子夜》。

瞿秋白曾對《子夜》表示讚揚：「在中國，從文學革命後，就沒有產生過表現社會的長篇小說，《子夜》可算第一部；它不但描寫著企業家、買辦階級、投機分子、土豪、工人、共產黨、帝國主義、軍閥混戰等等，它更提出許多問題，主要的如工業發展問題，工人鬥爭問題，它都很細心的描寫與解決。從『文學是時代的反映』上看來，《子夜》的確是中國文壇上新的收穫，這可說是值得誇耀的一件事。」[44]當時的《子夜》獲得銷售與評論的雙雙肯定，對於此部主題先行的作品，

---

[44] 瞿秋白：〈讀《子夜》〉，《瞿秋白文集·第二卷》（北京：人民出版社，1986年），頁88。

左翼文壇均抱持高度肯定的態度。長篇小說《子夜》以三十餘萬字的宏大敘事，全面地描繪上海都市生活，與蔣光慈、丁玲的群像小說相比，《子夜》中的人物更為繁多，情節刻畫龐雜繁複，事件鋪敘生動逼真，讓讀者彷彿置身其地，小說扼要地描繪了三〇年代都市金融發展的概況，塑寫在此一發展中各環節的人物，特別是中上層資產階級的面貌，及他們所面臨的挑戰與困境，是一部中國都市的史詩鉅作。

　　左翼都市小說重要的代表作家茅盾，如何以《子夜》捕捉欲望上海的浮世群像，又如何在小說中流露了他個人對於上海矛盾的曖昧情愫，《子夜》如何看待資本主義與工商業社會中個人與社會的我群關係，這是本節所探察的重點。

一、欲望上海的浮世群像

　　茅盾曾在〈《子夜》是怎樣寫成的〉文中提到小說的背景，是發生在 1930 年春天汪精衛在北平籌備召開擴大會議，南北對抗鏖戰方酣，世界經濟恐慌波及到上海時的情況，他打算以小說的形式寫出三個面向：「（一）民族工業在帝國主義經濟侵略的壓迫下，在世界經濟恐慌的影響下，在農村破產的環境下，為要自保，使用更加殘酷的手段加緊對工人階級的剝削；（二）因此引起了工人階級的經濟的政治的鬥爭，（三）當時的南北大戰，農村經濟破產以及農民暴動又加深了民族工業的恐慌。」[45]茅盾所提到的三大方向是《子夜》的故事骨幹，小說的內容大意是敘述中國民族工業資本家吳蓀甫，與買辦金融

---

[45] 茅盾：〈《子夜》是怎樣寫成的〉，孫中田、查國華編：《茅盾研究資料（中）》（北京：中國社會科學出版社，1983 年 5 月），頁 27-28。

資本家趙伯韜的鬥爭，反映當時的社會面貌。吳蓀甫是大絲廠的老闆，精明能幹，雄才偉略，想發展中國的民族工業，於是投下巨資，期望使他的家鄉浙江雙橋鎮漸趨現代化。故事開始時，雙橋鎮的資產因為共黨叛亂而頹敗，絲廠也因為經濟不景氣而受到劇烈影響，吳蓀甫在金融與政治危機的情勢中，決定逆勢突圍，以低廉的價格吞併其他弱小的傳統手工業，但維持這些工廠需要大量現金，他面臨資金週轉不靈的問題，於是他轉向投機的公債市場，公債市場是趙伯韜的天下，趙伯韜依恃外國的金融資本做後盾，處處與吳蓀甫作對，加上軍閥混戰、農村破產、工廠的工人怠工、罷工，儘管吳蓀甫竭盡全力，拼命掙扎，最後也無法改變全盤失敗的命運。小說的意旨是，在帝國主義的侵略、控制、壓迫下，中國的民族工業是永遠無法獲得發展的。

《子夜》的字數達三十餘萬字，故事背景在短短兩個月內，交代了三○年代整個中國的都市現況，時間短暫，容量豐富，瞿秋白從中抽出八條線索，分別探討當時中國的八種處境：一、中國封建勢力的崩潰，二、軍閥的混戰，三、大資本家併吞小資本家，四、中國民族資本家被夾擊在帝國主義與工人罷工的壓力之下，五、知識分子中的留學生什麼都不在乎，滿口「外國好」，六、《子夜》裡各階層女性的殊異表現，七、戀愛問題的探討，八、共產黨中的盲動主義者。[46]根據瞿秋白的八條線索，可以再將《子夜》中七八十位的出場人數區分為六類：一、都市資產階級，又可分為民族工業家與買辦金融資本家，大資本家與小資本家等，二、都市中的知識分子，又可分為律師、醫生等專業人士，傳統的知識分子、左傾的知識分子、留學生等，三、

---

[46] 瞿秋白：〈讀《子夜》〉，《瞿秋白文集‧第二卷》（北京：人民出版社，1986年），頁91-93

都市中的工人階層，其中包括工人中的小主管、基層工人、共黨分子等，四、農村鄉紳，五、都市女性，涵蓋了資本家的妻妾親屬，女性知識分子，女工，女性共產黨員，都市中的交際花等，六、軍人。全書除了第四章較為突兀地穿插農村暴動的章節外，其餘都聚焦於都市中的金融風暴與欲望勾鬥。本文試圖從小說中的人物塑寫，人物之間的關係，以及他們的行為表現，觀察茅盾《子夜》中對都市群像的勾勒，及其欲望書寫的特色。

　　「太陽剛剛下了地平線。軟風一陣一陣地吹上人面，怪癢癢的。蘇州河的濁水幻成了金綠色，輕輕地，悄悄地，向西流去。……暮靄挾著薄霧籠罩了外白渡橋的高聳的鋼架，電車駛過時，這鋼架下橫空架掛的電車線時時爆發出幾朵碧綠的火花。從橋上向東望，可以看見浦東的洋棧像巨大的怪獸，蹲在暝色中，閃著千百隻小眼睛似的燈火。向西望，叫人猛一驚的，是高高地裝在一所洋房頂上而且異常龐大的 Neon 電管廣告，射出火一樣的赤光和青燐似的綠焰：Light，Heat，Power！」[47] 這是《子夜》開頭第一段對於上海的經典描寫，在這段描寫中，上海的形象是雙面的，乍看是婉約柔媚的幻影美人，轉過身卻變成赤光綠焰的巨型怪獸，這種對上海驚艷與驚駭的矛盾想像反覆地出現在小說中。吳蓀甫的父親吳老太爺從鄉間抵達上海，他對於上海的印象是全書的第一個高潮。吳老太爺在三十年前是頂括括的「維新黨」，然而習武跌傷腿而後半身不遂，吳老太爺便躲在書齋，從此捧著道家勸人行善的《太上感應篇》不放，成為居住在鄉下封建傳統的「古老僵屍」。父與子的衝突也出現在吳老太爺與吳蓀甫之間，若不是鄉間土匪囂張，共黨作亂，吳老太爺決不可能到上海目擊兒子「離經叛道」

---

[47] 茅盾：《子夜》，《茅盾全集・第三卷》（北京：人民出版社，1984 年），頁 1。

的行為。吳老太爺的上海印象與情欲緊密結合,「一種說不出的厭惡,突然塞滿了吳老太爺的心胸,他趕快轉過臉去,不提防撲進他視野的,又是一位半裸體似的只穿著亮紗坎肩,連肌膚都看得分明的時裝少婦,高坐在一輛黃包車上,翹起了赤裸裸的一隻白腿,簡直好像是沒有穿褲子。『萬惡淫為首!』這句話像鼓槌一般打得吳老太爺全身發抖。」[48]「吳老太爺只是瞪出了眼睛看。憎恨、忿怒,以及過度刺激,燒得他的臉色變為青中帶紫。……粉紅色的吳少奶奶,蘋果綠色的一位女郎,淡黃色的又一女郎,都在那裏瘋狂地跳,跳!她們身上的輕綃掩不住全身肌肉的輪廓,高聳的乳峰,嫩紅的乳頭,腋下的細毛!無數的高聳的乳峰,顫動著,顫動著的乳峰,在滿屋子裏飛舞了!……突然吳老太爺又看見這一切顫動著飛舞著的乳房像亂箭一般射到他胸前,堆積起來,堆積起來,重壓著,重壓著,壓在他胸脯上,壓在那部擺在他膝頭的《太上感應篇》上,於是他又聽得狂蕩的艷笑,房屋搖搖欲倒。」[49]吳老太爺曾是思想進步的有志青年,卻在受傷後逐漸退化成傳統封建的活殭屍,他膝頭的《太上感應篇》是他的護身符,也是緊箍咒,把他封閉在遙遠鄉間的舊世界,當他被迫抵達上海,上海化身為放浪形骸的美艷蕩婦逼入他的眼簾,令他瞠目結舌,不忍目睹,然而,在厭惡中卻又控制不住腦中瘋癲狂亂的性欲幻想,顫動飛舞的乳房如亂箭齊發,向他攻擊,最終他受不了刺激口吐白沫而死。曖昧的是如果吳老太爺心若止水,老僧入定,不起雜染妄念,又何需《太上感應篇》的屏障護衛?又怎會被視覺感官刺激得喘息昏厥?又為何克制不住腦中的欲望想像?吳老太爺的角色存在充滿嘲諷,他為

---

[48] 茅盾:《子夜》,《茅盾全集‧第三卷》(北京:人民出版社,1984 年),頁 12-13。

[49] 茅盾:《子夜》,《茅盾全集‧第三卷》(北京:人民出版社,1984 年),頁 17。

了躲避家鄉的動亂而來上海，但他沒有死在共黨或土匪手中，卻反而喪生在上海的現代化刺激與情欲想像的世界裏；作為一個固守傳統的代表，他最終的死亡只說明了他的意志軟弱；吳老太爺的崩潰意味著傳統思想舊日中國的毀滅，以及上海這欲望世界現代怪獸的勝利。上海與女體想像的連結在小說中處處可見，而此一連結突顯了上海這欲望之都的情欲張力。交際花徐曼麗延續了茅盾自從處女作《蝕》以來，小說中經常出現的「紅玫瑰」形象，性感冶艷、妖嬈多情，同時大膽強悍。而正如〈幻滅〉中相近類型的女性「慧女士」，茅盾透過書中人物對這類型女性的評價是：「像慧那樣的人，決不會吃虧的。」[50]比起男主角吳蓀甫，徐曼麗在上海顯然更八面玲瓏，長袖善舞，她周旋於趙伯韜、吳蓀甫、雷參謀等不同男人之間，就連老謀深算，心狠手辣的趙伯韜也對她另眼相待，特別禮遇。另一個試圖取代徐曼麗的交際花是劉玉英，平素不為女性顛倒的吳蓀甫，雖然視其為魔障，卻仍受其所惑。等而下之的是馮雲卿的女兒馮眉卿，被父親指派獻身給趙伯韜，卻換來假消息，使父親滿盤皆輸。這些以肉身交換利益的女體形象，與上海交織著密不可分的關聯，在茅盾的《子夜》中，上海呈現出鮮明的陰性特質，如同交際花，美艷浪蕩，以身體交換利益，無情無義，寡廉鮮恥，卻又曖昧地釋放著豔異惑人的萬種風情，令人垂涎欲滴，不忍離去。

除了張牙舞爪的情欲糾葛，金權帝國的欲望勾鬥，也是《子夜》的重頭戲，吳老太爺的喪禮聚集了諸多資本家，太平洋輪船公司總經理孫吉人、光大火柴場老闆周仲偉、大興煤礦總經理王和輔、五雲絲綢場老闆陳君宜、絲廠老板朱吟秋，大家各懷鬼胎地來弔喪，許多小

---

[50] 茅盾：〈幻滅〉，《茅盾全集‧第一卷》　（北京：人民出版社，1984 年），頁 99。

資本家等待大資本家吳蓀甫的救援，若周轉不靈便會宣告破產，而吳
蓀甫則抱著壓低價格，趁機併吞的心機計策，最慘的是靠高利貸剝削
農民起家，到上海當寓公的馮雲卿，他是一個表面上「詩禮傳家」，在
金錢誘惑面前卻卑劣不堪的虛偽小人，他娶了交遊廣闊的姨太太，為
了姨太太的上海人脈，只得忍耐她夜夜遲歸，因為公債投資的失敗，
把女兒獻給趙伯韜，卻換來錯誤消息，賠了夫人又折兵。這些資本家
輸的輸，賠的賠，連滿懷雄心壯志的吳蓀甫自己，都被唯利是圖的姊
夫杜竹齋背叛而失敗，成為小說中的悲劇人物，唯一勝利的買辦金融
家趙伯韜，則被描述為粗鄙、卑下、狂傲的無恥之徒。除了交際花的
身體情欲，資本家的金錢鬥爭，其餘的諸多角色也各有不同的欲望、
罪惡與軟弱。吳蓀甫的妻子林佩瑤出身名門，因為家庭變故而嫁給吳
蓀甫，但她對昔日戀人念念不忘，她的舊情人雷鳴投身黃埔軍校，因
戰功而升至參謀，由雷明此一分枝也帶來前線戰場上的消息。吳少奶
奶的妹妹林佩珊起初與表兄范博文互有好感，吳蓀甫從鄉下來到上海
的四妹又暗戀范博文，然而，林佩珊後來卻又投入了杜新籜的懷抱。
杜竹齋的兒子杜新籜，法國留學生，號稱「萬能博士」，對中國諸事萬
物總是看不順眼，又都毫不介懷、蠻不在乎，常以輕蔑否定的微笑，
表達自己鄙視厭倦但又中立超然的高姿態。詩人范博文的形象清高、
脆弱、機智，小說中因為林佩珊對他的冷漠，一度想要輕生，最終卻
投降了往昔輕視的資產階級的黃金，詩神跟著黃金走。吳老太爺的表
妹張素素，具有左傾理想的新女性，但一遇到示威就心慌閃避。經濟
系教授李玉亭遊走在吳蓀甫與趙伯韜之間，最後依附了趙伯韜的陣
營。茅盾寫盡了資產階級空虛軟弱，欲望掙扎的困境。屠維嶽是吳蓀
甫的得力助手，受到吳蓀甫的賞識而被大膽拔擢，屠維嶽與吳蓀甫其
他的部屬不同，有謀略，城府深，手腕高，巧妙地破壞工人團結，鎮

壓工人的罷工與反抗，屠維嶽的形象與吳蓀甫相勾連，吳蓀甫充分授權給他，讓他壓榨與整肅工人，以維持資產階級的利益。張阿新、何秀妹、陳月娥是共產黨員，負責團結女工，進行罷工的鬥爭，此分枝又延伸出共產黨員瑪金和以克佐甫為代表的黨內左傾路線的鬥爭，以及探討冒進盲動的共黨分子的問題。曾滄海是吳蓀甫的舅父，外號「曾剝皮」，是雙橋鎮有名的地頭蛇，平素巧取豪奪，欺壓農民，以貪婪、吝嗇、刻薄著稱，吳蓀甫的廠在雙橋鎮陷入困境，他不但袖手旁觀，甚至計畫扣住吳蓀甫在鄉下的現款。得知雙橋鎮農民要暴動的消息，他去向國民黨新貴告密，想從中獲取好處，最終死在暴動的亂槍之下。

《子夜》敘述了黎明前都市社會的千瘡百孔，勾勒一幅幅你爭我奪的欲望浮世繪，男與女，資產階級與無產階級，為了錢欲或情欲笑逐顏開、面目猙獰，背叛、逆倫、猜忌、角力，反覆上演。《子夜》中七八十位人物，圍繞著主角吳蓀甫開枝蔓葉，各自演出。每個人物不僅代表自己，進而代表了一種階級群體的類型，資產階級類型、無產階級類型、傳統知識分子類型，留學生類型……透過人物之間的烘托映襯、對比反射、相互觀察、行為對話，人物與人物之間，如同撞球衝擊，撞擊分裂出對應的關係，延伸一組一組網狀脈絡，每個人並非單獨的個體，而是從屬於每一組關係與階級團體之中。《子夜》以都市群像書寫欲望上海，每個個體彷彿是上海欲望整體的分裂，分裂的每個人表達一種欲望面向，在欲望主體之前，眾人虛與委蛇、廝殺搏鬥，演繹著赤裸悖德的欲望眾生相。欲望無法單獨存在，而是交流在人與人的擁抱與錯身之間，隱藏在車水馬龍的都市大街上，或是蟄伏在人與人的摩肩擦踵、眼神交會中。人離開鄉村，進入都市，遠離自然，追求物欲，將生命價值建立在財富名利的滿足上，都市是使欲望激化

增長的空間，都市使欲望主體不斷分裂創生，茅盾的《子夜》掌握住此一關鍵，讓每個人物在都市舞臺上，成為欲望的傀儡，隨之起舞。曾有大陸學者於論文中探討《紅樓夢》對《子夜》的影響，例如吳老太爺從鄉下來到上海，猶如劉姥姥進大觀園，或者《子夜》對《紅樓夢》諷刺手法的借鑒，[51] 如此斷言，或許予人郢書燕說、穿鑿附會之感，需要更多的線索資料，才能論及兩者的影響與接受，《紅樓夢》與《子夜》有著極大的出入，但相較之下，其共同點是對於資產階級的欲望群像描寫以及最終繁華落盡的崩潰預言。茅盾與曹雪芹對於物欲橫流的批判昭然若揭，然而在表相的批駁之下，探究曹雪芹與茅盾何以能將資產階級的欲望詮釋得唯妙唯肖，必然是出自於對欲望主體的深刻理解。曹雪芹對於繁華如夢的大觀園，茅盾對於妖嬈放蕩的上海，客體對主體的勾引，主體對客體的曖昧，主客體的交融混同，產生複雜的勾連與互詮。《子夜》的欲望書寫，將眾多人物視為欲望上海的碎片，在犧牲與獲得的交易過程中，或許也滿足了創作者內在底層的書寫欲望。

二、都市中的個體與群體

　　普實克在討論茅盾的文章中提到，他認為：「茅盾的現實主義與左拉的自然主義之間的主要區別，在於對個人強調到什麼地步，左拉想像的中心點總是某個浪漫的英雄，他單槍匹馬，激烈地反抗整個社會──這也是其命運的悲愴性質所在。那種浪漫英雄也正是革命者形

---

[51] 詳見劉宏彬：〈妙在似與不似之間──簡論《紅樓夢》對《子夜》的影響〉，《刑臺師範高專學報》（1998 年 2 月），頁 36-39。

象的反映，他們高舉旗幟，和忠實的同志守衛街壘，這也是對那個時代——資本主義最高階段的寫照。個人在人們心中仍然是最重要的：他是歷史發展的先驅，他的熱情激發著大家跟隨著他前進。相反，在新的中國文學中，沒有浪漫式英雄人物的地位。自從二十年代以後，個人的行為在中國的社會生活中就不起決定性的作用，所以他在這個國家的文學中也沒有地位。這進一步說明了中國資產階級的弱點：資產階級世界觀的個人主義特徵根本不能對中國人的思想產生影響。」[52]「我認為茅盾的現實主義與十九世紀的現實主義和他那個時代的現實主義之間的主要區別，在於茅盾把注意力集中在一般的社會現實上，而對人的個性發展不太感興趣。」[53] 普實克曾論及《子夜》的內容，「這部作品精心選擇各種事實，並精心地把它們構成一個整體，它很明確地反映了茅盾的世界觀和哲學觀點。他指出個人奮鬥完全是徒勞的；要消除那些可怕的混亂，必須進行全面的革命，只有到那時，人們才有可能生存下去。」[54]普實克的觀點指出，茅盾對於小說人物的性格發展不感興趣，他著墨的是更宏觀的社會國家面向，茅盾與左拉的作品經常被相提並論，茅盾自己也聲稱喜愛左拉，[55]但中國社會的群體主義與家族主義與西方社會的個人主義大相逕庭，茅盾在《子夜》中藉由吳蓀甫的奮力掙扎與最終的毀敗，突顯個人奮鬥的徒勞無功，以及國家社會對個人的強大影響。普實克的觀點站在左翼的立場，資

---

[52] 普實克：〈茅盾和郁達夫〉，《普實克中國現代文學論文集》（湖南：湖南文藝出版社，1987 年 8 月），頁 153。

[53] 普實克：〈茅盾和郁達夫〉，《普實克中國現代文學論文集》（湖南：湖南文藝出版社，1987 年 8 月），頁 152。

[54] 普實克：〈茅盾和郁達夫〉，《普實克中國現代文學論文集》（湖南：湖南文藝出版社，1987 年 8 月），頁 150。

[55] 茅盾：〈《子夜》寫作的前前後後〉，《我走過的道路》（中）（香港：三聯書店，1984 年），頁 104。

產階級世界觀的個人主義特徵並不完全對中國的社會沒有影響,在當時影響有限的原因是中國三○年代的都市化程度不高,除了上海等少數的都會區,事實上仍是農村中國,仍然受到強大家族主義與群體主義的支配。五四時期的個人主義,與資產階級世界觀訴求的個人主義有所出入,五四時期的個人主義高度評價個人意志,特別強調自我控制,主張根據自己的思想、利益或激情進行自我選擇和決定。資產階級世界觀的個人主義特徵,則主張每個人都應該被允許作出他自己的經濟決定,反對由國家或社會共同體加以干涉,「私有財產神聖不可侵犯」這是資本主義社會的最高信條,資本主義社會中私有財產是個人自由及人人努力工作的基礎。資產階級世界觀的個人主義在今日普遍都市化的華人社會,已發生強大的作用力,但五四時期知識分子所主張脫離家庭掌控的個人主義,確實到今日都還是難以搖撼中國的傳統家族主義。

茅盾這種主題先行的都市群像書寫方式,受到夏志清的批判,他認為《子夜》包羅的人物事件極為廣大,在中國現代小說中佔有重要的位置,但與茅盾過去的其他作品相較,卻是一本失敗之作,「僅是按照馬克思主義的觀點給上海畫張社會百態圖而已」。[56]蘇敏逸也提到茅盾《子夜》的缺失是之一是人物不夠生動鮮活。[57]茅盾的《子夜》確實存在著人物形象不夠立體的問題,這導因於茅盾認為個人從屬於國家社會的群體主義觀。茅盾曾在〈文學與政治社會〉中列舉俄國、匈牙利、挪威、波希米亞、保加利亞等國的作家與文學作品,駁斥「主張藝術獨立者」的觀點,並提到:「文學之趨於政治的與社會的,不是

---

[56] 夏志清原著,劉紹銘等譯:《中國現代小說史》(香港:友聯出版社,1979年7月),頁136。

[57] 蘇敏逸:《社會整體性觀念與中國現代長篇小說的發生和形成》(臺北:秀威出版社,2007年12月),頁165。

漫無原因的；我們已經從事實上證明環境對於作家有極大的影響了，我們也從學理上承認人是社會的生物吧，」[58]另一篇散文〈自由創作與尊重個性〉，茅盾以俄國藝術界裡「民眾的藝術」與「純粹的藝術」的爭鬥為例，說明：「若創作家明明看見『生活的驚擾』，明明被『周圍的憂愁所包圍』，而卻偏偏說世界是太平的，便也是自己欺騙自己，並想欺騙別人。」[59]由茅盾的文章得以窺知，他並非否定文學藝術的重要性，而是認為個人從屬於社會國家，人深受外在環境的影響，創作家的創作不可能離開真實環境，而「生活的驚擾」與「周圍的憂愁」正是動盪的現實，群體主義的優位性，使得茅盾寧可捨棄對人物獨特性的描摹，改而強化社會環境對人的操控力。從《蝕》三部曲開始，茅盾便試圖以虛構的小說文本紀錄真實的歷史現實，在人物紀傳與紀事本末的選擇上，茅盾往往更注重後者。閱讀茅盾的《子夜》，讀者如臨現場，感受到很強的時間感與現實性，他對於事件的渲染大過對於人物的刻畫，這是受到左翼文學的政策與路線影響，避免強化個人與英雄，大眾是主人，自己只是大眾中的一個。反映在小說中，事件接二連三、環環相扣而來，使得劇情複雜錯綜，節奏緊湊，而人物的思想情感卻相對被簡化，這使得角色的雕塑顯得平面化，也是這部作品抽離了時代價值後，為後輩學者主要訴病撻伐之處。

農村中國是以家庭組織為核心的群體聚落，在農村無法度日的人，為了生存，或者追求更美好的生活，選擇來到上海都會，然而人是需要群居的生物，離鄉背井來到都市求職謀生的個體，失去了家庭的屏障，開始建構新的群體關係。同樣職業類型的人，具有共同的環

---

[58] 茅盾：〈文學與政治社會〉，韋韜、陳小曼編：《茅盾雜文集》（北京：生活、讀書、新知出版社，1996 年 5 月），頁 62-63。

[59] 茅盾：〈自由創作與尊重個性〉，韋韜、陳小曼編：《茅盾雜文集》（北京：生活、讀書、新知出版社，1996 年 5 月），頁 65。

境、話題、需要，往往會因為生活所迫而團結互助，從而群聚。當家族組織的價值與重要性在都市裡逐漸土崩瓦解之後，新的群體組織誕生，個體為了理想、利益、需要共同合作，組織新的「階級群體」。《子夜》便勾勒了都市中幾種重要的族群，包括資產階級、知識分子、工廠工人、共產黨員等等，《子夜》與其他新感覺派都市小說的殊異之一，在於小說中的個體並非單獨存在，而是整體社會網狀脈絡的一條分支，個體除了共同從屬於社會國家外，也分屬於不同的族群類型，茅盾針對他所描述的不同族群都各自有評論與批判，新的階級群體中，個體的互鬥遠比合作精彩激烈，例如資產階級間的弱肉強食，相互傾軋，不同背景類型的知識分子間，彼此意見相左，工廠工人之間的不團結，共產黨員之中的盲動路線等，《子夜》試圖勾勒都市構成者的群像面貌，所突顯的卻反而是個體為了己欲而鬥爭角力。大資本家與小資本家的競爭最後是全盤皆輸，唯一的勝利者趙伯韜不但是卑鄙狂徒，並且是帝國主義的代言人；知識分子彼此之間各有己見，互不認同，他們的共同點在於意志軟弱；工廠工人有的向資本家靠攏，有的為了利益上工，無法貫徹罷工抗爭的理念；共產黨員中的盲動分子造成組織分裂與行動失敗等；其中最怡然自得的倒是都市中的交際花們，徐曼麗、劉玉英不從屬於任何人、任何組織，只從屬於自己，雖然沒有父兄丈夫的依恃，卻憑藉著身體本錢與機智手腕在都市中拜金趨利，左右逢源，她們是都市中最適者生存的個體代表。《子夜》被認為是左翼都市小說的重要作品，左翼代表的是革命，都市則充斥著人欲，左翼都市小說所探討的是三○年代最關鍵的問題：欲望與革命。左翼推崇為群眾服務犧牲，都市則著重個人逸樂享受，兩者存在著衝突與對立。「欲望」與「革命」乍看之下是相互扞格抵觸的名詞，然而仔細推敲，兩者間卻並非完全沒有相互勾連之處，其共同點是「追求

更理想的生存狀態」。離開農村故鄉的人,為了謀生,或者更理想的生活,來到都市上海,都市意味著人的欲望,求生之欲或者進步之欲。如果將「欲望」定義為一種不足的感覺,以及想滿足這種不足感覺的念頭,那麼「欲望」與「革命」兩者間的距離似乎拉近不少,甚至彼此交疊,「追求更理想的生存狀態」這種欲望是驅動革命的動機。因此抹滅個體,宣揚群體的行為很容易流於口號與教條,因為悖離了常理與人性。《短褲黨》、〈水〉、《子夜》人物群像書寫的失敗處,在於過分放大群體,忽略個體,三○年代的群像書寫以主題先行的觀點與手法宣揚群體,此類群像書寫的失敗,反而突顯了個人主體性的不容消弭與無法抹滅。

第三節　左翼知識分子
與都市下層市民的群我關係

五四文學革命被認為是中國文學的現代化,五四文學革命的發生進一步促成傳統文學觀念和傳統文學制度的崩解,白話文運動推翻了傳承千年的文言世界,新興的知識分子挾帶著西化的現代科學知識登上聚光舞臺,舊式文人黯然退場,民主國家,個人主義,文學獨立的觀念營造一種自由的時代風氣與氛圍。然而五四文學革命畢竟是屬於資產階級的文學運動,到了革命文學時期,五四文學革命與新文化運動的價值,被無產階級革命文學運動加以顛覆,五四時期新與舊,個人與家族,民主與帝制,科學與迷信的對立,被無產階級與資產階級的對立所取代,五四時期主張的個人抒情的文學,轉化為反抗

資產階級的工具。五四文學革命以及新文化運動的歷史意義是「個人
的發現」，1928 年的無產階級革命文學則喚醒了階級意識，訴求階級
解放。成仿吾〈從文學革命到革命文學〉是創造社為了宣傳「革命文
學」的重要論著，文中對胡適等新文化提倡者徹底否定，措詞嚴厲，
試圖強化以革命文學取代五四新文學的必要性，認為屬於資產階級的
文學革命已不再能反映時代，應當褪去小資產階級的意識形態，由
具備無產階級意識的革命文學來反映歷史。但絕大多數出身於小資產
階級的革命文學家，是否真能拋開自出生以來所積累的階級觀念與
意識形態，而確實堅持其崇高的理念？本節將觀察左翼文本中知識
分子與都市下層市民的關係，以及現實處境中菁英與庸眾二元對立的
問題。

一、左翼文本中的知識分子與都市下層市民

　　無論中外，神權與君權時代，知識分子菁英掌握了文字語言的優
勢，將文字語言視為一種權力，壟斷於統治者與文人集團。在民間的
傳承系統中，屬於文盲的庸眾大多以口耳相傳的記憶模式進行文化的
傳遞，所使用的泰半是地方性的在地方言。與此相對的，統治階層是
語言的支配者，知識分子是文字的創造者、書寫者、閱讀者、傳遞者、
接受者、擁有者，語言文字成為統治階層、知識分子所操控的特權，
統治者決定語言的優位性，界定國語與方言；知識分子則定義、篩選、
修改歷史，決定該被永垂後世的經驗，該被記憶的人事物，後輩憑藉
著文字理解歷史，接受知識經驗的傳播，某些語言因為疏於使用而被
遺忘，某些風俗因為被明令禁止而消失。以文字書寫的歷史系統中，

只紀錄少數的知識分子菁英，絕大多數不識字的群眾被忽略遺忘，是「死而湮沒不足道者」。那麼在左翼文本中，同情社會底層邊緣者，並與無產階級站在同一陣線的知識分子菁英，是如何看待並書寫這些缺乏文字支配權的庸眾，如何描寫知識分子與庸眾的關係？

蔣光慈的小說大多以小資產階級為主要的敘述對象，這也是他的作品到了後期被其他左翼文人詬病之處。在部份以小資產階級男性（幾乎可說是近似他個人形象）為主角的小說中，貧窮者的面貌是模糊的，如同陪襯的背景。「富有的人們，有的是避熱的工具，⋯⋯可是窮人呢，這些東西是沒有的，必須要從事不息的操作，除非熱死才有停止的時候。機器房裡因受熱而死的工人，如螞蟻一樣，⋯⋯黃包車夫時常拖著，忽地伏倒在地上，很迅速地斷了氣。」[60]《野祭》以同情悲憫的筆觸浮光掠影地勾勒都市底層市民的艱困處境，但貧窮者的形象純粹是扁平的符號，面容憔悴，欠缺血肉，無從辨識。小說《菊芬》、《野祭》裡，知識分子思想上沉浸在革命與戀愛的痛楚掙扎或歡愉享樂，實際的生活則是徜徉在都市的餐廳、飯店、公園、影戲院中，雖然他們經常在言談間憐憫同情貧窮無助的都市底層市民，彼此似乎是並無交集的。《少年漂泊者》與《最後的微笑》聚焦於農村的貧窮孤兒與都市的失業工人，然而以第一人稱敘事的少年漂泊者汪中，多愁善感的形象比較接近小資產階級文人，甚至在故事末了，對抗無禮粗暴的外國殖民者，還說出「You are savage animal（你是個野蠻的動物）」[61]的英文對白。《最後的微笑》失業的工人阿貴，被呈現的形象同樣是浮面的，暴力、瘋狂、失去理性，所鋪陳的情節發展，主角的對白與行動

---

[60] 蔣光慈：《野祭》，《蔣光慈文集・第一卷》（上海：上海文藝出版社，1982年11月），頁310。

[61] 蔣光慈：《少年漂泊者》，《蔣光慈文集・第一卷》（上海：上海文藝出版社，1982年11月），頁68。

似乎都只是為了突顯他受盡苦難之後的反撲，流於主題先行。《衝出雲圍的月亮》與《麗莎的哀怨》是以妓女為主角，但她們皆是由資產階級或小資產階級淪落的，與真正的都市底層市民有所殊異。其中在知識分子與下層市民之間著墨最深的是《衝出雲圍的月亮》，故事安排了一個貧困可憐的年幼孤女與女主角曼英相依為命，曼英雖然淪落為妓女，她的出身還是小資產階級，當她在街頭遇見貧困無依的孤女阿蓮，她產生了拯救阿蓮的念頭，「這種天真的小姑娘的微笑，這種誠摯的感激的話音，如巨大的霹靂也似的，將曼英的腦海中所盤旋著的思想擊散了。不，她是不能將這個小活物拋棄的，她一定要救她！」[62]曼英所心儀的革命志士李尚志對於阿蓮親切和藹，照顧有加，最後吸收阿蓮到革命組織中。《衝出雲圍的月亮》代表了蔣光慈與許多左翼文人對於底層市民的觀點，知識分子同情並迫切希望拯救苦難邊緣的貧窮階層，而他們認為對下層市民而言，唯一的救贖便是共赴革命大業。

相較於蔣光慈的描寫，丁玲的小說中，對於左翼知識分子與普羅大眾之間的探討無疑是深刻許多。從《夢珂》、《莎菲女士的日記》、〈韋護〉、〈田家沖〉到〈水〉，丁玲將關注所在由都市女性轉移至革命者與勞動群眾，這中間自然是牽涉到左聯對於她的指示與影響，使她的作品產生政治傾向的位移。〈田家沖〉敘述女革命家三小姐在湖南農民中工作的情形，資產階級出生的女主角，滿懷理想地投入革命志業，向農民趙德勝一家宣傳革命，爭取他們的支援，並甘冒生命危險進行革命活動，最後鼓動這家人走上了革命之路。〈一天〉則描寫剛離開學校的二十一歲大學生陸祥，面對與克服種種困難，深入工人的生

活區域，試圖瞭解工人以傳播革命的經歷。這篇小說反映了知識分子陸祥不被工人理解的挫折與懊惱，也寫出他遭受賽難，卻不喪失信心的熱忱與毅力。〈田家沖〉與〈一天〉都敘述知識分子與工農等勞苦庸眾接觸的情況，而〈一天〉更進一步地具體寫出左翼知識分子從事革命宣傳的困境，陸祥為了開展通信運動而採訪工人，透過陸祥的觀察視域，描繪與勾勒都市工人的黑暗世界，「齷齪的，慘苦的，許多聲音，不斷地呻吟和慘叫，都集攏來，揉成一片，形成一種痛苦，在他的心上，大塊地壓了下來。」[63]「他極力摹仿著一些屬於下層人的步態，手插在口袋裏，戴一頂打鳥帽，從菜園裏穿過去。路兩旁全是一堆一堆的人糞，要小心走，到一塊低地，又濕又髒，春天的太陽一曬，發出難聞的臭氣。陸祥每次來都抱著一種極大的忍耐。」[64]「像鴿子籠似的房子密密排著，這是那些廠主們修的工人宿舍，租給這些窮人住的，地基小，人太多，空氣都弄壞了，這裏常常可以散播出一些傳染病症，陸祥走進了這裏，一種從人體上揮發出的臭氣使他難耐，但是為著保持同這些人的平等身份，他不能掩著鼻。他想慢慢就可以習慣而不覺得什麼了。」[65]陸祥約定的對象不願意接受採訪，他去找蔡包子，卻又遭到蔡母的冷面拒絕，他去工人宿舍找小鬍子時，又被其他的工人視為小偷，對方即使知道冤枉了他，卻仍要他叩頭以取悅眾人，在無法脫身的情況下，陸祥被迫屈辱地鞠躬。在受挫與受辱的過程中，他安慰自己：「他覺得自己要振作。他應同情這些人，同情這種無知，

[63]　丁玲：〈一天〉，張迴主編：《丁玲全集・第三卷》（河北：河北人民出版社，2001 年 12 月），頁 349。

[64]　丁玲：〈一天〉，張迴主編：《丁玲全集・第三卷》（河北：河北人民出版社，2001 年 12 月），頁 353。

[65]　丁玲：〈一天〉，張迴主編：《丁玲全集・第三卷》（河北：河北人民出版社，2001 年 12 月），頁 355。

他應耐煩的來教導他們，」[66]「我們是站在文化上的，我們給他們文學的教養，我們要訓練我們自己，我們要深入到他們裏面，」[67]這篇小說深切真實地反映著，左翼知識分子與庸眾之間成長環境、意識形態與立場態度的迥異，左翼知識分子是啟蒙者，無知的下層庸眾是被啟蒙者，啟蒙者為了融入被啟蒙者，必須忍耐著髒亂的環境，無知的群眾，被羞辱與被拒絕的難堪，小說的立場明顯是站在左翼知識分子的位置，頌揚其犧牲與偉大，反而更突顯彼此的二元對立，儘管讀者可以感受丁玲試圖捕捉社會真實面向的企圖，但文本中缺乏對群眾內在想法的理解分析，也欠缺對群眾行為背後的觀察探討。《在延安文藝座談會上的講話》之前，三〇年代丁玲的小說文本，與蔣光慈《衝出雲圍的月亮》雷同的是，都市底層工人的面容依舊是一團髒亂模糊，仍然是淪為烘托左翼知識分子神聖性的一群配角。

茅盾三〇年代的左翼都市小說中，小資產階級的人物是他最擅長描寫的對象，〈幻滅〉、〈追求〉中左翼知識分子面對蔣中正清黨事件之後的反應，是頹廢茫然，無所適從。《虹》的女主角梅女士本身是被啟蒙者，扮演啟蒙者角色的左翼知識分子梁剛夫的形象則宛如聖者般崇高不可侵犯。《子夜》中參與革命運動的知識分子張素素，參與革命的動機是為了刺激，關於張素素與群眾示威運動的交集，值得進一步推敲。張素素參與群眾示威時，她的想法是膩煩了平凡生活，覺得眼前的事情有點好玩。但是當柯仲謀提到這種熱鬧不看也罷，勸她回去時，她心裏又不願意被小覷，想要大幹一場，這似乎投射出張素素對於革命抱持著崇高的觀點，自己也不甘示弱地想展示自身的革命熱

---

[66] 丁玲：〈一天〉，張迥主編：《丁玲全集・第三卷》（河北：河北人民出版社，2001年12月），頁357。

[67] 丁玲：〈一天〉，張迥主編：《丁玲全集・第三卷》（河北：河北人民出版社，2001年12月），頁353。

情，與躬逢其盛的榮譽感受。然而，當站在身旁的柏青怒吼著：「反對軍閥內戰」時，張素素卻是「滿臉通紅，張大了嘴，只是笑」。柏青激憤怒吼，加入群眾，之後被逮捕犧牲；張素素的表現是莫名興奮，滿臉通紅，張大嘴的笑，兩相對照之下，張素素顯然是置身事外的，徒然為了「革命」豐富她的平凡生活而感到異常新鮮有趣。至於群眾的喜怒哀樂，愛恨情仇，對於她而言是無關緊要，遙不可及的事情。茅盾細膩地捕捉到革命風潮中某一類型的知識分子面向，他們對於群眾，既不理解，也不關心，他們的革命目的是為了體驗刺激，因此張素素在吳老太爺死時，曾發表感言，想死在過度刺激裏，並認為這也許最有味。這一類左翼知識分子的革命目的並不是為了群眾，而是為了自己，為了滿足自己熱血澎湃的革命想像與體驗。

　　如第三章所述，張天翼所描寫的左翼知識分子或者左翼志士，多數是一些反面人物，空虛腐化的荊野先生、沉淪物欲的豬腸子、〈宿命論與算命論〉與〈移行〉中的變節者，〈出走以後〉後悔出走的貴太太。而張天翼所描寫的社會底層人物則多半是愚昧無知的，例如〈包氏父子〉裡一心望子成龍，最後全盤皆空的門房老包，〈同鄉們〉向自己同鄉放高利貸的長豐大叔，〈善女人〉裡放高利貸放到自己兒子身上的長生奶奶，被同鄉唾棄的長豐大叔，害人害己的長生奶奶，他們都是在夾縫中求生存的勞動群眾，卻並非是蔣光慈美好想像中的窮人。蔣光慈小說裡貧富階層被簡單化約為善惡兩極的評斷標準，此一觀點在張天翼的小說中被顛覆，張天翼寫出底層小人物掙扎求生的醜態，因為缺乏知識智慧，往往被自己的愚蠢所害，而陷落到更深邃的悲劇淵藪中。〈呈報〉與〈善舉〉描寫了知識分子、小資產階級與底層市民的關係，〈呈報〉敘述縣裏同情災民的辦案人員彭鶴年，原本試圖要據實呈報災民的苦情，免了田稅，讓災民們減輕負擔，災民們將他視為菩

薩，殺雞備菜地款待他，然而故事末了，當土豪鄉紳的代表六爺，他的師爺送來五十塊「小意思」，轉眼賄絡成功，他當下準備重擬公文。〈善舉〉中夜半時分，賭贏歸來的柴先生，大發慈悲，把路邊乞丐叫進廚房，讓女傭衝開水泡飯給乞丐果腹，但在等待女傭回來的過程中，感激涕零的乞丐在柴先生後面不斷致謝，竟激怒了寒冷瞌睡的柴先生，還沒等到女傭回來，便把乞丐推出門去，偽善者的猙獰面貌在最終被揭露。

張天翼的〈呈報〉、〈善舉〉揭發了偽善者的嘴臉，小資產階級試圖解救弱勢者的善念，在階級殊異與利益考量之下，蕩然消失。《子夜》中的知識分子張素素，在支持革命的表象下，不過是為了滿足自己的刺激想像。丁玲〈一天〉試圖描寫左翼知識青年陸祥的毅力與熱忱，卻反而暴露了創作者內在彼弱我強的知青優越。同樣的問題也出現在蔣光慈的文本中，蔣光慈的小說更進一步呈現他對於底層弱勢者的想像過於美好，以致於產生小說失真的弊端。由前述文本可以窺知，階級的差異與偏見其實是難以跨越，不同的階級有各自不同的成長背景，並會因此形塑迥異的意識型態、想法觀念、政治傾向、消費態度、生活方式、藝文品味，法國社會學家布迪厄（Pierre Bourdieu1930-2002）認為品味便是一種意識型態與社會經濟的分類，從開始受教育之後，人們就開始接受這種分類標準，而這同時也是一種支持階級的劃分。[68]品味造成菁英文化與大眾文化的對立，不同階級的個體生存於殊異的世界，要產生相同的世界觀，實屬不易，期望彼此能同情共感，更是逆水行舟困難重重。《在延安文藝座談會上的講話》之前的三〇年代左翼都市文學中，左翼都市作家們並無法真正瞭解底層市民

---

[68] 朋尼維茲著，孫智綺譯：《布赫迪厄社會學的第一課》（臺北：麥田出版社，2002年）

的地下社會，因此，他們的文本或隱或顯地仍然存在著知識分子與平
庸大眾的階級差異與優越意識，本文將在下節，繼續探討菁英與庸眾
的問題。

二、菁英與庸眾

　　左聯時期所討論的文藝大眾化，目標是向大眾靠攏，以便於宣傳
革命，然而大眾是誰？他們的語言面貌又是如何？郭沫若在〈文藝的
新舊內容和形式〉一文，對於新舊文藝進行討論，並提到原始時代的
文藝便是由人民大眾集體創造的，之後文藝工作者隨著階級的分化而
產生，下層的民間文學被特權階級認為「不登大雅之堂」，但那才是真
正的文藝正統，文中所謂的「人民大眾」指的是「工農老百姓」。[69]馮
雪峰在左聯起草的決議案〈中國無產階級革命文學的新任務〉中提
到，大眾是「工農兵貧民」。[70]由此可知，左翼文人書寫的革命文學所
訴求的「大眾」，以職業而論，是「農工大眾」等勞動人民與無產階級，
以空間而論，城市貧工或農民群眾都包含在內。面對不同的群眾面
貌，如何用共通的語言交流，成為首要任務。

　　左翼文學受到列寧的影響，認為藝術是屬於人民的，於 1931 年
11 月，左聯決議《中國無產階級革命文學的新任務》宣佈，中國無產
階級革命文學必須確定新的路線，首先第一個重大的問題，就是文學
的大眾化。文藝大眾化的問題經過三次較大規模的討論，第一次是在

---

[69]　郭沫若：〈文藝的新舊內容和形式〉，《郭沫若全集·文學編·第十六卷》（北
　　　京：人民文學出版，1989 年），頁 285-286。
[70]　馮雪峰：〈中國無產階級革命文學的新任務〉，《雪峰文集·第二卷》（北京：
　　　人民出版社，1983 年 1 月），頁 328。

1930 年 3 月左聯成立前後，第二次是 1931 年九一八事變時，1932 年
3 月左聯通過《關於左聯改組的決議》，要求盟員擔任具體執行創作、
批評、大眾文藝工作，從各方面去進行革命大眾文藝的運動，並且對
大眾文藝委員會的任務有所規定：「一、研究大眾的一切實際問題，
二、創作大眾文藝，三、批評反動的大眾文藝，四、進行工農兵通信
員運動及讀書班說書會等的實際工作」左聯訂立了具體的辦法推動文
藝大眾化的工作，並在《北斗》、《文學月報》等刊物上發表文章，討
論文藝大眾化的問題。第三次討論是在 1934 年春夏，在報刊上展開文
學大眾化的新舊形式問題的討論，從 6 月起轉為對於大眾語及文字拉
丁化的論爭，瞿秋白與魯迅也積極地參與這次的討論。[71]周揚曾提到
左聯文藝大眾化的目標，第一是提高大眾的文化水準，以達到組織大
眾，鼓動大眾的目的。第二是提高之後，讓勞苦大眾接近真正偉大的
藝術。[72]雖然馮雪峰也承認「大眾政治宣傳」跟「藝術向更高階段的
發展」其實是「兩個矛盾的任務」，[73]但這問題在左聯時期並無法獲得
妥善的解決。當時一般下層勞動人民的娛樂包括說書、戲曲、連環圖
畫、野臺戲等等，這些是左翼人士所深惡痛絕的，因為所表演的內容
是忠孝節義等左翼人士認為的封建思想，左翼人士認為這類下層人民
的娛樂已經被資產階級與統治階層的封建意識所充斥，必須要有所革
新，同時他們也對五四以來脫離勞動群眾的新文學感到不滿。「五四」
基本上仍然是個菁英運動，魯迅、胡適、陳獨秀、李大釗這些菁英企
圖為中國重新創造一個新的世界，例如「全盤西化」、「改造國民性」

[71] 部分資料參考馬良春、張大明編：《三十年代左翼文藝資料選編》（四川：
四川人民出版社，1980 年 11 月）
[72] 周揚：〈關於文學大眾化〉，《周揚文集》（北京：人民文學出版社，1984 年
12 月），頁 28-29。
[73] 馮雪峰：〈關於「藝術大眾化」〉，《雪峰文集‧第二卷》（北京：人民文學社，
1983 年 1 月），頁 30。

174

等。胡適、羅家倫、梁實秋等五四運動的推動者都是留學西方的知識分子，所創造的新式白話文融合了歐式語法，五四的白話仍然是士大夫的專利，與普羅大眾之間缺乏共通的語言，因此語言的改革也成為左翼文學文藝大眾化的重要任務。

　　語言通俗化的問題，顯示著文學的創作已由「作者中心」，轉向「讀者中心」。「作者中心」的鬆動，受到大眾媒體的影響甚深，從晚清西方傳教士創辦報刊開始，隨著報刊的發行量增加，中國的文學便逐漸產生向市場位移的趨勢。[74]報刊與讀者之間是商品與消費者的關係，報刊的商品屬性極強，讀者的消費趨向主導著報刊市場的走向，報紙副刊上的文學專欄是許多窮文人鬻文維生的寄生之所，因此讀者與作者的關係產生了微妙的轉變。科舉制度廢除之後，許多中下階層的文人失去了晉身為統治階層的目標與方向，轉向報刊發展，文學大眾化、通俗化的趨勢也就日趨鮮明，在這轉變的過程中，都市具有關鍵性的催化力量。都市聚集了人群，並且大多是從事工商、經濟、服務等行業的大眾，他們需要及時性的政治與社會的種種資訊，這賦予報刊銷售與生存的利基，於是報刊與都市分別在平面空間與立體空間，消弭了高雅文化與通俗文化的界線。報刊為了增加銷售量，充分吸納各種族群的讀者，或者把娛樂性的文學和高雅文學分而治之，以滿足不同層次的讀者的需求，或同一層次讀者不同心境時的需求，又或者以通俗性帶動文學性作品的發行。都市寸土寸金，眾人擠臥在公寓住宅之中，文人與工人之間，或許只有一牆之隔。盧漢超在《霓虹燈外：二十世紀初日常生活中的上海》一書中，提出對於魯迅、茅盾、

---

[74] 中國最早的報紙雖可追溯至唐代，但在晚清列強入侵，西方傳教士辦報之前，報紙從未刊載群眾意見，沒有現代意義上公開的新聞言論。詳文參見方漢奇：《中國近代報刊史》（山西：山西人民出版社，1981 年 6 月），頁 3。

郁達夫這一類作家的評論，亭子間文人的特點是：敏感，自負，看不起周圍的一切但又無法超然世外……[75]他們與上海小市民同樣居處在狹窄的弄堂中，卻又維持著精神上的貴族與菁英心態。「如同金字塔一樣，這些生活寬裕的作家們位於塔的頂端，而塔的下部則是許許多多剛剛來到上海的年輕知識份子們，他們多數以當自由撰稿人為生。從經濟角度而言，這些年輕作家可能還無法躋身社會菁英的行列，他們寫作的收入並不比一般的技工或者店主來得高。為了人生理想而奮鬥的他們住在上海弄堂的『亭子間』裏，與平民為伍的同時維持著精神上的菁英狀態。仔細看來，民國時代上海的知識分子們其實和拿破崙戰爭以後處於法國工業發展階段的法國作家、詩人們頗有相似之處，與二十世紀二十年代那些前往歐洲尋找更適合表達自我環境的美國作家也有可比之處。考雷（Cowley）關於二十世紀二三十年代一群逗留巴黎的美國作家的描述同樣可以用於幾乎同時期居住在上海的作家們：『他們中的一些人成了革命家，另一些人在純粹的藝術中尋求精神安慰；但是他們所有人都追尋著能夠令他們滿意的現實世界，在這個世界中，儘管他們周圍是木匠們和店員們，他們仍然可以悄然地懷有貴族般的心態。』」[76]儘管左翼文人充滿革命理想，宣揚博愛平等的精神，呼喊著爭取無產階級工農兵大眾的權益，然而事實上，他們仍然無法徹底擺脫菁英階層與庸眾之間二元對立的關係，這也使得他們始終無法真正接受所謂的「大眾文化」。

　　「菁英文化」與「大眾文化」的殊異在於，菁英文化是一種知識分子文化，關注國家大眾，追求永恆理想，站在批判與監督者的立場，

---

[75] 盧漢超著，段煉、吳敏、子羽譯：《霓虹燈外：二十世紀初日常生活中的上海》（上海：上海古籍出版社，2004年12月），頁158。

[76] 盧漢超著，段煉、吳敏、子羽譯：《霓虹燈外：二十世紀初日常生活中的上海》（上海：上海古籍出版社，2004年12月），頁48。

檢討社會現實，重視反思與自覺的人文精神。大眾文化則恰恰相反，宣揚物質與享樂，淡化大眾對於形而上的意義探索，以通俗娛樂麻痺大眾對於社會現實的不滿，使人們失去思想的深度，也忽略對於自我主體價值的聚焦。菁英文化與大眾文化原本便是扞格對立的，然而「文學大眾化」的路線，試圖消弭菁英文化與大眾文化的界線，使文藝脫離菁英的主導而趨於俗化，但它的目標是將文學視為「載道的工具」，宣揚革命之道，「文學大眾化」底層的意識形態仍然不脫菁英文化由上而下對他者宣教的載道觀。此外大眾文化所追求的正是輕鬆愉悅的感性訴求，而左翼文學對此卻不以為然，茅盾在〈軟性讀物與硬性讀物〉批判當時的社會現況，讀者愛讀軟性讀物，例如只讀《申報》的《自由談》，《新聞報》的《快活林》等充滿風花雪月一類專談中國式生活趣味的文章，而應該讀些智識類的硬性讀物。[77]左翼文人一方面希望「文學大眾化」，另一方面又無法接受真正的「大眾文化」，周揚提出「讓勞苦大眾接近真正偉大的藝術」，而「偉大」的定義仍然是由知識分子界定，左翼文人在宣揚「文學大眾化」的同時，其實是期待「菁英文化大眾化」的理想，這充滿操作執行上的困難，如同期待「大眾菁英化」，這需要時間累積，無法一蹴可幾，對當時的中國而言，無疑是緣木求魚，也因此「文藝大眾化」與大眾語的討論後來不了了之，此一現象反映的是當時要消除菁英與庸眾階級之間的差異，無疑是理想過高。「文藝大眾化」的問題，直到 1942 年毛澤東《在延安文藝座談會上的講話》才真正被明確而系統地建立新方向，文學藝術是為了工農兵大眾而服務的目標被確立後，文學價值的取向因而改變，新的文學觀念與審美原則自此被改寫，文學創作的要求與文學評價的標準

---

[77] 茅盾：〈軟性讀物與硬性讀物〉，韋韜、陳小曼編：《茅盾雜文集》（北京：生活、讀書、新知出版社，1996 年 5 月），頁 144-146。

產生質變，以知識菁英為核心讀者的觀念被顛覆，發言的領導權交到工農兵大眾的手中，《在延安文藝座談會上的講話》宣告了新文學時代的來臨。

第五章　文本中的城鄉關係
與新中國想像

　　都市與鄉村不僅僅是空間上的地域差距，更是一種文化型態與感知經驗的殊異。對於「以農立國」的中國而言，農村曾經代表了整個中國社會，在深受西方影響的現代都市崛起之前，是沒有深刻的「鄉村」概念的。「傳統鄉村」此一觀念的形塑是因為「現代都市」的崛起，中國現代都市的產生背景肇因於中國被西方擊潰與殖民，因此都市無法擺脫天生的原罪，只得以一種與西方共謀的姿態而存在。上海便以此中西混血的面貌存在於中國，背負著喪權辱國的罪惡感，任由國族主義者唾罵嘲諷；於此同時，上海所帶來的便利生活、娛樂享受、異國情調、新奇資訊又如此精采燦爛，兩種極端的評價各自彰顯在左翼文學與都市文學的文本之中。本文將針對左翼都市文學與都市文學中的時空感知，左翼都市小說對上海現代性的反思，左翼都市文學中的城鄉對立與家國意識等面向切入，思考不同文本對於上海現代性的體會，進而探討左翼文本對於創造新中國的最終想像與憧憬。

第一節　左翼文學與都市小說中的上海時空

　　民國創建以後，到五四運動爆發，中國現代文學史上的第一個十年聚焦於北京，接下來的文學中心轉移到上海，三○年代聚居上海的重要文人，包括「左聯」文人、新感覺派作家、鴛鴦蝴蝶派小說家各自以不同的視角書寫上海。左聯文人以教師、記者、作家、編輯等職業在上海謀生，他們離鄉背景，必須艱辛地為生活奔波，對於上海的印象，往往是愛憎交織；相形之下，生活優渥穩定的新感覺派作家，能以較浪漫的姿態在上海遊盪，捕捉上海紙醉金迷的都市符號；鴛鴦蝴蝶派作家與左聯文人的生存型態接近，必須鬻文維生，他們對於上海的態度是曖昧的，對於上海的現代性，既嚮往又恐懼。前述作家們的立場判然有別，他們各自抱持著殊異的視角關注上海，在他們筆下，左翼都市小說與都市文學的文本如何感知上海？

　　中國曾經度過了悠緩而漫長的鄉間時光，晚清時期在西方勢力的迫近與影響之下，中國的知識分子改變了傳統農村世界對於時間與空間的認知，都市「時間就是金錢」的速度感，寸土寸金的空間價值，以及各種聲光化電所帶來迥異於鄉村的時空感知，對於作家們的影響為何？他們如何勾勒上海的都市面貌？上海呈現出何種時間感與空間感？而在他們描繪的上海圖像之下，又如何投射出作家們的內在風景？這是本文試圖爬梳與釐清的部分。

一、都市文學裡的上海夢境

　　速度感是文評家在討論新感覺派等都市文學作家的作品時，著墨最深的部分，包括學者史書美、張英進等都曾專文討論過新感覺派作品中迫切的時間[1]，劉吶鷗的〈兩個時間的不感症者〉被討論最多，小說起始便描述瘋狂的賽馬，奔馳的速度感，裝扮時髦洋派的摩登女子，抱怨追求她的兩個男人沒有好好善用自己的時間，轉而去赴第三個男子的約會，迫不及待的時間感表現出都市迥異於鄉村的關鍵。周蕾在討論三〇年代鴛鴦蝴蝶派作家張恨水的《平滬通車》時，也提到了殘酷無情、從不等人的時間，小說內容敘述會讀英文書的摩登女郎柳系春，騙走了銀行家男主角胡子雲的鉅款，導致胡子雲最後身敗名裂，一無所有，甚至幾近瘋狂。周蕾提到：「柳系春是這場遊戲的贏家，……她的生存方式與火車相呼應：有效率且殘酷無情；從不等人。……小說戲劇性的結尾暗示著，若一個人無法跟上新世界，那麼新世界會使其瘋狂。」[2]在前述文論家的觀點中，現代化的上海都市與時髦洋派的女體畫上等號，美麗迷人、無法掌控、危險難懂、稍縱即逝。前輩論者的看法固然提供了一種對當時作家都市感知的解讀切入點，本文則嘗試從另外一個視角分析，三〇年代的都市文學作家對於

---

[1]　詳見史書美：〈性別、種族、和半殖民地性：劉吶鷗的上海大都會風景〉，《現代的誘惑》（南京：江蘇人民出版社，2007年4月），頁323-329。張英進：〈上海的時間與慾望之流〉，《中國現代文學與電影中的城市》（南京：江蘇人民出版社，2007年4月），頁162-166。

[2]　周蕾著，蔡清松譯：〈鴛鴦蝴蝶派：通俗文學閱讀一例〉，《婦女與中國現代性——西方與東方之間的閱讀政治》（上海：上海三聯書店，2008年8月），頁126。

摩登上海的感知，反映在文本中的，並不僅止於速度，更是一種夢境時空的呈現。

劉吶鷗的《都市風景線》以他對都市生活的熟稔，精采勾勒了都市的夜總會、跳舞場、影戲院、賽馬場、茶館、豪門別墅、海濱浴場、異國情調的花園等色彩繽紛斑斕的場景，也刻畫了舞女、交際花、少爺、千金、外遇男女、資本家、小職員等各色人物，生動地顯現資產階級的逸樂生活。〈熱情之骨〉、〈遊戲〉、〈風景〉都敘述了都市男子與摩登尤物之間的情愛關係，小說中的女子皆如同娼婦一般，沒有道德觀念，沉浸在隨心所欲的金錢交易與情欲追逐之間，同時她們都有著好萊塢女星般摩登洋派的美麗妝扮與外型，熱愛電影的劉吶鷗一向憧憬著象徵西方近代文明產物的好萊塢女星，他筆下的女子欠缺真實性，都如同電影中的妖嬈幻影，無情、媚惑、玩弄男人。值得注意的是劉吶鷗的小說敘事手法，著重於放大視覺感官的欲望，例如〈熱情之骨〉開頭的詩意花園美景，〈遊戲〉中有關舞廳「探戈宮」的摹寫……等，都聚焦於視覺性的書寫，這也與 1926 年好萊塢電影來到上海有著必然的關係，電影的運鏡技巧，包括特寫、長鏡頭、快鏡頭、慢鏡頭、定格、放大、縮小、倒述、段落敘述，都被廣泛運用於新感覺派的小說中，電影所營造出來的夢境虛幻，也隨之進入新感覺派的小說氛圍。穆時英繼承了劉吶鷗的敘事手法與技巧，並且青出於藍，成為三〇年代都市文學的重要代表，他的小說作品〈上海的狐步舞〉運用了重複的語句與段落表現一種如同圓舞步般回還往復的循環時間。〈駱駝、尼采主義者與女人〉出現了劉吶鷗筆下西洋電影中的尤物，「她繪著嘉寶形的眉」，抽著朱唇牌香煙，在蓮紫色的煙圈中與男主角討論喝咖啡的方法、抽菸的姿態。〈黑牡丹〉男敘述者「我」在舞廳裡，遇見高鼻子、大眼睛，帶西班亞風的黑衣舞孃，舞孃對他透露

了生活的疲憊感，一個月後他接受過去大學同窗好友的邀約，來到男同學位於鄉間的別墅，這位如同隱士的同學獨自居住在都市近郊，敘述者在此卻再度遇見了黑衣舞孃，原來她受到舞客的騷擾，意外躲避到敘述者的男同學家，並以「牡丹花妖」的名義，進入他朋友的生活中。敘述者的同學所居住的鄉間別墅，是一個在哪裡只需要喝咖啡、抽菸、讀小說、看花譜、聽無線電播音的時空，遺忘了世界，同時也被世界遺忘的世外桃源，黑衣舞孃逃離了都市，以「牡丹花妖」的異類身分進入這彷彿夢境的虛幻天堂，是一則如同「都市聊齋」的故事。同樣的都市怪談，也出現在施蟄存的小說〈魔道〉、〈夜叉〉、〈旅舍〉、〈凶宅〉，此類都市怪談的故事反映了敘述者內在變態狂異的精神狀態，也投射出都市人在都市生活扭曲異化的恐怖夢魘。施蟄存其餘的都市文學代表作尚有〈梅雨之夕〉與〈巴黎大戲院〉，後者的女主角與劉吶鷗小說中的尤物相同，男性敘述者為了難以掌控所渴慕的都市女性而掙扎困擾，他陷入自己的想像世界無法自拔。〈梅雨之夕〉則講述了一個男子對雨中偶遇的女子一見鍾情的故事，正在撐傘觀賞都市雨天即景的男敘述者，遇見了未帶傘的美麗女子，仗義相助的男敘述者於是與她共同撐傘並行，女子令他憶起了初戀情人，一陣微風吹起女子的衣緣，令敘述者想起《夜雨宮詣美人圖》的日本畫，雨如捲簾，將他與女子隔離開都市，故事卻在雨停之後驟然而止，女子以甜美的聲音道謝後，飄然逸去，男敘述者的夢境也隨之結束。在新感覺派的小說文本中，上海是個夢境時空，夢境的時間流動是變形的，時間的進行忽快忽慢，時而循環，時而定格，時而破碎，隨著敘述者的意識流動。各種異國元素交織在文本中，場景遍及都市的街道、火車、旅舍、夜總會、跳舞場、影戲院、賽馬場、茶館、別墅……等現代化的公共或建築空間，劇情的鋪敘經常以男女的情欲追逐為主題，猶如電

影院中的浪漫影戲，新感覺派小說經常以戀愛為主題，顯見自由戀愛所代表的時髦感，以及所象徵的現代化。小說中一幕幕片段的、破碎的、支離的特寫畫面每每突顯了都市中的物質與情愛欲望。都市激化市民的貪婪之欲，夢境是人潛意識的欲望投射，電影實踐了觀眾的夢想，在黝黑的空間中，電影觀眾們集體做夢，上海宛如龐然聳立的電影院，在新感覺派作家筆下，試圖以文字捕捉這夢境的奇幻氛圍。小說中的故事背景經常是夜晚的都會，都市的特質是愈夜愈美麗，迴異於鄉村的日出而作，日落而息，上海租界的霓虹燈，彰顯西方的近代文明，讓中國的夜晚有了生命與靈魂。新感覺派小說多半是以短篇的形式為主，男性敘述者在短暫的夢境時空中，或者糾結於個人的壓力夢魘，或者沉浸在自己的情欲想像，故事結束時，主角多半停格在憂鬱感傷、惆悵迷離的都市慢鏡頭中，而這種抒情的慢鏡頭讓讀者感受到一種夢醒之後，頹廢浪漫的餘韻。

　　與新感覺派的上海迷夢相較，被視為舊式小說的鴛鴦蝴蝶派，對於上海的想像，恐怕是以惡夢居多，張恨水的《平滬通車》便是一例。《平滬通車》整篇小說幾乎都發生在從北京開往上海的火車上，火車是現代化的標記，許多都市文學作品都以火車為重要場景，劉吶鷗〈風景〉敘述一位要前去與丈夫團聚的都會少婦，在火車上與陌生男子偶遇，兩人臨時起意下車遊玩，共享魚水之歡後，又各奔東西。施蟄存的〈魔道〉，男性敘述者在上海的火車上遇見妖婆般的老婦人，並讓他感到那老妖婦如影隨形地跟蹤著他，妖婦的蠱惑，使他對朋友的妻子陳夫人產生性幻想，這篇小說反映了男性內在變態的性壓抑心理。施蟄存的〈霧〉敘述素貞小姐坐火車去上海，居住在臨海鄉村的女主角素貞，受過良好的教育，因為傳統守舊的觀念使然，素貞小姐固執著一個信仰，她的夢中情人是才子佳人小說中那種白面書生，能做詩、

寫文章、能說體己話，還能夠賞月和飲酒的美男子，二十八歲未婚的她，未來極有可能嫁給漁夫或成為老小姐而終老，於是她在前去上海參加表妹婚禮的路途上，勇敢展開了自由戀愛，最後她發現她在火車上遇到的理想伴侶，相貌堂堂、會讀詩、舉止文雅的男子竟是個電影明星，也就是舊式觀念中的「戲子」，她感到大失所望，卻未嘗察覺自己的保守態度可能已經不合時宜了。在前述新感覺派作品中，火車儼然是促成都市男女自由戀愛的最佳場所。張恨水的《平滬通車》同樣描寫銀行家男主角胡子雲在平滬列車上，邂逅女主角柳系春的故事，柳系春自述其為大戶人家的家眷，卻遭逢婚姻不幸，胡子雲以為遇到飛來艷遇，並且從柳系春衣著光鮮，英文流利，錢包中對鈔票的隨意放置，以及她的戒指，相信她不愁吃穿，然而最後卻在酒醉的夢境中被騙光全身家當，甚至畢生積蓄。火車的速度、準時、效率，成為三〇年代現代文明的象徵，它是溝通都市的大眾交通工具，它改變了時空的距離，也影響了人們對於時間與空間的感知，此一既封閉又開放的公共空間，成為新的社交場合，居住在不同城市的陌生男女，在火車上邂逅，調情，自由戀愛，擺脫時間、空間、家族、責任的桎梏，構築夢境時空，而這夢境時空也會隨著到站之後，乘客隨時上下，而嘎然中止，驟然消失。前述在火車上發生的種種情欲故事，似乎暗示著，在現代化的都會中，男女關係變得凌亂複雜，陌生危險，充滿猜忌，現代都市中先進的交通工具，雖然使陌生男女可以迅速相識與交媾，但是身體的親密卻帶來心靈的疏離，火車上乘客來來去去，認識與分離都變得輕而易舉，使得人的情感飄忽輕薄，火車縮短了空間的遠近，卻拉開了人心的距離。

　　包天笑的《上海春秋》、海上說夢人（朱瘦菊）的《歇浦潮》、《新歇浦潮》，網蛛生（平襟亞）的《人海潮》都以上海為背景，小說中不

乏對上海的道德批判，小說中的上海形象包括娼妓業發達、各種休閒娛樂風行、經濟繁榮、重商觀念盛行、科技進步、道德敗壞、騙子橫行，是罪惡的淵藪。如上海史學家熊月之所言：「好人到上海要變壞，壞人到上海會更壞。」[3]張恨水的《平滬通車》反映了許多鴛鴦蝴蝶派作家張望「上海」的姿態，也可以說是他們面對「現代化」與「西化」的態度——「保守、恐懼、曖昧」。一方面被現代化的摩登外表吸引，另一方面保守的性格與本質又令他們戒慎恐懼，因此鴛蝶派小說不乏傳統倫理價值與現代都市文明的衝突戲碼，且結局多半是倫理道德獲勝，藉此捍衛中國的傳統價值。《平滬通車》便描寫上海大亨的奢華，對照胡子雲被騙之後的落魄，顯現上海欠缺人情味的冷漠。值得思考的是都市文學中所反映的上海現象，西方現代觀點中，物理科學重於道德形上，新感覺派小說受西方思想影響，重視物欲，喜好物質勝於人文，對物的尊重大過於對人的尊重，以至於演變為親近物質甚於親近人，沉溺於物欲享樂，而人際關係卻相對冷漠。因此，在新感覺派小說中，人與人之間關係疏離淡薄，少有家族關係的描寫，卻以奢華的物質堆砌出一個個甜美的夢境。而在保守傳統的舊式鴛蝶派小說中，顯然對這樣的城市現象不以為然，胡子雲原本興高采烈、不可一世地前往上海，最終卻落魄上海，美夢破碎，上海之行儼然成為一場悲慘的惡夢，小說最後的結局對於唯物至上的都市文明是具有批判性的。

---

[3]　熊月之：〈近代上海形象的歷史變遷〉,「上海歷史研究所」（收錄於 http://www.historyshanghai.com/index/lunwen/8.htm）

二、左翼都市小説中的兩種時空

「什麼樣的城市珍惜它的記憶？鴉片戰爭以後的上海一貫求變求新。上海素來不是記憶可以盤垣的場所。上海追求摩登，上海也追求革命。無論是資本主義的繁華還是社會主義的革命，在二十世紀的大部分時間裡，這個城市都以否定自己的過往來衡量自己的進步。」葉文心在《上海繁華：都會經濟倫理與近代中國》說：「《子夜》是茅盾描寫一九三〇年代社會現實的重要著作，他把上海描繪成一個眩於『光、熱、力』，轉瞬即逝的物慾世界，市場交易的漩渦把資本家的上海變成一個只有今天的城市。資本主義的現代上海沒有城市記憶也無從表述過往。二十世紀中期，隨著對革命的頌讚和對封建歷史的揚棄，社會主義的上海對逝去的過往也同樣無從感傷。」[4]葉文心提到在二十世紀的前期與中期，上海是不懷舊不回顧的，不追溯記憶，不留戀往昔，對封建歷史的揚棄以及對革命的頌讚，使得上海不斷向前張望，引領期盼著美好的未來。新感覺派小說與鴛蝶派小說裡對上海夢境時空略帶惆悵感傷的書寫，在左翼文學裡較為罕見，左翼作家的態度顯得生氣勃勃、雄姿英發，左翼文學裡的欲望上海腐敗、墮落、物慾橫流，極需要一場偉大的革命拯救。葉文心認為左翼都市作家茅盾筆下的上海充斥著聲光化電，是光、熱、力的集合，並且如同蜉蝣之城，朝生暮死，轉瞬即逝。究竟左翼都市作家如何感知上海？他們筆下的上海呈現何種時空感？

---

[4] 葉文心：《上海繁華：都會經濟倫理與近代中國》（臺北：時報文化出版公司，2010 年 6 月），頁 292。

　　蔣光慈在《麗莎的哀怨》裡寫道:「不錯,上海是東方的巴黎,這裡巍立著高聳的樓房,這裏充滿著富麗的、無物不備的商店,這裡響動著無數的電車、馬車和汽車。這裡有很寬敞的歐洲式的電影院,有異常講究的跳舞廳和咖啡館。這裡的歐洲人的面上是異常的風光,中國人,當然是有錢的中國人,也穿著美麗的、別有風味的服裝……」因為俄國革命而落難上海的前俄國貴族麗莎,以敘述者的口吻說明對上海的第一印象:「當我們初到上海時,最令我們感興趣的,並引以為異的,是這無數的,如一種特別牲畜的黃包車夫。我們坐在他們的車上面,他們彎著腰,兩手托著車柄,跑得是那樣的迅速,宛然就同馬一樣。……這就是令我們驚奇又討厭的上海。」[5]小說呈現了貧富懸殊的兩種世界,兩個時空。丁玲的小說〈日〉也以對比的手法,俯視上海:「天亮了。這是一個熱鬧的都市,……有一部分,是高聳著幾十丈以上的高樓,靜靜的伏著,錐形的樓頂,襯於青空,仿如立體派畫稿,更以煙囱中之淡煙為點綴。每間方形的房子裏,剛剛滅了那豔冶的紅燈,在精緻的桌上,狼藉著醉人的甜酒的美杯,及殘餘的煙爐。……在這又寬、又長,為高樓遮掩得很暗的馬路那端,卻彳亍著找不到生意的少女,邊唔著長氣,……都市另外的一部分,在林立的大黑煙囪筒蔭蔽之下,擠滿著破亂的小屋,成千成萬的黃種人群居著,這是他們正從各人的瘦餓的妻的身旁起身,用粗藍布的工衣袖口,擦臉上的污垢,粗亂的發蓬著,鞋子破了,露出從襪縫中鑽出的腳趾。大家都急忙地出了門,在臨著臭溝的亂泥路上奔著,去到那壓榨這成萬工人以賺錢的工廠去。……幾百個由有產的白種人,外來的黃種人,及貪婪的自己人所設立的廠裏,一齊響起銳利的笛聲;廠門大敞著,

---

5　蔣光慈:《麗莎的哀怨》,《蔣光慈文集‧第三卷》(上海:上海文藝出版社,1985 年 6 月),頁 33。

擁擠著骯髒的人。從門裏放出更髒的一群，這些是整夜都未曾闔目，補白日工人的缺，使機器白天黑夜都不停息轉動的人。……另外一些地方，也喧鬧起來了，船要起碇，搬運貨物的工人，吆喝著。車也開了，滿載著庸碌忙亂的人。總之，這是都市。」與那些夜以繼日艱難工作的中下階層對照的是女主角伊賽，頹廢地過著毫無意義的虛無時光，「直到黃昏來了，一個燦爛的黃昏。那些穿藍布衣的髒人，將那勞累的四肢休息著，在灰色的臉的皺紋裡，顯出一縷苦的笑意；……伊賽獨自靜靜地躺在床上，頭昏昏的，精神疲靡了。她沒有想什麼，惟靜聽遠遠傳來的一些熙攘的市聲。不久便又昏昏的睡著了。明天，一切將照舊來回轉一過。」[6]藍領貧窮者匆忙庸碌、往來奔忙於上海的工廠，窩在房中悠閒度日的伊賽，不知如何打發漫長無聊的頹廢時光，艱苦的無產階級的生活處境，與都市小康階級百無聊賴的時間感，〈日〉突顯出兩種截然不同的時空。茅盾《子夜》裡的上海具有多種面向，一方面是吳老太爺眼中歌舞昇平、群鶯亂舞的墮落形象，一方面是共產黨與工人罷工鬧事的混亂景象，既是光、熱、力西方近代文明的集合，同時也是資本家跳著「死的跳舞」的地方。男主角吳蓀甫的妹妹吳蕙芳，陪伴吳老太爺長年居住鄉間，由鄉下來到上海，她對上海的感覺，可以代表茅盾《子夜》中上海的時空氛圍：「我剛到上海的時候，只覺得很膽小；見人，走路，都有一種說不出的畏怯。現在可不是那樣了！現在就是總覺得太悶太閒：前些時，嫂嫂教我打牌，可是我馬上又厭煩了。我心裡時常暴躁，我心裡像是要一樣東西，可是又不知道到底要得是什麼！我自己也不明白我要些什麼；我就是百事無味。心神不安！……再住下去，我會發狂的！」[7]讓人靜不下來，

6　丁玲：〈日〉，張迥主編：《丁玲全集・第三卷》（河北：河北人民出版社，2001 年 12 月），頁 241-242。

7　茅盾：《子夜》，《茅盾全集・第三卷》（北京：人民出版社，1984 年），頁

不斷刺激你的欲望,心神不安,幾乎要發狂的躁動,是茅盾筆下的上海時空。張天翼〈蜜味的夜〉以反諷的語調譏刺新感覺派小說的上海夢境時空,文本刻意嘲弄了穆時英、劉吶鷗筆下浪漫夢幻的 Salon:「這間客廳給橙色燈罩映得發紅。桌上那把銀色咖啡壺照出了誰的臉──又長又歪,像一塊侉餅。旁邊散站著幾個酒瓶,一些杯子。雪白的花邊桌布上──沾著一塊醬油樣的疤。」交際花蜜蜜站在陽臺上,「一陣涼爽的空氣往她身上流了過來,隱隱地還聽到了滾水似的聲音。前面那些屋子露出各色的燈光,彷彿一隻隻對她瞪著的眼睛。……她四面瞧瞧──辨不出方向,只覺得她自己的家該在那個右邊角上。她媽媽說不定在數著剛送到的錢:一面叱著叫她弟弟跟妹妹別吵,一面嘟噥著亭子間太擠──要找個前樓。」[8]張天翼將穆時英、劉吶鷗未曾描寫的上海現實面以漫畫般誇張的筆觸揭露開來,〈蜜味的夜〉文人附庸風雅地討論著這屋子為何沒有鋼琴作為裝飾,他們為了金錢、名譽、女人等浮光掠影的事物爭辯不休,小說暗示著這類上海都市文人虛無飄渺的空洞生活。

同樣一個上海,在新感覺派作品中綺靡唯美的都市夢境,到了左翼小說裡卻變成一種諷刺,左翼都市作家筆下的上海時空,被切割成兩個世界,窮人的忙碌與富人的悠閒呈現出兩種時間感。《麗莎的哀怨》如馬飛奔的黃包車夫,〈日〉所描寫的使機器白天黑夜都不停息轉動的人,以及急忙出了門,在臨著臭溝的亂泥路上奔著,去到工廠賺錢的人,他們馬不停蹄地奔走驅馳,卻僅能爭取溫飽。〈日〉、〈蜜味的夜〉與《子夜》裡的小康階級、資產階級以逸待勞,他們擁有悠長舒緩、無窮無盡的時間,卻使他們感到空虛、寂寥,甚至悶得要發狂,

---

503-504。

8　張天翼:〈蜜味的夜〉,《張天翼文集·第四卷》(上海:上海文藝出版社,1985 年 2 月),頁 28-33。

窮忙族的苦笑與逸樂者的憂鬱形成深刻動人的諷刺。都市裡的空間也被切割成兩個世界，窮人擠在亭子間，等而下之的，群居在林立的大黑煙囪筒蔭蔽之下破亂的小屋內。而富人們居住在高聳著幾十丈以上的高樓，每間方形的房子裏，狼藉著醉人的甜酒的美杯，及殘餘的煙燼。左翼都市小說揭示了急速與緩慢、擁擠與寬敞的兩個世界，炮火猛烈地攻訐著西方資本主義籠罩之下貧富兩極的上海，機器的發明原本是為了降低人類勞動力的支出，提供效率，減少人類的工作時間，創造更多的閒暇，對於資產或小康階級而言，機器確實為他們帶來便利，使他們擁有揮霍不盡的悠閒時光，但對於無產階級而言，卻演變為勞動人口的失業，窮人被機器取代，閒暇成為失業者的懲罰。同樣對上海的現代性進行撻伐，鴛蝶派小說捍衛的是中國傳統價值，左翼都市小說則嚮往一個平等美好的新世界。中國自古以來，貧富懸殊的問題一直存在，這並非三〇年代獨有的社會現象，杜甫便曾感慨：「朱門酒肉臭，路有凍死骨。」然而三〇年代的左翼知識分子為何如此仇視都市？仇視富人？仇視資產階級？進而改造了整個時代，整個中國？這是下文將繼續推敲與探索的問題。

第二節　左翼都市小說對上海現代性的反思

　　上海的聲光化電、都市節奏、特殊時空，帶給都市作家們迥異於傳統農村的身體感知，在上海都市時空的表相背後，存在著更深層的關於中國殖民現代性的問題。李歐梵曾討論過中國的現代性，文中提到有些後現代的學者批判現代性為西方文明帶來不良的影響，包括極

端的個人主義，民族國家的模式，以及所謂的「理性」問題。但若從
中國晚清思想史的角度來看，何謂現代性？現代性為中國帶來何種變
化？又為中國製造了什麼問題？李歐梵認為現代性主要是關於整個時
間觀念的改變，晚清梁啟超、嚴復等知識分子受了西方思想的浸潤與
洗禮，產生了時間觀念的變革，影響了中國現代史觀念的轉向，他們
認為時間是向前進步的、有意義的，是從過去，經過現在，走向未來。
這與中國傳統時間觀發生歧異，從過去的新舊之爭，逐漸趨向於「時
間是不斷前進」的想法，這明顯是受到社會達爾文主義的啟發。[9]不
斷向前奔馳，否則就會被社會淘汰，這是都市現代性所營造的都市
氛圍。晚清的中國在西方船堅炮利的軍事逼壓之下，被迫現代化，中
國的現代性背後是西方殖民所帶來的傷痕，而西方的殖民是為了其
自身國家民族的商業利益考量，資本主義與殖民主義的勾連，成為上
海崛起的肇因，西方與中國，都市與鄉村的對立於焉產生，資本主義
所衍生出物質至上的現代觀念，與中國傳統重農抑商，節欲去欲的看
法大相逕庭，種種衝擊日漸發酵，上海成為眾矢之的。本節將思索左
翼都市小說都市與鄉村的對立，其背後現代性與欲望釋放的問題，以
及對中國轉變為赤色左翼政權的過程中，上海的關鍵意義進行分析與
探討。

---

[9]　詳見李歐梵：《未完成的現代性》（北京：北京大學出版社，2005 年 6 月），
　　頁 32。此外，社會達爾文主義是英國哲學家斯賓塞所提出的名言：「最適
　　者生存」，社會達爾文主義認為弱肉強食，適者生存不只適用於自然界，也
　　適用於人類社會，此一思想在十九世紀末、二十世紀初的西方頗為流行。
　　嚴復譯著赫胥黎的《天演論》，探討此一問題，主張以赫胥黎所提出的群體
　　互助觀點，補救斯賓塞的競爭論，詳文可參見赫胥黎著，嚴復譯：《天演論》
　　（臺北：臺灣商務出版社，1969 年）

一、都市與鄉村

　　蔣光慈的革命文學總有著二元對立，善惡分明的價值取向，窮人必然是善良的，受壓迫的，富人必然是邪惡的，壓迫人的，在此邏輯之下，上海是萬惡的地獄，資產階級壓迫著無產階級。「但是在上海呢？紅頭阿三手上的哭喪棒，洋大人的氣昂昂，商人的俗樣，工人的痛苦萬狀，工部局的牢獄高聳著天，黃包車夫可憐的叫喊……或者在上海過慣的人不感覺得，……不錯！上海有高大的洋房，繁華的商店，如花的美女，但是上海的空氣太汙穢了，使得江霞簡直難於呼吸。他不得不天天煩悶，而回憶那自由的 M 城。」[10]張天翼長篇小說《洋涇浜奇俠》的故事背景是上海，小說中對上海的時空欠缺具體的描摹，但以冷潮熱諷的筆調暗示上海人的利慾薰心，男主角史兆昌是個唐吉柯德式的人物，一心一意想用武術與道術拯救中國，舉家搬遷到上海，他拜師學藝所遇到的師父「太極真人」，與他的夢中情人「救國女俠」何曼麗，打著救國的幌子，裝著道行高深莫測的樣子，都只是為了索求他的積蓄，張天翼批駁上海都市人利字當道的醜態畢露，但對於上海卻沒有直接描寫或議論。左翼作家大都也寫農村小說，他們熱烈地表達對於農村的熱愛。丁玲在反省〈田家沖〉這篇小說的創作缺失時提到：「我把農村寫得太美麗了。我很愛寫農村，因為我愛農村，而我愛的農村，還是過去的比較安定的農村。」[11]左翼作家們喜愛農

[10] 蔣光慈：《鴨綠江上》，《蔣光慈文集・第一卷》（上海：上海文藝出版社，1985 年 6 月），頁 133。

[11] 丁玲：〈我的創作生活〉，張迥主編：《丁玲全集・第七卷》（河北：河北人民出版社，2001 年 12 月），頁 16。

村的安定、沉著,茅盾也提到:「人到鄉下便像壓緊的彈簧驟然放鬆了似的。」「生長在農村,但在都市裡長大,並且在都市飽嚐了『人間味』,我自信我染著若干都市人的氣質;我每每感到都市人的氣質是一個弱點,總想擺脫,卻怎地也擺脫不下;然而到了鄉村住下,靜思默念,我又覺得自己的血液裡還保留著鄉村的『泥土氣息』。」茅盾對都市並非全然排斥:「並不是把鄉村當作不動不變的『世外桃源』所以我愛。也不是因為都市『醜惡』。都市美和機械美我都讚美的。我愛的,是鄉村的濃鬱的『泥土氣息』。不像都市那樣歇斯底列,神經衰弱,鄉村是沉著的,執拗的,起步雖慢可是堅定的,——而這,我稱之為『泥土氣息』」[12]前文曾述及,茅盾是左翼作家群之中,在都市發展相當成功的一個,因此他對上海的態度與其他左翼作家有所殊異,雖然他曾在《子夜》透過吳蓀甫的妹妹吳蕙芳,表達從鄉間來到都市後,受不了都市的歇斯底列、緊繃與躁動感,但茅盾對都市並未全盤否定,他在〈機械的頌讚〉中提到:「現代人是時時處處和機械發生關係的。都市裡的人們生活在機械的『速』和『力』的漩渦中,一旦機械突然停止,都市人的生活簡直沒有法子繼續。」「我們有許多反映『都市生活』的作品,但是這些作品的題材多半是咖啡店裡青年男女的羅曼史,亭子間裡失業知識分子的悲哀牢騷,公園裡林蔭下長椅子上的綿綿情話;沒有那都市大動脈的機械!」茅盾於文中指出文藝作家不應該只描寫「鄉村居民對於機械的憎惡」,並認為「該詛咒仇視的,不是機械本身,而是那操縱機械造成失業的制度!」「我希望對於機械本身有讚頌而不是憎恨!」[13]茅盾客觀地指出城鄉對立的問題,不是僅只於都市本身,而是社會制度。

---

[12] 茅盾:〈鄉村雜景〉,《茅盾全集・第十一卷》(北京:人民出版社,1984 年),頁 178-179。

[13] 茅盾:〈機械的頌讚〉,韋韜、陳小曼編:《茅盾雜文集》(北京:生活、讀

　　都市與鄉村的對立不僅只是生活空間上的異質，而是根本性的價值觀念、意識形態、生活方式、人際組織的差異。鄉村的生活依賴土地自然，日出而作，日落而息，春耕、夏耘、秋收、冬藏，四者不失其時，則五穀不絕。古代農村社會的農事活動，按照節氣安排，四季循環，規律運作，人的身體感與自然合而為一，人依靠天地自然的幫助，必須敬天畏天。人與人之間的互動也是緊密的，沒有機器的時代，農事不可能單靠個體完成，人必須依賴他人，家庭宗族是自然而然的人際網絡系統，群聚而住，合作農務，在這樣的社群體系內，人不是個別單一的存在，而是融入血緣宗族之中。因農事活動而結合的村落，以互助為前提的生活方式，人依賴土地、自然與他人，個體的價值遠遠不及群體的價值，如果失去群體的互助，個體無法維持其存在。這種依賴土地生存的生活型態，社群的穩定性高，人口的流動性小，時空變化緩慢，重視血緣宗族情感，人的性格傾向於保守反動。都市與農村背道而馳，「眾神睡去，都市崛起。」人建造都市，相信人定勝天，人不再仰望神，轉而仰望科學，不願當神的奴僕，轉而成為科學的奴僕，摩天大樓的出現，炫耀著都市的經濟能力與科技實力，代表了人的自信與欲望，已無盡擴張到與天爭高，神的優位性與崇高性被消解，萬物有靈與鬼神之說淪為無知迷信、無稽之談，於是西方的上帝與東方的人倫，失去至高無上的權柄，人只相信自己，個體的存在價值無限上綱。都市的生活型態以個人為中心，認同個人主義，刺激欲望，鼓勵消費，重視物質勝於情感，由於夜晚的娛樂場所琳瑯滿目，夜以繼日、夜不歸營、晚睡晚起，這種生活型態超越自然法則，忽略環境土地與季節變化，而依賴商業活動，講求速度、效率、利益，時空變化迅速，社群穩定性低，人群隨著工作機會流動，趨利而行，因此都

書、新知出版社，1996 年 5 月），頁 207-209。

市人的性格開放靈活，將本求利，家族血緣的控制相對較低，個體與自我的優位性提升。都市與鄉村不僅是地域空間上的殊異，更是價值認同、深層意識、生活方式、人生信仰的殊異，也因此都市與鄉村的對立是一種順理成章的必然結果。

都市與鄉村的對立無可避免，然而在鄉村缺乏工作機會的人，想要追求更便利舒適生活的人，或者因為害怕鄉村暴民與土匪作亂的人，卻必須離鄉背景前往都市謀生。丁玲的短篇小說〈奔〉，描寫一群為生活所迫離開農村，竭盡所能擠出火車票，來到上海的窮人。他們懷抱著對上海的憧憬奔向繁華的大都會，以為可以擁有好的工作，爭取活下去的機會，卻發現上海的工人被老闆剝削壓榨，一天工作十四小時，身體因無法負荷而消瘦累病；又或者是老闆因成本考量就任意開除工人導致失業，一旦工人罷工暴動，就遭到開槍擊斃；又或者工人在工廠工作，工時長，危險性高，極有可能遇到職業傷害，一旦遇到職業災害，雇主付出微薄的遣散金或撫恤費，就撒手不管，導致工人終生失業，家庭破裂。上海原來不是窮人的夢想之都或美好新世界，但返鄉之途卻又長路迢遙，都市與鄉村何處容身？窮人原來是無路可奔的。〈奔〉描摹窮人由鄉村奔赴都市的幻滅，《子夜》則敘寫小康或資產階級面對都市與鄉村兩種時空的交錯，同樣無法適應。《子夜》中的吳老太爺、吳蓀甫的妹妹代表了這一類傳統價值觀的保守族群，他們無法適應都市的聲光化電、情欲橫流、快速變遷，吳老太爺的死亡象徵傳統價值的毀敗，吳蕙芳感到趨近瘋狂的痛苦意味著來自農村的純真受到催折，事實上，《子夜》暗示了在都市強大的影響力之下，農村的純真與傳統即將蕩然無存。蔣光慈的左翼都市小說強烈批判都市的貧富差距，張天翼的作品也抨擊上海人的將本求利、唯利是圖，丁玲與茅盾的小說或散文也在在強調農村的恬靜美好，那麼為

何還有無以計數的人前仆後繼地往上海奔去？丁玲早期的都市作品反映了女性徘徊在鄉村與都市之間的掙扎，〈夢珂〉、〈慶雲裏中的一間小房裡〉的女主角寧願留在都市沉淪，也不願回歸農村的婚姻，茅盾〈幻滅〉的女主角對於都市與鄉村同樣感到厭倦。慧女士討厭上海，靜女士說：「我也何嘗喜歡上海呢！可是我總覺得上海固然討厭，鄉下也同樣的討厭；我們在上海，討厭它的喧囂，它的拜金主義文化，但到了鄉間，又討厭鄉間的固陋，呆笨，死一般的寂靜了；在上海時我們神魂頭痛；在鄉下時，我們又心灰意懶，和死了差不多。不過比較起來，在上海求知識還方便……」[14]上海喧囂拜金，卻資訊發達，鄉下沉靜穩定，卻固陋死寂，丁玲的〈奔〉點出農民被地主剝削，被迫前往都市謀生的慘況。茅盾的小說則揭示農村面臨的問題，以及在都市影響之下，農村世界傳統與純真的消泯喪失。茅盾的小說〈多角關係〉開頭是摩登女郎要求資產階級的唐少爺，帶她搭火車去上海購物玩樂，上海的存在讓上海以外的地方，無論是鄰近的城市或遙遠的農村，都對上海這迷離絢爛的都市充滿想望，「上海」成為西方打造的現代化夢境，一個欲望化身的符號。除了作為欲望主體的都市，令鄉下人的欲望蠢蠢欲動，騷動不安之外，茅盾也揭示傳統仕紳的墮落。〈動搖〉描寫地方傳統仕紳階級胡國光的狡猾好色，《子夜》也敘述鄉下地方仕紳曾滄海與馮雲卿的卑劣，曾滄海外號「曾剝皮」，平素巧取豪奪，欺壓農民，以貪婪、吝嗇、刻薄著稱，他的兒子曾家駒與他的小老婆通姦，家中人倫秩序崩解。馮雲卿表面上「詩書傳家」，實際上靠高利貸剝削農民起家，到上海當寓公，為了錢出賣女兒的肉體。這些土豪劣紳的敗亡墮落，家中人倫秩序的毀壞，意味著中國農村的傳統美好價值一去不回。在丁玲與茅盾的小說中，鄉村未必是美好的桃

---

[14] 茅盾：〈幻滅〉，《茅盾全集‧第一卷》（北京：人民出版社，1984年），頁7。

花源,他們的小說暗示著,因為不良的社會體制,都市與鄉村都發生嚴重的問題。

論及對農村的想像,與左翼都市小說相較,新感覺派都市小說中的農村更具有桃花源的詩意。劉吶鷗的小說〈風景〉敘述在火車上邂逅,進而一見鍾情的男女,決意在鄉間下車遊玩,劉吶鷗對鄉間的描寫是:「火車走近車站了。水渠的那面是一座古色蒼然,半傾半頹的城牆。兩艘揚著白帆的小艇在那微風的水上正像兩隻白鵝從中世的舊夢中浮出來的一樣。燃青覺得他好像被扭退到兩三世紀以前去了。」[15]洋化前衛的女主角要求男主角燃青褪去「機械般的衣服」,燃青感覺到「在這樣的地方可算是脫離了機械的束縛,回到自然的家裏來的了。」施蟄存的作品〈漁人何長慶〉提到:「滬杭鐵路的終點站,閘口那個地方,有人到過或者去住過幾天嗎?那裡是個好地方。錢塘江水和緩地從富陽桐廬流下來,經過了這個小鎮,然後又和緩地流入大海去。鎮市的後面是許多秀麗的青山,那便是西湖的屏障,從彎彎曲曲的山中小徑上走進去,可以到西湖的邊上。」[16]生長在閘口漁村的女主角菊貞,不甘一生困在漁村吃死魚,不願嫁給漁夫何長慶,與男人私奔到上海,最後卻淪落為妓女,漁人何長慶深愛著她,不計前嫌地將她從上海帶回,取她為妻。穆時英的〈黑牡丹〉中男性敘述者的朋友,也就是黑牡丹所闖進的鄉間別墅,「白色的小築,他的一畦花圃,露臺前珠串似的紫羅蘭,葡萄架那兒的果園香。⋯⋯」「聖五是一個帶些隱士風的人,從二十五歲在大學裡畢了業的那年,便和他的一份不算小的遺產一同地在這兒住下來。每天喝一杯咖啡,抽兩支煙,坐在露臺

[15] 劉吶鷗:〈風景〉,康來新、許秦蓁合編:《劉吶鷗全集:文學集》(臺南:臺南縣文化局,2001年3月),頁145。
[16] 施蟄存:〈漁人何長慶〉,《施蟄存文集──十年創作集》(上海:華東師範大學出版社,1996年3月),頁51。

上，閒暇地讀些小說，花譜之類的書，黃昏時，獨自個兒聽著無線電播音，忘了世間，也被世間忘了的一個羊皮書那麼雅致的紳士。很羨慕他的。每次在他的別墅裡消費了一個星期末，就覺得在速度的生活裡奔跑著的人真是不幸啊。……睜開眼來時，我已經到了郊外瀝青大道上。心境也輕鬆的夏裝似的爽朗起來。田原裡充滿著爛熟的果子香，麥的焦香，帶著阿摩尼亞的輕風把我脊樑上壓著的生活的憂慮趕跑了。在那邊墳山旁的大樹底下，樹蔭裡躺著個在抽紙煙的農人。樹裡的蟬聲和太陽光一同地佔領了郊外的空間，是在米勒的田舍畫裡呢！」在新感覺派作家筆下，如果都市是新夢，那麼鄉村就是舊夢，恬靜遙遠，彷彿一首田園詩，或者一幅印象畫，不食人間煙火，如同傳說中的桃園美境，讓都市男女在機械文明中尋找到一處放縱的出口，或者是提供在都市裡沉淪墮落的人得以歸返的溫暖家鄉，又或者是供給都市高速生活中疲憊的人休憩之所。〈黑牡丹〉的女主角與男敘述者強調，她只是到鄉間別墅休息的。〈風景〉的都市男女短暫地享受在大自然野合的歡快後，各自安然回返都市的機械生活，除了少數如施蟄存的作品〈漁人何長慶〉之外，多數新感覺派作品依舊將都市視為他們的最終歸所。新感覺派的都市小說裡，鄉村只是暫時休憩的角落，都市作家們對鄉村的理解僅限於浮光掠影的美好憧憬，這樣過度美化的書寫，不免受到堅守寫實主義立場的左翼作家的撻伐，新感覺派作家對於農村的表面化想像，反映了他們對於農村世界的無知與陌生，在他們筆下，鄉村與都市並無對立的面向，而是讓都市人逃遁壓力的自然莊園。

張恨水的作品多以城市生活為主，其長篇小說《似水流年》的男主角黃惜時憧憬城市文明，「惜時立刻想到住城市裏，電燈是如何的光亮，而今在家裏，卻是過這樣三百年前的生活。」他並不認同父親

過分節儉，他提到：「人生要錢，無非是為的衣食住上，並不為求著堆在家裏好看。有錢不花在衣食住上，掙錢就沒有意思……」[17]在這城鄉價值觀的對立上，最後以兒子向父親的懺悔作結，體現了舊式小說維護中國傳統道德人倫的立場。《現代青年》講述的是農村青年墮落為「現代青年」的故事，周計春成績優異，是鄉鎮裡的神童，父親為了栽培他，耗盡資產，供他去北京讀書，他遇到有恩於他的老闆之女孔令儀，孔令儀領他進入上流社會的浮華世界，他深陷於金錢、欲望、虛榮、奢侈中無法自拔，最後他被舞女騙走鑽戒，被利用陷害，孔令儀離開他，回家之後，他發現父親去世，原本的未婚妻上吊，未婚妻的母親彷彿陷入瘋狂，他痛悔自己的罪孽，百感交集。張恨水的另一部小說《祕密谷》宣揚返璞歸真的精神狀態，批判生活在城市中夜郎自大的士大夫心態，也對城市中所謂文明人的虛偽、狡詐、墮落不以為然。包天笑的《上海春秋》、海上說夢人（朱瘦菊）的《歇浦潮》、《新歇浦潮》，網蛛生（平襟亞）的《人海潮》以上海為背景，小說中也都敘寫了上海的欺詐醜惡，唯利是圖，人與人之間的傾軋出賣，儘管張恨水與其他鴛蝶派作家一般對於城市的虛榮拜金、道德淪喪不以為然，但如何解釋絕大多數的鴛蝶派作品都以都市為背景的事實？朱周斌的《懷疑中的接受：張恨水小說中的現代日常生活》一書便指出，張恨水的小說文本對於城市生活有諸多描寫，並試圖表達其批判，同時也對日益被邊緣化的傳統農村世界提出關懷與肯定，但小說文本最終所呈現的卻是對鄉村的疏離，以及對都市的接受，[18]誠如《平滬通車》的故事情節，鴛蝶派小說對於物欲橫流的都市，及其背後所象徵

---

[17] 張恨水：〈似水流年〉，《張恨水全集》（山西：北岳文藝出版社，1993 年 1 月），頁 4-5。

[18] 詳見朱周斌：《懷疑中的接受：張恨水小說中的現代日常生活》（廣西：廣西師範大學出版社，2010 年 6 月），頁 91-158。

的西化與現代性否定恐懼，然而卻又無法徹底擺脫對於時尚與便利生活的憧憬，形成一種曖昧的態度。

中國的貧富差距雖然自古皆然，然而都市的興起卻突顯出階級對立與貧富差異。《觀看的方式》一書提到，注視是一種選擇行為，我們注視的從來不只是事物本身，我們注視的永遠是事物與我們之間的關係。[19]巴黎在十九世紀都市重建時，拆毀了富裕與貧窮階層間的圍牆，於是窮人與富人的生活方式直逼彼此眼前，波特萊爾在書寫《巴黎的憂鬱》時，有諸多篇章，便記錄了窮人或中下階層的生活，以及城市中階級、貧富、光明、黑暗的街頭對立，如〈窮苦人的眼睛〉（The Eyes of the Poor）以散文詩的型態敘述己身的一段遭遇，他與心愛的情人度過如夢似幻的美好一日，晚上，他們在閃耀光芒的咖啡館裏享受美食。此時，一個貧窮的父親帶著兩個小兒子出現在窗外。他們睜大著屬於窮人的眼睛，觀看美麗的咖啡館，那是一雙帶著驚奇、欣羨、喜悅、卻感到那一切遙不可及的眼神。波特萊爾為了窮人觀看的眼神，以及自己奢華的享受，感到羞慚，而他的戀人卻極端憎厭，希望能夠驅離那些不同階層的貧窮者。波特萊爾感到失望、落寞，原來戀人之間竟無法擁有同樣的感受，於是他說，他恨她。[20]波特萊爾的散文詩透露出一種訊息，城市中並置著不同的文化符碼，觀看的行為隨著不同的性別、族群、階層，因為各自的生命經驗與往昔歷史，而會產生迥異的解讀方式。作為城市中敏銳的觀察者，波特萊爾除了看到都市中貧與富之間衝突與矛盾，更發現人們貧富差距所造成殘酷與赤裸的人性表現。城市是不同生活方式的人群聚居之處，新舊事物並陳，破壞與

---

[19] 約翰・伯格（John Berger）著，吳莉君譯：《觀看的方式》（臺北：麥田出版股份有限公司，2005年），頁11。

[20] 沙爾・波德萊爾著，亞丁譯：〈窮苦人的眼睛〉，《巴黎的憂鬱》（北京：生活、讀書、新知三聯書店，2004年4月），頁90-92。

建設交替，其中影響最深，無力抗拒的其實是弱勢的貧民，農村時代富人居住在自己的城堡或大宅院之中，圍牆的圈圍隔離了階級與貧富的直接對立，然而城市或者都市時代，開放的公共與建築空間，讓貧窮者的眼睛赤裸裸、眼睜睜地發現貧與富的界線兩端是如何的天壤之別，彷彿南北兩極，進而激化了彼此的敵對衝突。都市裡百貨公司林立，娛樂場所充斥，不斷刺激消費者的物欲，鼓動消費者縱欲與「獨占」，宣揚個人縱情逸樂、自由選擇與獨占物質財富的美好，貧窮者無法擁有目視所見的物質之美，資本主義所竭力包裝展示的雲端上的幸福，成為貧窮者的眼前雲煙，無法獨佔的失落，無法擁有的空虛，無法享樂的疲憊，形成對於富裕者的恨意，於是無產階級對於都市與資產階級的仇恨也就油然而生。施蟄存的〈漁人何長慶〉、丁玲的〈阿毛姑娘〉、〈奔〉、茅盾的〈子夜〉、〈多角關係〉揭示了都市的存在，已形成一種欲望的勾引，都市的強大誘惑鋪天蓋地而來，鄉村無法像過去那永恆不變的桃花源，天長地久地隱逸在山林的盡頭，鄉村被迫迎擊都市的挑戰，並且往往被欲望的無限性所擊敗，成為都市的犧牲品。事實上，無論是鴛鴦蝴蝶派作家、左翼都市作家，在攻訐都市之餘，也會陷入欲望的糾結中。李歐梵在〈走上革命之路〉一文中提到城鄉的劃分一直是中國現代文學史顯著的特點，從清末開始，中國現代文學便從城市生活中汲取養分，五四時期它發展成「新文學」，成為城市知識分子表達心聲的喉舌，但對社會嚴重不滿的情緒，使城市作者們把眼光越過城牆看到鄉村，因此鄉土和區域文學，受良心折磨的城市作家的作品，成為三〇年代創作活動的主要形式。但這時期優秀的詩作仍然是以城市生活為主題，在左翼作家來看，這些作品只是都市頹廢的象徵，然而左翼作家們自己都是城市的產物，他們也許響應了以城市為基地的中國共產黨的號召，把同情心集中在城市的無產者身

上，但是魯迅揭露了他們那種意識形態立場的虛偽性。魯迅認為，城市是黑暗勢力的城堡，充滿墮落、腐敗、以及國民黨的白色恐怖帶來的壓抑氣氛。生活在城市裡，他擔負起與黑暗勢力在道德上進行鬥爭的革命的革命「後衛」的任務，同時自己不抱有任何勝利的幻想。魯迅本身從未聲稱他了解農村，他對自己筆下的農村人物，並沒那麼多共鳴，而對城市的知識分子卻懷有淡淡的同情。此外，他的故鄉紹興只是舊世界的一部分，是庇護落後文化的「鐵屋」，應當加以摧毀。[21] 李歐梵的觀點說明了三〇年代左翼都市作家的矛盾，他們自己本身是都市的產物，因為對國家社會的不滿，將理想寄託於農村，但魯迅正視了問題的本身，鄉村其實是落後勢力的庇護所，都市的問題在於黑暗的人性，他雖然擔負起革命「後衛」的任務，卻不敢抱有勝利的幻想。儘管丁玲與茅盾期待以偉大的革命聖戰擊潰不合理的社會制度，拯救都市與鄉村中的無產階級，然而問題不僅只是制度，還包括更深層與根本的人性欲望問題。

二、現代性與欲望的解放

　　中國傳統思想對於欲望是抱持節制的態度，孔子所身處的時代，禮崩樂壞，世衰道微，人欲橫流，孔子體會到飲食男女是人之所欲，是一種自然的欲望，但是應當克己復禮，當自己的欲望與原則相違背時，必須堅持原則，己所不欲，勿施於人，當自己的欲望與他人的欲望發生衝突，必須有所克制，推己及人。孔子的人欲觀既非放縱，也非禁絕，他認為應當節制。老子《道德經》也提到「去欲」，莊子的

---

[21] 李歐梵：《現代性的追求》（臺北：麥田出版，2005 年 5 月），頁 383-384。

理想世界是人民能少私寡欲，墨子主張節用、節葬，孟子也曾論及養心莫善於寡欲，宋明理學的「存天理，去人欲」都主張必須節制欲望，佛教的觀念裡也認為應該放下貪嗔痴念，才能滅絕煩惱痛苦。欲望是一頭猛獸，是人的生物性本能，自然存在，但不加以控管束縛，它便會張牙舞爪，肆無忌憚，自誤誤人。因此在「重農抑商」的傳統農村中國，物質主義是被鄙視抨擊的，《論語・述而》：「子曰：飯疏食，飲水，曲肱而枕之，樂亦在其中矣；不義而富且貴，於我如浮雲。」[22]影響中國最深遠的儒家思想中，所推崇所景仰的並非位高權重的「大人」，或者富可敵國的「富人」，而是擁有崇高道德理想人格的有志之士。然而清末隨著中國被西方的船堅炮利擊潰自信，中國的傳統價值也被一併顛覆，資本主義的思想引入之後，雖著西方現代性侵襲而來的縱欲觀念，使中國對於金錢、物質、欲望的看法也隨之轉變。

　　《我愛身分地位》一書論及 1776 年美國獨立革命對人類社會造成的改變，超越西方歷史的任何事件，遠比之後的法國大革命更劇烈，作者艾倫・狄波頓提到：「美國獨立革命永遠改變了社會地位的指定方式，把原本世襲貴族的封建社會制度轉變為動態經濟制度。在前者中，社會晉升機會有限，而且個人地位也由家族聲望所決定；但是在後者中，地位則是由每個世代的成就（主要是經濟成就）所決定。」艾倫・狄波頓在書中分析社會位階低落的貧窮者在物質上固然缺乏，但在心理上卻不見得痛苦，貧窮對自尊的影響，端看大眾如何解讀貧窮的意義與成因。約自西元三十年，耶穌開始傳道時，西方社會對於貧窮者的三種論述，撫慰了貧窮者的內心痛苦。第一：貧窮錯不在己，窮人也是社會上有用的人。第二：地位低落不代表道德低落。第三：富人罪惡而腐敗，其財富皆是掠奪窮人而來。然而十八世紀開始，隨

---

[22] 宋・朱熹：《四書章句集注》（北京：中華書局，1983 年 10 月），頁 97。

著社會上重大的物質進步，新的三種論述產生，第一：富人才是有用的一群，他們的消費提供工作機會，讓窮人得以活下去。第二：社會階層的晉升管道不再是依靠世襲，既然職業和獎賞是經由公平客觀的面試與口試制度發放，富人不只是比較有錢，他們是比較優秀的。第三：窮人罪惡而腐敗，其貧窮乃因愚蠢而來。「隨著大眾越來越相信世俗地位可以忠實反映個人價值，金錢也就因此被賦予一種道德性質。」[23]富裕是因為個人的才智與勤奮，貧窮緣自於個人的愚蠢與懶惰，此一價值觀在物質至上的資本主義社會瀰漫著，金錢不再是罪惡的象徵，而成為社會菁英的獎賞。隨著金錢擺脫了不道德的名聲，消費娛樂、休閒縱欲、個人主義也成為都市社會所弘揚的價值觀與生活方式。亞當·史密斯（Adam Smith）於 1776 年美國獨立時期出版的《國富論》中，提到個人對私欲私利的追求，可以帶來國家的財富，是社會發展的最大動力，肯定了人的「私欲」。民主制度強調個人自由、個人價值、個人的自主性，主張自我的選擇大於一切，「生命誠可貴，愛情價更高，若為自由故，兩者皆可拋。」自己的自由選擇，無論如何都勝過別人的強迫安排，購物便是一種自我選擇的行為，鼓勵購物，鼓勵消費，民主制度促進了大眾化與庸俗化的社會，間接甚至直接肯定了個人主義、消費主義、物質主義。美國以民主政治的自由聖名夾帶著資本主義的經濟制度，激勵人們放縱欲望，寵愛自己，此一制度、價值觀與生活方式伴隨著都市發展而席捲西方社會，工業革命之後，生產方式改變，機械提升了生產效率，物品被大量製造生產，供過於求，必須尋找傾銷的出口，於是帝國主義興起，西方霸權以武力征服西方以外的世界，並將這一套思想觀念灌輸給殖民國家，中國也無法

---

[23] 艾倫·狄波頓（Alain de Botton）著，陳信宏譯：《我愛身分地位》（臺北：先覺出版社，2005 年 1 月），頁 53-91。

置身於外，三○年代的上海租界號稱是東方的巴黎，自然深受西方觀念影響，進而否定了中國傳統的欲望觀。

關於欲望的探討，進一步細分，欲望的種類繁多，情欲、物欲、食欲、金錢之欲、名利之欲、權位之欲等，都市激化了欲望的滋長，都市文學與左翼文學以何種觀點審視伴隨都市現代性而無限蔓生的欲望？新感覺派小說對於都市、物質、欲望的肯定無需贅言，鴛蝶派小說固守傳統價值的立場也非常堅定，因此對欲望的抨擊在所難免，以感傷與哀情風格見長的鴛蝶派小說，抱持否定的視角看待都市的物質欲望，在情欲的部分，鴛蝶派小說認同的是情感，而不是性欲。鴛蝶派小說對冰清玉潔的純情主義十分推崇，小說中讚賞的是心靈形上的浪漫純情，絕非肉欲感官的香艷激情，鴛蝶派小說歌頌的是掙脫家庭束縛的自由戀愛，所支持的是為了理想與愛情奮不顧身，犧牲一切的青年男女，鴛鴦蝴蝶派小說所憧憬的是美好而理想的內在情愛世界，此一觀點顯然是繼承了中國才子佳人小說的言情傳統，鴛蝶派小說也正因主題內容的傳統固舊，沒有反封建意識的宣揚，而遭受當時新文學作家的嚴厲批判。至於左翼都市小說中欲望與革命的勾連，其中的多層次與多面向，則頗值得思索與深入探討。左翼都市小說的欲望書寫主要區分為情欲與物欲，對左翼作家來說，革命是一種摩登，一種現代性，而欲望與都市現代性相伴而生，並不全然是負面的象徵或符號。五四新文學不乏愛情自主與放縱性欲題材的小說，此時期此類題材的書寫，主要的訴求是反對父母之命、媒妁之言的傳統婚姻，以及封建禮教，然而一九三○年代革命小說興起後，像郁達夫〈沉淪〉這樣純粹情欲的敘寫被視為一種墮落，即使是革命女將丁玲〈莎菲女士的日記〉，此一描述女性情欲自主的都市小說也被左翼人士批判反對，除了新感覺派、現代派作品仍然繼續大張旗鼓地書寫情欲，左翼文學

看待情欲的態度已有所轉變。如果將愛情視為形而上的精神層面，性欲則是形而下的生物本能，愛情若是理想，性欲便是現實，兩者之間有時相互拮抗，有時卻又彼此相依，存在著複雜微妙的關聯性。

張天翼的〈報復〉描寫一個周旋男女情愛而毫無責任感的男子，因為被女友拋棄，轉而利用兩人發生過性行為，而對方不再是處女這件事，威脅對方。最後女子乖乖就範，願意再次陪他過夜，而男子則想趁機丟個兒子到她身體中作為更深刻的報復。張天翼透過兩性關係暴露醜惡的人性，並批判這報復成功的手段背後，舊社會舊傳統對女性的禮教約束。丁玲從〈莎菲女士的日記〉開始，將情欲自主視為女性應當擁有的身體自由權，並肯定性欲的自然性，充分認同欲求滿足的合理性。「性」是人的自然所欲，原始感官欲求，然而在社會倫理制度的規範之下，身體的欲望被納入道德價值的一環，「性欲」也就超越單純的生理需求，而具有更複雜多元的社會意義。戀愛與革命所勾連的千絲萬縷的關係，本文已於論文第三章進行分析，而性欲在左翼都市文本中又扮演何種角色？羅福林在〈蔣光慈和茅盾小說中的革命與欲望〉一文提到蔣光慈在當時的深受歡迎，與小說中的革命性質不一定相關，讀者反倒是被刺激性的革命生活的浪漫情趣，和似乎不相關的性愛內容所吸引。激情的刺激不限於蔣光慈的小說，而其實是中國革命文學和社會主義文學的主要驅動力量之一。羅福林的論文分析了蔣光慈的《衝出雲圍的月亮》與茅盾的〈幻滅〉兩部小說，並認為這兩部作品著重於性欲和政治激情之間的各種微妙關係，以此探討革命心理、革命激情的形成和變化，左派作家相信革命心理和意志有濃厚的感情成分，而愛情是感情的極致，愛情的欲望成分成了革命激情的重要模範。[24]蔣光慈與茅盾的小說確實多有革命與性愛主題的描寫，

---

[24] 羅福林：〈蔣光慈和茅盾小說中的革命與欲望〉，王德威主編：《中國現代小

而兩人對於性欲的態度又有所不同。在蔣光慈的作品中，性往往與墮落或罪惡的道德價值相結合，《衝出雲圍的月亮》因革命失敗轉而賣淫的女主角王曼英，與《麗莎的哀怨》由俄羅斯貴族淪落為妓女的麗莎，她們從妓的原因各不相同。王曼英對革命失敗感到失望，想藉由肉體與性來毀滅資產階級，此處肉體與性如同毒品，是足以使人毀敗滅亡的黑暗武器。麗莎原為俄羅斯貴族，因為俄國的革命被趕出祖國，流落上海，因無生活技能而被迫成為妓女，當她懊悔當初為何不嫁給木工而嫁給貴族，才導致變成妓女的悲劇時，以性工作變成對無生產能力的貴族的一種懲罰。故事的情節安排她們疑似或確實染上梅毒，是對性工作者的否定，藉此批判她們的沉淪，麗莎患病後選擇自殺，王曼英最後發現自己並未罹患梅毒，以當女工潔淨自己，並奔赴革命大業，兩種結局的鋪陳反應二元對立的價值認同，「性」代表負面與毀滅的力量，而「革命」則象徵了光明與救贖。

茅盾的小說泰半都有關於性欲的描寫與探討，卻各自表現出迥異的面向，也代表了不同的涵義。〈追求〉的女主角章秋柳試圖拯救她陷入病態虛無生活的同學史循，她充滿熱情地嘗試救贖史循，喚醒其生命動力，最終不但失敗，史循死後，她自己還被他傳染了梅毒。史循荒淫的性欲代表著不健康、病態、反動的人生態度，章秋柳的挫敗與患病，則暗示著天真盲目的理想主義者，不但無法拯救他人，甚至會惹禍上身。〈幻滅〉與《子夜》中都有一個熱情洋溢、爽快剛毅又放蕩不羈的女性角色──慧女士與徐曼麗，如前文所述，茅盾對於這類女性並未抱持全盤否定的態度，她們的野心勃勃，對於性的開放大膽，勇於追求肉體的享樂，在茅盾看來反而是一種衝破傳統、勇敢激越的力量。《虹》的女主角梅女士是一個不斷向前奔跑，不停止不徘徊

說的史與學》（臺北：聯經出版，2010年10月），頁241-259。

的時代新女性，她曾經接受父親安排的包辦婚姻，嫁給毫無感情基礎的表哥柳遇春，小說描述了她面對表哥的體貼與兩人肉體性欲的享樂時，她所遭遇的掙扎與抵抗，此處性欲代表了誘惑，若接受或沉迷其中便意味著臣服與軟弱。《子夜》的男主角吳蓀甫與女傭王媽發生性關係，此一情節預示了他的墮落，曾滄海共通一個小妾，亂倫敗德的性關係象徵傳統人倫的頹喪，萬惡的資本家趙伯韜也沉迷性欲，此時性欲與邪惡則更直接地劃上等號。由前文所述，左翼都市文本中，性欲存在著不同面向，它雖然經常與黑暗或墮落的負面形象結合，但有時也意味著一種雙面能量，在建設與破壞之間擺盪，它可以是衝破傳統封建禮教、解放個性自我的象徵，當它與革命活動相結合時，便有機會產生正面的作用。

　　左翼都市小說對於資本主義的物欲批判，也有層次豐富的探討。茅盾的《子夜》展示了逸樂上海的欲望眾生相，其中資本家追逐金錢物欲的醜態固然可鄙，知識分子的墮落更令人深思，孔子對於不義之財的拒斥，富貴於我如浮雲的原則與豁達，對於中國傳統知識分子曾經有著深刻的影響，然而浪漫詩人范博文最後的結局是「詩神跟著黃金走」；大學教授李玉亭原本是「以天下為己任」，隨著情節的發展，李玉亭的公共使命感日益讓位於個人利害，最後竟儼然成為邪惡資本家趙伯韜的謀臣；號稱以「詩禮傳家」的傳統仕紳馮雲卿甚至為了金錢出賣女兒的肉體。所謂的知識分子是具有知識道德，具有公共責任與社會使命感，能促進國家社會整體進步的人，如果知識分子無法成為永遠的反對者，匡正時弊，監督社會，就不足以稱為知識分子，換言之，知識分子應當是社會的道德良知，卻為了金錢物質放棄原則，資本家為了利益毫無人性也就顯得不足為奇，再對照交易所中為錢顛倒的眾生百態，《子夜》赤裸裸地揭露三〇年代上海物欲橫流的社會狀

況。丁玲的〈阿毛姑娘〉描寫從鄉村來到城市的阿毛姑娘,「在那依舊保存原始時代的樸質的荒野,終身作一個做了工再吃飯的老實女人,也不見得就不是一種幸福。然而,現在,阿毛已跳在一個大的、繁富的社會裡,一切都使她驚詫,一切都使她不得不用其思想。而她只是一個毫無知識剛從鄉下來的年輕姑娘,環境竭力拖著她往虛榮走,自然,一天,一天,她的欲望增加,而苦惱也就日甚一日了。」[25]阿毛來到都市,夫婿拿了一塊錢讓她做衣服,原本該感謝夫婿的她,卻因為想買兩塊多的布,而埋怨起丈夫,為何要省錢,而忘記了夫婿的好意。欲望的無限膨脹,讓她愈來愈羨慕那些街上打扮時髦的婦女,甚至於她只注意衣飾,而不注意臉蛋了,物欲讓阿毛瘋狂,甚至把物質看得比人更價值連城,物質的意義變得至高無上,而人的價值則變得微不足道,阿毛最後病死了,對她而言,死沒什麼可憐的,如果無法滿足物欲,生命也變得索然無味,因為阿毛已將她的人生價值純粹建立在物質之上了。蔣光慈《最後的微笑》敘述貧困的失業工人阿貴的故事,失業與物資的匱缺,導致阿貴的精神大受打擊,進而產生暴力的行為,他偷了友人的槍,走上復仇暗殺之路,他殺了工頭張金魁與相關黨羽,遭到巡捕們的包圍,他無畏地自殺身亡,「在明亮的電光下,在巡捕們的環視中,他的面孔依舊充滿著勝利的微笑。……」[26]在失意、徬徨到殺人的過程中,他思索著殺人的正義與罪惡,他是家中的經濟支柱,他的失業意味著全家的毀滅,年邁的父母親與年幼的妹妹都將陷入絕境,他的暴力復仇是一個被壓迫者反抗壓迫者的行為,阿貴上平民義務學校的女教師沈玉芳,她同時也是共產黨革命黨人,曾

---

[25] 丁玲:〈阿毛姑娘〉,張迥主編:《丁玲全集·第三卷》(河北:河北人民出版社,2001年12月),頁128。

[26] 蔣光慈:《最後的微笑》,《蔣光慈文集·第一卷》(上海:上海文藝出版社,1982年11月),頁540。

教導他：「凡是被壓迫者反抗壓迫者的行動，無論是什麼行動都是對
的。」[27]於是阿貴的道德判斷有了結論，他認定自己的殺人行為其實
是執行正義，最後帶著勝利的微笑與世訣別。小說呈現無產階級貧困、
物質缺乏的苦境，並揭示了物欲的不能滿足終將導致貧民走上暴力革
命的道途。張天翼《洋涇浜奇俠》男主角史兆昌追求的對象「救國女
俠」何曼麗，是個唯利是圖的上海女人，她對史兆昌道：「為啥勿上算
啦我在你腿上坐過兩回啦一共是坐過二十七分鐘啦還 Ki 過五回 ss 啦
五十塊錢為啥不合算啦還有啦你還看過我們一回戲……」[28]史兆昌的
父親教導他凡事要用利錢：「自己吃的穿的呢，總不要用老本，懂不
懂？……用老本是要用窮的。但是用利錢也不能瞎用：利錢還可以生
利錢哩，……譬如譬如捐了幾百塊錢去賑災，這幾百塊不是沒有利錢
了？而且連本錢都撈不回來。然而本利都有！不過不是錢，是聲名。
還有些時候，花錢是有面子。懂不懂。聲名同面子是很要緊的：有了
聲名同面子，過起日子來要方便得多。……花了錢就有聲名和面子。
有了聲名和面子就能在社會上活動。賺大錢的人都是在社會上最活動
的。」史兆昌把這祖傳秘方全領會到了：「花了錢總得有好處，爸爸是
這個意思不是？」[29]張天翼用滑稽嘲諷的筆觸勾勒資本主義都市人人
曰利的景象，無論是情感、面子、聲名、美譽都必須用錢來購買。他
的另一篇短篇小說〈巧格力〉敘述小朋友卞德全渴望吃巧克力所引發
的故事，卞德全的姊姊是製作巧克力的女工，但她自己與家人卻無法
享用這昂貴的甜點，卞德全為了吃巧克力不惜與人打架，遍體鱗傷，

[27] 蔣光慈：《最後的微笑》，《蔣光慈文集・第一卷》（上海：上海文藝出版社，
1982 年 11 月），頁 520。

[28] 張天翼：《洋涇浜奇俠》，《張天翼文集・第六卷》（上海：上海文藝出版社，
1985 年 2 月），頁 132。

[29] 張天翼：《洋涇浜奇俠》，《張天翼文集・第六卷》（上海：上海文藝出版社，
1985 年 2 月），頁 110。

費盡氣力才換來巧克力，母親與姊姊卻希望他把巧克力賣掉以換取金錢。巧克力是來自西方的甜點，並不是必要的食物，卻代表了人對於精緻美好物質的欲望。

　　左翼作家所揭示的都市物欲問題，其實是馬克思所指出的現代性的矛盾與衝突。「在我們這個時代，每一種事物好像都包含有自己的反面。我們看到，機器具有減少人類勞動和使勞動更有成效的神奇力量，然而卻引起了饑餓和過度的疲勞。新發現的財富源泉，由於某種奇怪的、不可思議的魔力而變成了貧困的源泉。技術的勝利，似乎是以道德的敗壞為代價換來的。隨著人類愈益控制自然，個人卻似乎愈益成為別人的奴隸或自身的卑劣行為的奴隸。甚至科學的純潔光輝彷彿也只能在愚昧無知的黑暗背景上閃耀。我們的一切發現和進步，似乎結果是使物質力量具有理智生命，而人的生命則化為愚鈍的物質力量。現代工業、科學與現代貧困、衰頹之間的這種對抗，我們時代的生產力與社會關係之間的這種對抗，是顯而易見的、不可避免的和無庸爭辯的事實。」[30]這正是茅盾所表述的觀點，機器原本是用來幫助人類降低勞動力，減輕疲累，卻反而帶來貧困，問題不是機器，而是社會制度，民主政治與資本主義經濟，使物質的價值反而超越人類。「資產階級除非使生產工具，從而使生產關係，從而使所有社會關係不斷地革命化，否則就不能繼續生存下去。反之，原封不動地保持舊有的生產方式，卻是過去的一切工業階級生存的首要條件。生產的不斷變革，一切社會關係不停地動盪，永遠的不安定和變動，這就是資產階級時代不同於過去一切時代的地方。一切固定的關係以及與之相適應的觀念和見解都被消除了，一切新形成的關係等不到固定下來

---

[30] 馬克思、恩格斯：《馬克思恩格斯選集・第二卷》（北京：人民出版社，1995年6月），頁78-79。

就陳舊了。一切固定的東西都煙消雲散了，一切神聖的東西都被褻瀆了。」[31]情感、原則、人倫、道德，原本恆常神聖的東西，因為不斷快速變遷的社會型態而變得無關緊要，物質反而成為恆常不變的存在。資本主義工業社會建構一個美好的世界，並告訴你一個好的，有價值的人生該擁有什麼，必須透過購物與消費，才能營造出某種理想的生活。藉由廣告、電影、報紙等大眾媒體，以及百貨公司、公共空間、娛樂場所，宣揚其價值觀與生活方式，無論窮人或者富人都想追求資本主義所形塑的生活，證明自己的價值。同一個社區空間之中，富人緊臨著窮人而居，犯罪率會提高，若是窮人相鄰而居，偷盜的情況則會減少，張望著富裕的生活會勾引人性之中貪婪的欲望，都市就是這樣一處誘發人欲的空間場所。1830 年法國律師及史學家托克維爾（Alexis de Tocqueville, 1805-1859）訪問美國，然後出書探討，美國人雖然富有，卻不斷慾求更多，總是憂慮無比，唯恐自己走的不是致富捷徑，而且只要看到別人擁有自己所沒有的東西，就為此痛苦不已。[32]盧梭（Jean-Jacques Rousseau, 1712-1778）在他《論人類不平等的起源和基礎》書中也談到這問題，人們一旦組成社會，就會不斷相互比較，盧梭提到關於財富的重點：不在於我們擁有多少財物，而是在於擁有我們所渴求的事物。財富不是絕對的觀念，相對於欲望而言，無論我們擁有多少財物，只要我們一再求取自己負擔不起的東西，那便是愈來愈窮。儘管我們一貧如洗，只要我們自覺滿足，也可以算富有。盧梭的推論是有兩種方法可以讓人富有，第一是不斷給人更多

---

[31] 馬克思、恩格斯：《馬克思恩格斯選集‧第一卷》（北京：人民出版社，1995年 6 月），頁 254。

[32] 阿勒克西‧德‧托克維爾（Alexis de Tocqueville）著，秦修明譯：〈美國人為什麼在繁榮中仍然心神不安〉，《美國的民主‧下卷》（香港：今日世界出版社，1966 年 2 月），頁 127-130。

的金錢，或者第二是節制人的欲望。³³資本主義宣揚第一種觀念，然而第一種觀念卻無法帶來滿足與快樂，反而引領人跌入物質地獄，正如托克維爾所言，自由富裕的美國人已經享受到最美好的環境，但他們卻總是心神不定、憂慮不安，反而在舊世界被人遺忘的小村鎮裡，無知而貧窮的鄉民，不理會周圍的動態，他們反而過得怡然自得，正是因為容易滿足，盧梭關於節欲的論點與中國的傳統思想正是不謀而合。

左翼文本中，將都市與鄉村明顯置於天秤兩端對立抗衡的，首推蔣光慈的作品，除此之外，張天翼批判的是貪得無饜的市民嘴臉與卑劣醜陋的人性，而非都市本身，茅盾與丁玲著眼的是造成都市與鄉村二元對立的社會制度，其中茅盾對於工業都市甚至抱持肯定的態度，因而寫下了〈機械的頌讚〉一文。左翼都市文本對於欲望進行深入的探討，欲望是都市形成的原因，都市又催化了欲望的增生，兩者互為因果，彼此勾連，相互詮釋。相對於新感覺派小說對於欲望的認同、美化、歌頌，左翼都市小說對於欲望有著不同層次的理解，性欲在左翼都市文本中具有載舟覆舟的兩種面向，性欲在蔣光慈的小說中，往往與墮落或罪惡的道德價值相結合，但在茅盾看來，性欲卻可能是一種衝破束縛、勇敢激昂的正面能量。對於物欲，左翼文本大多是批判的，但丁玲在其前期都市小說中，探討了都市物質與傳統婚姻對於女性的影響，甚至認為後者比前者對女性的迫害更為嚴重。

---

³³ 讓‧雅克‧盧梭（Jean-Jacques Rousseau）著，李常山譯：《盧梭文集：論人類不平等的起源和基礎》（臺北：唐山出版社，1986 年 10 月），頁 135。

第三節　左翼都市小說中的革命新中國

　　上海都市的崛起與繁華，使中國的社會型態產生轉變，都市結構的生活方式，使個人很容易脫離群體和家族的組織，獲得獨立存在的機會。人口伴隨著工作機會與市場需求流動，一方面是傳統與家族的約束力崩潰，此外競爭與冒險的危險性增強，人被分裂為單獨存在的個體，孤獨寂寞感增加，也提高了都市的犯罪率，如何在都市尋找取代家庭的認同感，成為一個重要的問題。

　　上海租界與其血液中混合的西方血統，使三〇年代的上海與中國存在著此消彼長的矛盾，上海與中國的關係相互競爭又彼此依存。鄉村所象徵的是遙遠的家鄉與傳統的中國，而都市所代表的不僅是現代的文明，同時是異國的殖民，左翼文本對於上海的批判，除了對於欲望擴張的否定，還包括對於帝國主義與殖民主義的攻訐。中國的頹敗與上海的崛起，如何重構了時人的國族意識？三〇年代的左翼作家如何看待新建構的家國關係？如何面對殖民現代性的問題？左翼作家們憧憬著大上海的毀滅，與新中國的建立，左翼作家對於新中國的想像又是如何？這是本節探討的重點。

一、上海崛起與家國意識的重構

　　中國傳統社會裡，家與國不可分割，儒家思想中「國」是「家」的擴大，修身齊家治國平天下是個人戮力以赴的目標進程。《孟子‧離婁上》提出：「天下之本在國，國之本在家，家之本在身。」[34]個人與家國是血肉相連的一個整體，進而以天下為己任，這是儒士所追求的人生價值。然而隨著中國在西方帝國主義攻擊之下的節節敗退，中國的頹敗，傳統的淪喪，西化的潮流，都市的崛起，使得個人脫離家族，飄盪在都市之中，渴望重新尋找歸屬感。五四時期個人主義的抬頭，首先鼓吹個體衝破家庭的藩籬，但衝破之後該何去何從？由於自小在家庭的羽翼下成長，理性的認知上雖然知道必須獨立，一旦成為孤獨無依的個體，情感上卻渴望尋求群體的認同。左翼作家如何看待個人與家庭的問題？張天翼著名的短篇小說〈包氏父子〉描寫了扭曲的父子之情，父親把個人與家庭的希望完全寄託在兒子身上，被寵壞的兒子卻不孝順又不成才。〈砥柱〉所描寫的父女關係同樣鄙陋可笑，父親想利用女兒達到自己晉身的目的，父親表裡不一的行徑令人鄙夷。張天翼揭露中國傳統家庭的弊端，父母把兒女當做個人所有物，將其視為養老的存款或買賣的工具，兒女在父母的過度寵溺或高壓控制之下，變得驕矜放肆或愚昧無知。茅盾《虹》也探討同樣的問題，女主角梅女士的父親變賣家產供兒子赴美求學，之後又變賣家產替兒子謀求工作，但兒子卻在外邊逍遙快活，不理父親的死活，為了解決債務與生計問題，只好買賣女兒的婚姻，要求女兒嫁給有錢卻沒有感情基

---

[34] 宋‧朱熹：《四書章句集注》（北京：中華書局，1983 年 10 月），頁 278。

礎的表哥。由於意中人韋玉沒有勇氣與她私奔，梅女士依照父親的期
許嫁給表哥，之後因為受不了而離家出走，她赴學校教書，離開學校
後，到惠師長家擔任家庭教師，拒絕成為惠師長的妻妾而飄然前往上
海，最後投入革命。丁玲的女性都市小說《夢珂》描寫過夢珂從家庭
出走，遠離鄉下，到都市依靠親戚，又失望離開，最後她當了女演員，
忍受自己被濃妝艷抹，如同妓女，販賣靈魂身體。「她便走上了光明大
道嗎？她是直向地獄的深淵墜去。」[35]娜拉從傀儡家庭出走後，因為
沒有謀生能力，反而變成一種沉淪。此時期，丁玲仍未尋覓到取代家
庭的群體組織，直到 1931 年丈夫胡也頻被國民黨暗殺後，丁玲徹底左
傾，投入了左翼的共產黨大家庭之中。丁玲曾於 1933-1936 年被國民
黨逮捕，直到 1936 年被釋放後輾轉前往延安，丁玲自敘她從國民黨監
獄中被釋放之後，她有前往法國遊覽的機會，但她選擇回到延安，「我
要到我最親的人那裡去，我要母親，我要投到母親的懷抱，那就是黨
中央。」[36]蔣光慈在小說《最後的微笑》中，則觸及了個人與家庭的
問題。失業的工人王阿貴是全家的經濟來源，他必須撫養年邁的雙親
與年幼的妹妹，他個人的失業，形同全家的困境，這便是傳統中國家
庭的生存模式，因此，當他發現自己失業，精神上陷入極大的挫敗感
與壓力而幾近瘋狂，他產生了殺死父母與妹妹，之後再自殺的念頭，
就他的理解，窮人天天累得像牛馬一樣，生不如死，死亡對雙親與妹
妹而言反而是種解脫。左翼作家指出了傳統中國社會裡，個人與家庭
之間所存在的病態問題，而出走以後何去何從的解決之道，則明確指
向了強大集權的社會主義政府。

---

[35] 丁玲：〈夢珂〉，張迥主編：《丁玲全集・第三卷》（河北：河北人民出版社，
　　 2001 年 12 月），頁 33。
[36] 丁玲著，李燕平編：《丁玲自敘》（北京：團結出版社，1998 年 1 月），
　　 頁 193。

葉文心的《上海繁華：都會經濟倫理與近代中國》提到：左派關於核心家庭論述的重要性體現在幾個方面，當左派把注意力從個人轉移到家庭時，關注的是生存和家庭責任問題，而不是權利和個人幸福。左派論述背離了五四運動關於個體表達的議題，而且在家庭脈絡下發展出「男性」和「女性」的性別化建構。倫理道德管理著家庭關係，並與物質富裕緊密糾纏，男人做為父親、丈夫、兒子，必須供養全家，這符合儒家思想，倘若男人失去這能力，不僅是經濟上的艱難，也代表道德的錯誤與情感的挫折。當勞工階層發現自己非常努力工作也無法履行責任時，顯然社會發生劇烈變革的時代已經到來。三○年代左翼的言論將個人視為道德和物質關係網的產物，以此為基礎展開一系列對社會制度的批評。如此一來，他們不僅強烈抵制資本主義經濟的私有制和市場法則，也抨擊了理想化核心家庭概念的實際可行性。隨著家長功能的喪失，同時出現了一種理想主義的威權式社會主義政府，其制度化的功能是要養活以及保護中國人民。從某種意義上說這個政府接管了家庭的任務。家庭紐帶不是被捨棄，而是去個人化。「人們對於公平社會中美好生活的期許不斷膨脹，最後，上海小市民把他們的希望寄託在建立一個現代化的社會主義國家。」[37]葉文心的看法深刻地說明了三○年代左翼論述成功的關鍵，左派所提出的觀點供給勞工階層溫暖的撫慰，資本主義自由競爭、弱肉強食的論述方式，將一切榮辱歸咎於個人，個人的失敗是其自身的懶惰愚蠢所導致，降低了社會國家與制度應負的責任，這對陷入經濟困境的貧窮者而言，無疑是雪上加霜。左派的論述讓無產階級獲得支持的力量，寄望理想的國家社會體制提供他們強而有利的生活保障。因為家長制的鬆動，個

---

[37] 葉文心：《上海繁華：都會經濟倫理與近代中國》（臺北：時報文化出版公司，2010 年 6 月），頁 214-215。

人的經濟、情感、道德面都遭遇挫折與困境，個體驟然從群體中飄離，無所適從的茫然與孤獨，令他們無法感受到自由的美好價值。知識分子擁有崇高與超脫的思想高度，或許可以認同「生命誠可貴，自由價更高」的觀念，但對升斗小民而言，衣食足然後知榮辱，如果自由的代價必須威脅到生存，那麼他們寧願失去個人自由而換取溫飽的生活。去除個人化，投入理想主義的威權式社會主義政府，成為貧窮者的新選擇，因為新的集體主義政府承諾要養活以及保護中國人民。

　　除了嚴重貧富不均、勞資矛盾造成的社會問題，上海作為半殖民地，是各種外國勢力聚集角力的中心，民族意識與愛國心使然，使得左翼知識分子無法認同與西方帝國主義掛鉤的資本主義，以及與資本主義站在同一陣線的國民黨蔣中正的政權，左翼文本對於上海充斥的帝國主義、異族勢力、崇洋媚外的風氣，有嚴厲的批判。蔣光慈的小說《少年漂泊者》描述外國人在中國土地上的驕矜姿態：「有一次我在大馬路上電車，適遇一對衣服漂亮的年少的外國夫婦站在我的前面；我叫他倆讓一讓，可是那個外國男子回頭豎著眼，不問原由就推我一下，我氣得要命，於是我就對著他的胸口一拳，幾幾乎把他打倒了；他看著我很不像一個卑怯而好屈服的人，於是也就氣忿忿地看我幾眼算了。我這時也說了一句外國話 You are savage animal（你是個野蠻的動物）；這是一個朋友教給我的，對不對，我也不曉得。一些旁觀的中國人，見著我這個模樣，有的似覺很驚異，有的也表示出很同情的樣子。」「T 紗廠是英國人辦的，以資本家而又兼著民族的壓迫者，其虐待我們中國工人之厲害，不言可知。」[38]蔣光慈的文本中，資本家與外國人的形象結合，外資等於萬惡的壓迫者。丁玲〈一九三〇年

---

[38] 蔣光慈：《少年漂泊者》，《蔣光慈文集·第一卷》（上海：上海文藝出版社，1982 年 11 月），頁 68。

春上海（之二）〉左翼革命志士望微與他美麗並取著洋名的女友瑪麗，
前往闊氣的影戲館看電影，望微對這類消遣毫無興趣，但為了配合女
友，勉強為之。「她花了好多錢，揮霍使她的虛榮心得到滿足。她現在
坐在上海僅有的高貴的娛樂場所，隔她不遠坐了些愛裝飾的外國太
太，……影片開映了，無論影片怎樣，她都是滿意的，她不是來找那
動人的情節的。因為她理想的總比這些更好，她更不須要在這裏去找
到美國人的思想或藝術，銀幕上的一套，她都是熟悉的，她若要找什
麼思想和藝術，她說她可以去看書的。她完全為的是享樂。她花了一
塊錢來看電影，有八毛花在那軟椅墊上，放亮的銅欄杆上，天鵝絨的
幔帳上，和那悅耳的音樂上。鄉下人才是完全來看電影的。……望微
呢，過去也曾迷戀過這些映畫，……現在呢，他很忙，他無情趣來鑒
賞這些，而且這些無意義的作品，管你是花費了幾百萬，幾千萬的本
錢，在他都變成了無聊的東西，有時竟是可痛恨的東西，因為它太容
易麻醉人，它給社會的影響，太壞了。這實在不是他，不是他們一類
人所能過目的，這只是資本家和他們的太太小姐們的消遣品！」[39]美
國好萊塢電影與電影院在丁玲的筆下，只是麻醉人的無聊東西與墮落
場所，毫無意義，取著洋名的瑪麗代表受到西方資本主義影響，追求
物欲的女子，顯然是受到批判。張天翼《洋涇浜奇俠》的主角史兆昌
是唐吉柯德式的人物，胸懷傳統社會武俠小說中的俠客觀念，想要行
俠仗義，救國救民。然而，他的俠士之夢在上海的十里洋場流於荒誕
無稽，他的行為顯得愚昧可笑，也使得關於民族危亡的嚴肅議題，淪
為笑話。小說中多有充滿民族意識的發言，「可不是麼，瞧見的聽見的
都是些個歹人害好人的事。那些個大帥們拼命逼錢糧。洋鬼子動不動

---

[39] 丁玲：〈一九三〇年春上海（之二）〉，張迥主編：《丁玲全集・第三卷》（河
北：河北人民出版社，2001 年 12 月），頁 317-318。

殺幾個中國老百姓玩玩。有錢人販洋米來使中國米賣不出價錢。佃戶愈來愈不聽話，簡直跨到了東家腦袋上。這些個受得了麼，媽的？近幾年來家鄉還鬧著土匪，還有××鬼子！」[40]「所以我民族只有一條路：就是努力來辦征夷募款。我們一定要征夷。殺盡夷狄！要征服……征服……征服這個……"」[41]「這回再這麼醉生夢死可就真要亡國了。所謂……所謂……然而……但是像是……大家都覺得這個國不是自己的。」[42]王淑明發表於 1934 年的評論提到：「《洋涇浜奇俠》故事的內容大半是在上海發展的。而上海又正是典型的東方半殖民地都市。在這個都市裡，新式的生產方法底成長，與舊的生產方法正在積極的解體著，因而反映到意識上，是武俠思想，流氓意識，高利貸者的生活方法，混雜的併陳著。」[43]武俠小說是君權時代社會政治敗壞的產物，人民受到壓迫，無法得到司法公正的判決，藉由武俠小說尋求慰藉，期盼武功高強的俠義之士主持公道，人民藉此平息內心的激憤，而統治者也藉此馴服臣民，無形中消泯人民的反抗之情。《洋涇浜奇俠》透過反諷的口吻揶揄抱持此類傳統封建思想的愚民，表面上講述發生在三〇年代上海的武俠故事，事實上是一部反武俠的小說。《洋涇浜奇俠》反映了作者眼中的半殖民地亂象，洋人與資本家聯手壓迫可憐的中國老百姓，以武俠救國純粹是笑話，征夷募款也只是變相的詐財，那麼積極正面的救國方式為何？如何對抗帝國主義的侵略？這些關鍵

---

[40] 張天翼：《洋涇浜奇俠》，《張天翼文集・第六卷》（上海：上海文藝出版社，1985 年 2 月），頁 23。

[41] 張天翼：《洋涇浜奇俠》，《張天翼文集・第六卷》（上海：上海文藝出版社，1985 年 2 月），頁 105。

[42] 張天翼：《洋涇浜奇俠》，《張天翼文集・第六卷》（上海：上海文藝出版社，1985 年 2 月），頁 12。

[43] 沈承寬、黃侯興、吳福輝：《中國文學史資料全編・現代卷・張天翼研究資料》（北京：知識產權出版社，2009 年 10 月），頁 222-223。

的議題被忽略，但從文本可以理解作者試圖表述的是，要以中國傳統思想文化與思維方式救國的可笑與不可行。茅盾的《虹》與《子夜》都提到了帝國主義的問題，《虹》女主角梅女士接受五四洗禮，剪掉長髮，反對包辦婚姻，提倡個人主義，她缺乏「群」的觀念，因為家庭與女性群體的壓迫，讓她從未感受被群體擁抱的溫暖。從四川來到上海，原本持個人主義的她，在與革命黨人梁剛夫的對談中，逐漸喚醒她的群體意識，而她所意識到的「群」，不是「家」，而是「國」。「這裡的外國人的勢力，使得我想起自己是中國人，應該負擔一部分的責任，把中國也弄得和外國一樣的富強。」「我們先要揭露外國人，本國政府，軍閥，官僚，資本家，是一條鏈子上的連環，使得大家覺悟；人民覺悟了，就會產生力量。」[44]小說的結局，梅女士也加入「打倒帝國主義！」的人群之中。《子夜》所描述的是資產階級的鬥爭，其中吳蓀甫代表中國的民族工業資本家，趙伯韜則代表依附外國金融資本的買辦金融資本家，吳蓀甫結局的失敗，意味著茅盾悲觀地認為中國不會走向資本主義化，而將走向殖民地化。

　　前述左翼都市敘事文本中，外國人與資本家同樣被貼上壓迫者的標籤，好萊塢電影與洋貨，是帝國主義與資本主義的共謀與幫兇，是毫無意義、值得痛恨的麻醉品。雖然就現在看來，結局大相逕庭，但在當時，茅盾悲觀地認為中國不會走向資本主義化，而將走向殖民地化。只要是中國人，就應該負擔一部分的責任，把中國也弄得和外國一樣的富強，運用中國傳統思想文化與思維方式救國，是可笑與不可行的，與西方帝國主義掛鉤的資本主義，以及與資本主義站在同一陣線的國民黨蔣中正的政權，都應該被譴責與撻伐，而救國之道則唯有期待一場神聖的革命，建立強大集權的社會主義中國，拯救生活在外

---

[44] 茅盾：〈虹〉，《茅盾全集・第二卷》（北京：人民出版社，1984 年），頁 224-226。

國人與資本家壓迫之下的底層人民。如前所述，讀者可以明顯感受到中國的資本主義是外國帝國主義侵略的產物，而都市則是外國帝國主義與資本主義的幫兇，在這樣的敘事策略之下，意味著傳統農村才是民族的象徵與代表。然而此一觀點與中國左翼文人信奉的馬克思主義大相逕庭，事實上馬克思主義是為了先進工業國家的都市工人階級所創立的，在馬克思主義的看法中，現代化的資本主義都市代表著歷史的進步：

> 資產階級使農村屈服於城市的統治。它創立了巨大的城市，使城市人口比農村人口大大增加起來，因而使很大一部分居民脫離了農村生活的愚昧狀態。正像它使農村從屬於城市一樣，它使未開化和半開化的國家從屬於文明的國家，使農民的民族從屬於資產階級的民族，使東方從屬於西方。[45]

農村是愚昧無知的，城市則是現代進步的，這使得農村必須臣服於城市，東方必須臣服於西方，因為資本主義城市代表著開化、文明與先進。馬克思認為在社會歷史的發展進程中，資本主義、資產階級、現代工業是不可或缺的部分，「只有在社會生產力發展到一定階段，發展到甚至對我們現代條件來說也是很高的程度，才有可能把生產提高到這樣的水平，以致使得階級差別的消除成為真正的進步，使得這種消除持久鞏固。並且不致在社會的生產方式中引起停滯或甚至衰落。但是生產力只有在資產階級手中才達到了這樣的發展水準。可見，就是從這一方面說來，資產階級正如無產階級本身一樣，也是社會主義革命的一個必要的先決條件。因此，誰竟然肯定地說在一個雖然沒有

---

[45] 馬克思、恩格斯：《馬克思恩格斯選集・第一卷》（北京：人民出版社，1995年6月），頁103-106。

無產階級然而也沒有資產階級的國家裏，更容易進行這種革命，他就只不過是證明，他需要再學一學社會主義初步知識。」[46]根據馬克思與恩格斯的看法，歷史發展的進程是不可逆轉的，想要避開工業化與城市化的影響是不可能的，在資本主義生產力充分發展之前發生的社會革命甚至會帶來歷史的倒退。[47]基於道德價值的認同，馬克思與恩格斯希望消泯城鄉的對立，並且也譴責都市與鄉村失衡的關係，因此提出：「城鄉之間的對立只有在私有制的範圍內才能存在。」[48]透過社會主義革命，解決財產私有制所造成的不平等與城鄉對立。但是馬克思認為最終消滅城鄉對立的革命基地是都市，而非農村，都市才是現代革命的舞臺，[49]茅盾《虹》、《子夜》與丁玲〈一九三○年春上海（之一）〉〈一九三○年春上海（之二）〉作品中亦有論及這樣的觀點。

二、革命文學裡的新中國想像

普實克曾提到，丁玲跟魯迅一樣，「首先認識到『悲觀厭世』之類絕望和不幸的情緒是沒有出路的。她還認識到，如果我們想改變自己，改變自己的命運，就必須首先改變這個世界。」[50]中國這龐大古老的君權帝國，長達數千年的君王統治被推翻之後，知識分子生氣蓬勃地

---

[46] 馬克思、恩格斯：《馬克思恩格斯選集・第三卷》（北京：人民出版社，1995年6月），頁273。

[47] 詳見馬克思、恩格斯：《馬克思恩格斯全集・第四卷》（北京：人民出版社，1982年2月），頁331-332。

[48] 馬克思、恩格斯：《馬克思恩格斯選集・第一卷》（北京：人民出版社，1995年6月），頁276-277。

[49] 弔詭與諷刺的是，實踐了馬克思城市革命預言的國家，卻是當時百分之八十以上人口居於農村的中國。

[50] 普實克：〈中國現代文學的主觀主義和個人主義〉，《普實克中國現代文學論文集》（湖南：湖南文藝出版社，1987年8月），頁7。

篤信能以自身的力量決定中國未來的方向，如果現行的家國體制無法令人滿意，那就再造一個新的家國。左翼知識分子的想像中，嶄新的中國面貌又是如何？丁玲〈一九三○年春上海（之一）〉：「這個時候是上海最顯得有起色，忙碌得厲害的時候，許多大腹的商賈，為盤算的辛苦而瘦乾了的吃血鬼們，都更振起精神在不穩定的金融風潮下去投機，去操縱，去增加對於勞苦群眾無止境的剝削，漲滿他們那不能計算的錢庫。……一些漂亮的王孫小姐，都換了春季的美服，臉上放著紅光，眼睛分外亮堂，滿馬路的遊逛，到遊戲場擁擠，還分散到四郊，到近的一些名勝區，為他們那享福的身體和不必憂愁的心情更找些愉快。這些娛樂更會使他們年輕美貌，更會使他們得到生活的滿足。而工人們呢，雖說逃過了嚴冷的寒冬，可是生活的壓迫卻同長日的春天一起來了，米糧漲價，房租加租，工作的時間也延長了，他們更辛苦，更努力，然而更消瘦了；衰老的不是減工資，便是被開除；那些小孩們，從來就難於吃飽的小孩們，去補了那些缺，他們的年齡和體質都是不夠法定的。他們太苦了，他們需要反抗，於是鬥爭開始了，罷工的消息，打殺工人的消息，每天新的消息不斷地傳著，於是許多革命的青年，學生，××黨，都異常忙碌起來，他們同情他們，援助他們，在某種指揮之下，奔走，流汗，興奮……春是深了，軟的風，醉人的天氣！然而一切的罪惡，苦痛，掙扎和鬥爭都在這和煦的晴天之下活動。」[51]丁玲的左翼都市小說經常以對比的手法暗示上海都市生活的貧富兩極，進而使人思考這樣不公平的生活處境，為何大家都默默接受？造成這樣南北極的社會體制是否有改善的可能？那些罷工的人，革命的青年，正是使社會改進的希望。短篇小說〈奔〉的結尾，描述

---

[51] 丁玲：〈一九三○年春上海（之二）〉，張迥主編：《丁玲全集・第三卷》（河北：河北人民出版社，2001年12月），頁284-285。

開往上海的四等車廂裡，載滿了懷抱上海夢的可憐鄉下人，小說揭示了無論在故鄉或上海，窮人其實是無處可去的，這篇左翼都市小說以積極光明的期待做尾聲，「上海的工人是有出路的，因為他們齊心，……有方法的，……你等著！」[52]張天翼的《鬼土日記》描寫男性敘事者韓士謙因為具有「走險」的異能，因此靈魂出竅前往人死後的「鬼土世界」遊歷，小說以第一人稱日記體的型態記錄鬼域百態，鬼土是個居民必須把鼻子當作性器官遮掩，避而不談，十分荒誕無稽的陰間世界，這虛幻的鬼域是陽間的諷刺對照，鬼土世界的當權者對於異己進行血腥的鎮壓屠殺，雖然美其名是「平民政治」，卻有著嚴格的階級劃分，運用各種攏絡方式，避免下階層的人混入上階層，此外金錢與權力掛鉤、偽善欺騙、拜金主義、買賣婚姻、高壓統治、嚴刑審訊、淩遲處死、崇洋媚外、文化諷刺，《鬼土日記》近似晚清的科幻小說，有識之士因為時局益惡，對於政治、社會的不滿與批判，藉由虛無之國的顯現，來寄寓個人的懷抱。

茅盾的《子夜》描寫都市上海資產階級的墮落生活，資本家的商戰毫無人性，在至高無上的金錢面前，人欲橫流，道德淪亡，資本家的妻妾親友們，過著少爺、少奶奶、大小姐逸樂空虛的生活，資產階級在深夜進行死的舞蹈，表明中國正處於最黑暗的時刻，但子夜過後將是黎明，革命正蓄勢待發。《虹》則宣告著：「希望有一個穩固的不賣國的政府，內政，外交，教育，實業，都上了軌道……」「國民會議的最後目的，是要建立人民意志產生出來的政府。如果建立起一個真正的人民的政府，那就不同了。」[53]蔣光慈《衝出雲圍的月亮》：「她

---

[52] 丁玲：〈奔〉，張迥主編：《丁玲全集・第四卷》（河北：河北人民出版社，2001年12月），頁61。

[53] 茅盾：〈虹〉，《茅盾全集・第二卷》（北京：人民出版社，1984年），頁224-225。

見著那無愁無慮的西裝少年，荷花公子，那艷裝冶服的少奶奶，太太和小姐，那翩翩的大腹賈，那坐在汽車中的傲然的帝國主義者，那一切的歡欣著的面目……她不禁感覺得自己是在被嘲笑，是在被侮辱了。他們好像在曼英的面前示威，好像得意地表示著自己的勝利，好像這繁華的南京路，這個上海，以至於這個世界，都是他們的，而曼英，而其餘的窮苦的人們沒有份……唉，如果有一顆巨彈！如果有一把烈火！毀滅掉，一齊都毀滅掉，落得一個痛痛快快的同歸於盡！……」[54]在左翼都市小說之中，上海與軍閥、帝國主義、資本主義、外國資本家、中國的資產階級相互勾連，毀掉上海，也就是毀掉中國的資產階級壓迫者，毀掉軍閥、賣國者，毀掉帝國主義與資本主義者，因此要建立新中國必須先毀掉黑暗邪惡的大上海。而所要建立的新中國，將由無產階級主政。蔣光慈《短褲黨》的結尾預言著無產階級革命成功的「國際歌」：「起來，飢寒交迫的奴隸！起來，全世界受苦的人！滿腔的熱血已經沸騰，拼命作一次最後的戰爭！舊世界破壞一個徹底，新世界創造得光明。莫道我們要一錢不值，我們要做天下的主人！」[55]

　　左翼作家批判都市的物欲橫流，更深層的意涵是批判縱容都市發展的經濟體制與社會制度，也就是民主政治與資本主義經濟。茅盾在〈機械的頌讚〉中對於機械是頌讚的，「該詛咒仇視的，不是機械本身，而是那操縱機械造成失業的制度！」[56]機器的發明是為了減輕人類的勞動支出，減少人們的工作時間，卻反而造成人們日以繼夜的工作，

[54] 蔣光慈：《衝出雲圍的月亮》，《蔣光慈文集·第二卷》（上海：上海文藝出版社，1982 年 11 月），頁 44。

[55] 蔣光慈：《短褲黨》，《蔣光慈文集·第一卷》（上海：上海文藝出版社，1982 年 11 月），頁 302-303。

[56] 茅盾：〈機械的頌讚〉，韋韜、陳小曼編：《茅盾雜文集》（北京：生活、讀書、新知出版社，1996 年 5 月），頁 207-209。

或者以機器取代人類。錯誤邪惡的不是都市機械或物質,而是社會制度。資本主義鼓勵資本家炫耀財富,任由弱肉強食、貧富不均的都市現象蔓延擴張,任由欲望之獸自由來去、肆虐奔竄,造成窮人仇富意識高漲。效率與公平是相牴觸的,都市發展追求生產效率或工作效率,就無法照顧貧苦弱勢,左翼知識分子要求平等,資產階級與無產階級被平等對待,公平正是儒家所追求的社會體制,唯有公平才能帶來和諧,社會和諧發展,社會中的每一份子才能安居樂業。學者王宏圖的論文〈左翼都市敘事中的烏托邦詩學〉也提到左翼都市小說對未來理想烏托邦的期待,並非空穴來風,孟子的仁政學說中就包含著建立一個完美社會的想法,儘管那還只是一個自然經濟的理想構圖。[57]烏托邦的觀念與儒家的理想社會是否能套用,具有爭議性,但是關於左翼都市敘事中的烏托邦想像、新中國的建立與儒家的大同世界,值得進一步思考。

何謂「烏托邦」?「烏托邦」(utopia)在中國大陸被理解為「空想」、「不切實際的幻想」。馬克思建構一個烏托邦世界與資本主義世界對抗,揭露資本主義的弊端,在馬克思、恩格斯的原典中,烏托邦代表的正是純粹的幻想:「這種新的社會制度一開始就註定要成為烏托邦的,它愈是制定得詳盡周密,就愈是要陷入純粹的幻想。」[58]烏托邦一詞出於希臘語,在希臘語中的讀音介於「沒有的地方」和「好地方」之間含混不清,[59]從字源的本意來看,烏托邦包含兩種涵義,第一是

---

[57] 詳見王宏圖:〈左翼都市敘事中的烏托邦詩學〉,《杭州師範學院學報:社科版》第 4 期(2003 年 7 月),頁 44-48。

[58] 馬克思、恩格斯:《馬克思恩格斯選集・第三卷》(北京:人民出版社,1995年 6 月),頁 409。

[59] 羅念生、水建馥編:《古希臘語漢語詞典》(北京:商務出版社,2004 年 6月),頁 618。

烏有之邦，第二是理想美地，或者可以引申為不存在的夢想美境，而這個字無論就字源上審視，或者從馬克思、恩格斯的原典解讀，它都是一個不存在的空想之地。這所謂的空想之地雖然不存在，但它象徵著人類的道德理想世界，一個人願意為了不存在的道德理想奮鬥，世俗的眼光或許覺得愚蠢，但他的人格顯然是崇高的。然而這樣追求理想的執著，是否會淪於唐吉柯德式的行為？按照馬克思主義的理論，必須先透過資本主義奠定社會主義的物質基礎，才能進展到公平分配的社會主義未來，進而取代資本主義，歷史發展的進程是不可逆轉的，想要避開工業化與城市化的影響是不可能的，在資本主義生產力充分發展之前發生的社會革命甚至會帶來歷史的倒退。這樣的警告顯然被左翼知識分子忽略了，並且蔑視這樣的歷史進程，認為中國可以直接跳過資本主義階段，進入社會主義的社會，如此一來而建立的新中國，與馬克思想像中的理想社會有所出入。「烏托邦」如果照原義解釋為烏有之邦，或依據馬克思恩格斯的說法是「空想的」，那麼儒家所期待實現的美好社會，不能概稱為烏托邦，因為在遠古三代與孔子治魯時是曾經實現並存在的，不過左翼作家所憧憬的公平社會與儒家所期待的大同世界倒是頗為相近。雖然左翼知識分子否定中國傳統，竭力頌讚西方外來的馬列主義的思想，[60]但他們所期待的理想社會，其實與馬克思不盡相同，其中有部分相當接近儒家的大同思想。儒家肯定鄉里之中的善良風俗，子曰：「里仁為美。擇不處仁，焉得知？」[61]，民本觀念是儒家學說的重要內容，《孟子‧梁惠王上》明確地主張：「民為貴，社稷次之，君為輕。」[62]《論語‧季氏》云：「聞有國有家者，不患寡

---

[60]　此一虔誠信仰馬列主義的行為，不禁令人感到困惑，這與左翼都市小說排斥西方，將外國人等同於資本家與壓迫者的行為是否相互衝突矛盾？

[61]　宋‧朱熹：《四書章句集注》（北京：中華書局，1983年10月），頁69。

[62]　宋‧朱熹：《四書章句集注》（北京：中華書局，1983年10月），頁170。

而患不均，不患貧而患不安。蓋均無貧，和無寡，安無傾。」[63]孔子
的觀點認為，財物分配平均才有安定和諧的社會，人人才能和睦相處，
才可以讓「老者安之，朋友信之，少者懷之。」[64]「人不獨親其親，
不獨子其子，使老有所終，壯有所用，幼有所長，鰥寡孤獨廢疾者皆
有所養；男有分，女有歸。」[65]此一「天下為公」的大同思想，與左
翼知識分子所追求的革命理想頗有異曲同工之處。公平與均等的社會
雖然同樣是左翼知識分子與中國傳統儒士所追求的理想世界，但儒家
所推崇的是人民均富，馬克思主義原本的主張，希冀藉由資本主義
使生產力獲得充分發展，進而使社會國家富裕，再透過強大的國家組
織的公平分配，達到人民均富的目標，左翼知識分子主張跳過此一
階段，誠如馬克思的預言，此一決定造成歷史的倒退，直到一九八
〇年代之後，採取經濟改革開放的政策，才挽救了國家社會所面臨的
頹勢。

[63] 宋・朱熹：《四書章句集注》（北京：中華書局，1983 年 10 月），頁 82。
[64] 宋・朱熹：《四書章句集注》（北京：中華書局，1983 年 10 月），頁 82。
[65] 漢・鄭玄注，宋・岳珂校：《禮記》（臺北：新興書局，1975 年 10 月），頁 77。

第六章 結論

　　關於「左翼都市小說」此一論題，綜觀當前相關的學術論文，多半將其置放於左翼文學的脈絡之內，未能給予獨立的位置進行研究，且論述方式與一般左翼文學的研究方法並無二致，多半聚焦於「左翼政治文化」的探討，「都市」的議題與其影響往往被忽略；此外在以「都市」議題為論述主軸的學術論文中，「左翼都市小說」則被視為對應的比較軸，僅被運用為參酌對照的比較工具，卻未能全面宏觀地考察此一議題，並深入地詮釋與論析。有鑑於此，本文將「左翼都市小說」視為一種獨特的文類，全面性地關照與回顧，重返三○年代的左翼上海，深入探析左翼都市文學，並對照同時期的都市小說，包括新感覺派與鴛鴦蝴蝶派小說，尋找左翼都市小說的獨特意涵。「左翼都市小說」與一般左翼文學的殊異處在於，左翼都市作家關注到「都市」的存在，其內容以上海為主要背景或者討論的重要範疇，讀者可以藉由小說解讀左翼文人對三○年代都市上海的看法，並理解都市上海在左翼文本中所呈現的面貌，以及所代表的意義。考察蔣光慈、丁玲、茅盾與張天翼的小說文本，我們可以發現，除了張天翼之外，其他左翼作家對於上海所懷抱的情感錯綜迷離，儘管他們在表面上或者想突顯城鄉二元對立的態勢，歌頌對於美好鄉村的想像，然而讀者從文本的字裡行間，卻可以感受到作者自身都未嘗察覺的矛盾情愫與絃外之音，而其文本所表露的上海面貌也是多元龐雜、旁枝繁複的。

　　民國創建之後，到五四運動與文學革命的興起，中國現代文學史上的第一個十年聚焦於北京，接下來的文學中心轉移到上海，出於政治或經濟的考量，三〇年代的文人因緣際會聚集於上海。1843年上海根據《南京條約》的規定成為向外商開放的通商口岸，自1845年上海英租界的存在，到1945年中國政府正式收回公共租界與法租界，上海租界存在的歷史剛好一百年，租界的存在，使上海成為國際化的都市。由於租界區有「治外法權」，北京政府、北洋軍閥，甚至國民黨政府都無法過分干涉，租界的言論自由相對比華界寬鬆，晚清的新聞出版業幾乎都集中在租界區，三〇年代左翼文人自然也靠租界庇護，租界區的存在予人開放自由的風氣，也讓上海市民見識到西方的科學技術，洋貨的精緻特異，外國的市政管理，以及域外的現代文學。街道、公園、舞廳、酒吧、商場、飯店、咖啡廳、電影院、百貨公司等公共場所或高樓建築，鱗次櫛比、整齊林立，愈來愈多作家聚集上海租界，書寫這個帶來全新視覺感的浮華世界。

　　「五卅慘案」，使中國現代作家驚醒，注意到「帝國主義」與「殖民主義」的壓迫，同時也開始關注上海摩登表象之下的華麗罪惡，以及身處社會邊緣的都市工人的處境，絕大多數中國作家的同情心轉向左翼。左翼作家在三〇年代具有文學的主導力量，當時許多作家在創作主題、表現方法、話語風格都深受左翼文化的影響。礙於人身安全、言論自由、經濟需要，上海租界成為左翼文人的聚居之處，左翼知識分子普遍對上海租界存在著矛盾衝突的情感，租界是帝國主義侵略的產品，租界的存在成為中國人的恥辱，租界愈是蓬勃發展，欣欣向榮，對於中國人的羞辱便愈深，上海愈國際化，離中國便愈遙遠。但無論是否迫於無奈，三〇年代的上海是左翼文化運動的中心，上海租界提供了形成左翼文化思潮所必須的社會階級結構與政治語境，上

海的商業市場也提供左翼文人推廣文藝刊物與推動革命思想不可或缺的物質環境，因此左翼文人只好懷抱著糾葛掙扎的情緒，與上海和平共處。

　　蔣光慈的作品大多以上海為背景，小說中上海是對照貧富差距的元素，在蔣光慈的筆下，貧富與善惡被簡化為等號，窮人往往是可憐受欺凌的善者，富人則是殘忍無情的迫害者，在此一邏輯的鋪陳之下，上海自然是資產階級勝利的表徵，是罪不可赦的萬惡淵藪。蔣光慈的作品為何多以上海為背景？首要原因是上海貧富差距與階級對立的問題，上海是帝國主義與殖民主義所孕育的商業都市，融合了不純粹的異國血統，是壓迫底層市民的血汗工廠聚集地，是富人的天堂與窮人的煉獄，自然成為左翼文學撻伐的目標。此外，蔣光慈長期居住在上海，上海是他最熟稔的所在之處，因而成為他作品中重要的描寫對象。蔣光慈的革命戀愛小說以傳統言情小說為經緯，透過「革命」元素的加入，在市場上深受歡迎，他的「革命戀愛小說」在「上海」的包裝之下被時尚化、摩登化；而「上海」也在蔣光慈「革命戀愛小說」的宣傳之下，充滿著無法被擊倒的強大魔性與誘惑魅力，雖然蔣光慈在文本中極力將上海形塑為萬惡之都，然而弔詭的是兩者卻意外地互蒙其利。「上海」在丁玲與茅盾的革命戀愛小說中，除了做為貧富極端的對照鏡相，同時也反映出馬克思將都市視為革命基地的觀點。丁玲的作品〈韋護〉、〈一九三〇年春上海（之一）〉、〈一九三〇年春上海（之二）〉這三篇小說的背景都發生在上海。上海在這三篇小說中，是貧富階級對比劇烈的殖民都市，是資產階級奢華象徵的墮落之都，卻也同時是左翼人士孕育理想的革命載體，是創造未來的希望空間。〈韋護〉中麗嘉在上海吃館子、看電影、談戀愛，〈一九三〇年春上海（之二）〉瑪麗在上海錦衣玉食、購物享樂，〈一九三〇年春上海（之一）〉美琳

在上海發傳單，遊行、開會與演講，丁玲寫出上海的兩種面貌，任由革命女性或者資產階級女性自由選擇，各取所需。與蔣光慈、丁玲或者其他左翼文人不同的是，茅盾與上海的關係和諧融洽，他從浙江來到上海發展，可說是一帆風順，也因此身為左翼文人，茅盾小說中的上海顯然比蔣光慈、丁玲、張天翼及其他左傾作家筆下的上海更具詩意與魅力。茅盾的小說《蝕》與《虹》，皆有以上海為背景的情節，小說中不乏都市與尤物的意象勾連，〈追求〉的女主角章秋柳最能代表茅盾眼中的上海。章秋柳明艷動人，攝人心魂，她有健康的肉體，活潑的精神，旺盛的生命力，存在著光明黑暗兩種面貌，一如上海的雙面，既是孕育革命志業的神聖殿堂，又是貧富對立的人間煉獄，既是能提供你讀書進學的知識場域，又是能誘惑你尋求刺激的荒淫社會，是新舊價值並陳，神魔性格交織的謎樣空間。張天翼作品的重點在於勾勒人物，而不在於反映事件，他筆下的上海，無論是〈移行〉、〈蜜味的夜〉，或者《洋涇浜奇俠》，上海被形塑成拜金物化、崇洋媚外的都市，而形成此一都市氛圍的關鍵，是浮沉其間，唯利是圖的卑劣國民，張天翼對於都市上海並無痛心疾首、深惡痛絕的討論或攻訐，他所強烈批判的是那些毫無廉恥，枉顧倫理，追名逐利的上海市儈。

　　都市上海是階級對立、貧富兩極的罪惡深淵，也是興發革命浪潮的神聖基地，滿懷著革命激情的青年男女，為了追求共同的理想目標遠離家鄉，奔赴上海，離開固有的家族團體，他們輕而易舉地被年輕的激情引燃，產生戀愛的情愫，彼此相濡以沫，開創革命偉業，肇因於此，革命戀愛小說成為革命文學第一階段的主要類型。戀愛是依循個人意志所產生的浪漫情感，過去在傳統家族的壓抑之下，為了確保家族成員遵從父母之命或家族安排，溫馴地進入被規範好的婚姻中，自由戀愛是不被認同，不被允許的。然而，自晚清開始，為了掙脫家

族的束縛，讓個人從家族綑綁中解放，以便能真正從屬於國族，個人依照自主意念而產生的自由戀愛被高度評價，被頌揚推崇。然而象徵著個人自由意志的「戀愛」，與為了群體利益而犧牲奮鬥的「革命」是否能共榮共存，毫無衝突？蔣光慈的革命戀愛小說認為兩者並無扞格，而丁玲的作品則認為除非「愛人」是「同志」，否則兩者之間必然產生對立，在茅盾的文本中，《蝕》描寫了革命與愛情的雙重幻滅，《虹》的結局女主角梅女士拋開了愛情，義無反顧地投入革命，張天翼的小說則嘲諷了革命的變節者，與對於愛情過分天真的幻想者。此一階段探討戀愛與革命的作品中，「革命」依舊被視為比「戀愛」崇高的生命選項，五四時期，戀愛自由與個性解放的價值雖然被提高，卻是為了將「個體」從「家族群體」中抽離，以便讓「個體」歸屬於「國族群體」，追根究底，仍然是承襲「群體利益」具備絕對性與優位性的中國傳統，革命文學時期，在「群體利益」的考量之下，戀愛讓位於革命，無產階級革命成為左翼文本中至高無上的人生選項。由二〇年代的文學革命到三〇年代的革命文學，左翼文學將聚焦所在轉向「階級群體」，張天翼的〈二十一個〉率先提出一種群像描寫的模式，半年後，丁玲的小說〈水〉標誌著左翼小說的敘事轉向，由個人敘事轉向集體敘事，1933 年茅盾發表《子夜》，口碑與銷售的雙重肯定，開創出左翼都市文學的新路徑與新風格。此一時期左翼文學以群眾為主體，結合時事的書寫方式，包括蔣光慈的《短褲黨》、丁玲的《水》、茅盾的《子夜》，都存在著人物面貌扁平的缺點。左聯所推崇的群像書寫，著重於鋪敘集體的行為圖像，勝於刻畫個人的內在風景，小說必須揭示「我」與「我們」的關係，避免過分突顯個體或個體的內心世界，為了強調集體主義，個體轉化為階級群體的一環，也因此人物的摹寫往往只存共性，而無個性。丁玲最擅長的個人式的心理分析，被

視為孤立的靜態描述，不適用於群體書寫，這使得小說人物毫無個性與特色，嚴重影響作品的藝術價值，同時此類群像書寫的失敗，也意味著個人主體性的不容忽視與無法抹滅。

　　左翼文本中，將都市與鄉村明顯置於天秤兩端對立抗衡的，首推蔣光慈的作品，除此之外，張天翼批判的是貪得無厭的市民嘴臉與卑劣醜陋的人性，而非都市本身，茅盾與丁玲著眼的是造成都市與鄉村二元對立的社會制度，其中茅盾對於工業都市甚至抱持肯定的態度，因而寫下了〈機械的頌讚〉一文。左翼都市文本對於欲望進行深入的探討，欲望是都市形成的原因，都市又催化了欲望的增生，兩者互為因果，彼此勾連，相互詮釋。中國的貧富差距雖然自古皆然，但都市的興起卻突顯出階級對立與貧富差異。傳統的農村時代，富者居住在自己的城堡或大宅院中，圍牆的圈圍隔離了階級與貧富的直接對立，然而城市或者都市時代，開放的公共與建築空間，讓貧窮者的眼睛赤裸裸地發現貧與富的界線兩端是如何的天壤之別，進而激化了彼此的敵對衝突。都市中的百貨公司與娛樂場所琳瑯滿目，來自世界各國的舶來品與精緻美物爭奇鬥豔，資本主義宣揚的獨占欲望日益膨脹，貧窮者必須忍受視覺目光的凌遲折磨卻無能為力，甚至得面臨饔飧不繼、無以溫飽的生活悲劇，於是革命的欲望油然而生，這正是儒家所謂的不患貧而患不均。都市的誘惑席捲而來，鄉村無法再像過去遙遠不變的桃花源，天長地久地隱逸在山林盡頭，鄉村與都市的對抗，鄉村往往被人性的脆弱與欲望的強大所擊敗，淪為犧牲品與落敗者。事實上，無論是鴛鴦蝴蝶派作家、左翼都市作家，在攻訐都市之餘，也會陷入欲望的糾結中。三〇年代左翼都市作家自己是都市的產物，因為對國家社會的不滿，將理想寄託於農村，鄉村其實是落後勢力的庇護所，都市的問題在於黑暗的人性，儘管丁玲與茅盾期待以偉大的革

命聖戰擊潰不合理的社會制度，拯救都市與鄉村中的無產階級，然而問題不僅只是制度，還包括更深層與根本的人性欲望問題。

　　梁啟超的《新中國未來記》是在歐美強勢文化壓迫之下而產生的，他試圖以小說改變中國，內容表露了梁啟超對中國傳統文化的隱憂，文本勾勒了六十年後新中國的盛世繁華，為了慶祝中國維新成功，各國友邦皆遣使慶賀，英、日兩國的皇帝皇后，俄國、菲律賓的統領及夫人都親臨祝福，甚至在上海開設世界博覽會……虛構的未來新中國，呈現清末文人對於政治社會變革的理想，也投射了梁啟超對於美麗新中國政治、外交、經濟和文化等面向的期待。自晚清的科幻小說到三〇年代的左翼文學，知識分子們透過小說構築他們想像的新中國藍圖。蔣光慈、丁玲、茅盾、張天翼的左翼文本中，對於新中國的憧憬都指涉向一個平等與正義的理想社會，丁玲〈一九三〇年春上海（之一）〉以對比的手法呈現上海都市生活的貧富極端，張天翼的《鬼土日記》透過反諷的方式，抨擊美其名「平民政治」，事實上卻有著嚴格的階級劃分、金權掛鉤、偽善欺騙、拜金主義、買賣婚姻、崇洋媚外的現實社會，蔣光慈《衝出雲圍的月亮》想要毀掉貧富不均、階級對立的上海，以及上海所象徵的資本主義政權，茅盾的《子夜》批判了資產階級的墮落生活，《虹》則宣告著希望有一個穩固的不賣國的政府，內政，外交，教育，實業，各方面都能上軌道，建立起一個真正的人民政府。左翼知識分子所期待的新中國，是一個平等正義的美麗世界，沒有階級貧富的距離，沒有殖民主義、帝國主義、拜金主義，一個與資本主義上海迥異的時空，或者說是一個消滅掉上海租界，讓都市上海消失的新中國。

　　儒家的大同思想，三國時期的五斗米道，洪秀全太平天國起義綱領的《原道醒世訓》，康有為的《大同書》，孫中山的三民主義，以及

歷代農民起義所吶喊的平等口號，都宣揚著一個公平分配的美好理念。平等正義的世界，是中國絕大多數的貧窮者、農民、受壓迫者，以及有志之士所追求的目標，然而卻往往在目標達成之後，趨向幻滅。黃震遐《大上海的毀滅》提到：「然而，在這動盪的大時代裡，它那畸形發展的社會是越發搖顫於鬥爭的尖端之上，不合理的事物加倍地發達，也迅速地幻滅，沒落，因此，牠的毀滅，就未免會在一些人的心裡憧憬著，詛咒著。」[1]「至於，假使這大上海真正毀滅以後，宗教式的新天新地又究竟能滿大眾之意否？那，早就伸明過了：預言家都是無聊的，誰能測度呢？」[2]左翼知識分子期待的新中國，迥異於馬克思透過資本主義所實踐的理想均富社會，左翼知識分子主張直接跳過資本主義，進入社會主義中國。那麼三〇年代左翼知識分子念茲在茲的革命聖戰成功之後，他們所引頸期盼的新中國是否一如想像？又或者如同茅盾〈幻滅〉的最後一句話：「你追求的憧憬雖然到了手，卻在到手的一剎那間改變了面目。」[3]從左翼上海到左翼中國，正如左翼知識分子的憧憬，革命成功，外國人、軍閥、官僚、資本家、帝國主義、資本主義相掛鉤的大上海被毀滅了，然而欲望人性與革命理想的競爭搏鬥卻並未戛然而止。農村中國與都市上海的戰爭，究竟誰勝誰負？都市上海在毀滅之後，死灰復燃，上海的無法抹滅與風華再起，意味著中國無法再歸返千年以前的寧靜農村，上海代表了國際化與全球化的勢不可擋，也代表著人性與欲望的無限擴張。上海不僅只是上海，不僅只是通商口岸與地理空間，「上海」此一時空的意義，標誌著近代中國已無法閉關自守，故步自封。儘管欲望與革命的對峙中，人性弱

---

[1]　黃震遐：《大上海的毀滅》（上海：大晚報館，1932 年 11 月），頁 1。

[2]　黃震遐：《大上海的毀滅》（上海：大晚報館，1932 年 11 月），頁 2。

[3]　茅盾：〈幻滅〉，《茅盾全集·第一卷》（北京：人民出版社，1984 年），頁 422。

點總是顛撲不破，無法擊潰，革命理想備受考驗，處境艱難，但三〇年代那些真正有著理想高度的左翼作家，仍然讓我們感受到一種值得景仰的美好人格，一種為他人犧牲奮鬥的勇氣，鼓勵著我們堅持信念在未知的道路上前進。

　　西方都市的發展與中國都市的發展不同，西方歷經工業革命、現代化與資本主義都市，整個過程是漸進式的，中國是驟然間被迫面對現代化與工業都市的降臨，而現代化與工業都市背後的操控者是西方世界，因此敵對的態度是十分明確的。都市呈現了早期工業化的種種問題，同時也象徵西方政治、經濟、文化的優越統治，認同都市等於臣服西方，在這樣民族主義式的意識形態之下，服膺馬克思主義的左翼知識分子是無法接受他對於都市化的看法，雖然他們認同馬克思想要消泯城鄉差距的目標，但具體的作法上卻無法苟同，也因此左翼文學中，對於鄉村、農村的肯定多於都市。從蔣光慈、丁玲、茅盾、張天翼的左翼都市小說中，我們可以觀察到不同於一般左翼文本的苦難敘事，不僅只突顯出無產階級的悲劇，更思索了都市所誘發的「欲望」這個複雜的主題。蔣光慈本身便被詬病為「小資產階級知識分子」，「浪漫文人」，「跳舞場裡的前進作家」，「咖啡館裡高談闊論的革命文學家」這類的左翼文人。丁玲則站在女性的立場上，反思情愛之欲與革命理想的衝突，以及都市、婚姻、革命彼此之間的關係。茅盾的《子夜》則是全面性地描寫三〇年代都市上海各階層的眾生百態，以及他們的欲望糾結。張天翼也寫欲望，他筆下的人物往往是欲望橫流，卻又遮遮掩掩，反諷中國人的表裡不一。左翼都市作家筆下的主角，多半是都市中的知識分子、小資產階級，甚至是資產階級。左翼文人描寫欲望的受挫，欲望的獨占性，欲望的無窮無盡，藉由欲望的醜陋，以對照出革命理想的偉大。然而我們也透過左翼作家的描寫，或者他們自

身的行為，體會到理想與現實的掙扎，人生的荒謬與矛盾，同時也讓我們理解到，左翼思想的最終敵人，其實是隱身資本主義底層的欲望與人性。總結本文的研究成果，關於此一論題，尚有未竟之處可待學者們後續挖掘與探索。由於考慮到作家作品的質量問題，本文所擇取的研究範疇以茅盾、張天翼、蔣光慈、丁玲等四位左翼作家的小說文本為主，捨棄了樓適夷、胡也頻、陽翰笙……等其他二線左翼作家的都市小說，或者如曹禺雖然出色但不合論題的左翼都市戲劇作品。同時，本文的研究方式聚焦於小說文本的分析解讀，因此目前研究都市文學與文化時，部分學者所採取的報刊研究，或者跨媒體的文化研究，本論文並未嘗試。印刷出版與電影產業皆為三〇年代都市文化的重要環節，與左翼文學也具有密不可分的關係，對於左翼都市文學感興趣的學者，不妨由此入手，或可納入其他相關左翼都市作家的作品，藉此擴大此一論題的深度與廣度，補充與強化文本的深層底蘊。

馬爾羅《人的境遇》

　　日本新感覺派大師橫光利一1931年曾出版過一部名為《上海》的小說，內容是以1925年上海「五卅事件」為背景，小說描寫居處上海的日本人參木與土耳其浴室女郎阿杉、紡織廠女工同時也是共產黨員芳秋蘭之間的愛情故事，小說涉及中國資產階級、紡織工人、共產黨員、白俄妓女、外商，以及在日本紡織工廠發生的罷工運動等，橫光利一細細描繪了混亂與激情的上海，「上海」在他的筆下，是一個被殖民的都市，同時也是革命的都市。根據橫光利一自述，他寫《上海》的部分動機，受到當時法國作家馬爾羅以同一時期中國為背景的小說《征服者》、《王家大道》的影響，由於馬爾羅的作品在西方名噪一時，他寫《上海》是為了與之抗衡，這部小說被譽為橫光利一新感覺派作品中的顛峰之作。[1]橫光利一所提到的法國作家馬爾羅是深具傳奇性的冒險家與作家，與中國的淵源甚深，馬爾羅 1933 年的作品《人的境遇》，更可說是域外左翼都市小說的代表，因此本文探討這部作品，作為三〇年代中國左翼都市文學的對照。

　　馬爾羅（André Malraux, 1901-1976）出生於巴黎，二十二歲時前往亞洲，分別遊歷過中國與印度，曾經接觸革命份子，並組織與領導國際飛行中隊，支持西班牙共和政府，1947 年曾被提名諾貝爾文學

---

[1]　橫光利一著，卞鐵堅譯：《寢園》（北京：作家出版社，2001 年 1 月）

獎，1945-1969 年擔任過法國新聞部長與文化部長，在擔任文化部長期間，曾出訪中國。1933 年他出版了《人的境遇》（*La Condition Humaine*）（或譯為《人的命運》、《人的狀況》）這部小說，內容以 1927年北伐戰爭時共產黨領導的上海武裝起義，以及同年 4 月 12 日國民黨在蔣中正的率領之下，於上海對中國共產黨進行清黨的事件為背景，《人的境遇》獲得法國最受推崇的龔固爾文學獎，被譽為「二十世紀的經典著作」，馬爾羅也因此被列入法國一流作家的行列。[2]馬爾羅以中國都市為背景的革命小說可說是此類小說的原型，同時在三○年代的西方深獲好評，這也是本文探討其作品的原因。《人的境遇》內容分成七個部分，以類似報導文學的型態標明年月時間，主要敘述自1927 年 3 月 21 日起二十多天內在上海發生的事件。主角分別是陳、強矢、克拉皮克、吉索爾等人，陳是主角中唯一的中國人，是吉索爾的學生，同時是自殺炸彈客，最後以自殺炸彈攻擊的方式暗殺蔣中正失敗，以死亡結束人生。強矢是吉索爾的兒子，法日混血兒，是起義的領袖，與妻子梅之間存在著愛與自由的衝突矛盾，他最終被俘，選擇用氰化物自殺。克拉皮克，法國走私商人，具有說謊癖的賭徒，曾幫助強矢獲得槍支，並警告強矢盡快逃離，否則有性命危險，最後假扮成水手離開上海。吉索爾，法國人，曾經是北京大學社會學的教授，沉迷於鴉片，最終與媳婦梅抵達巴黎，放棄馬克思主義。[3]《人的境遇》故事主軸以上海左翼革命為背景，但小說深層所探討的是生命的困境與人生哲理。書中的人物彼此間幾乎都有溝通障礙，無法相互交流，陳對他的老師吉索爾說：「我感到很孤獨。」[4]法國商會會長費拉爾問

2　詳文參見加埃唐・皮康著，張群、劉成富譯：《馬爾羅》（上海：上海人民出版社，2009 年 1 月）

3　馬爾羅著，丁世中譯：《人的境遇》（北京：人民出版社，2009 年 9 月）。

4　馬爾羅著，丁世中譯：《人的境遇》（北京：人民出版社，2009 年 9 月），頁 47。

吉索爾：「您認為人們能了解，真正了解一個活著的人嗎？」[5]強矢說：「人們並非我的同類，不過是觀察和評判我的人；」[6]《人的境遇》也探討人為什麼要參加革命，吉索爾在書中與費拉爾有段對話：「赤黨也好，藍黨也好，」費拉爾說，「……人的生命只有一次；為了某種思想竟會捨命，這豈不是十足的蠢人嗎？」「很少有人受得了自己做為人的境遇……」「得一直麻醉自己才好：在中國是抽鴉片，在伊斯蘭教國家是吸大麻，在西方則是借助女人……」[7]革命者強矢曾說：「我認為：共產主義能使那些我為之戰鬥的人得到尊嚴。至少反共的種種正在迫使他們沒有尊嚴。」[8]沉迷在鴉片中的吉索爾，藉由說謊來偽裝假面的克拉皮克，對於混血身分以及妻子出軌存在著迷思的強矢，擁抱著恐怖主義的孤兒陳，每個人都有不被理解的孤獨，每個人都有自身的困境。小說中提到：「如果既無上帝，又無基督，那麼靈魂又有什麼用呢？」[9]「人人都夢想成為神……」[10]書中的人物都有各自的迷惘，都在尋找一種信仰，一種靈魂依託，革命被他們視為擺脫人類困境的方法。因此雖然是以中國上海的左翼革命為敘述背景，但故事的深層意涵接近現代存在主義的小說，思索現代人離開神的懷抱後，迷失在夜晚都市的寂寞魅影中，不被理解，無所依歸的處境。

《人的境遇》以中國共產革命為背景，但馬爾羅本身的左翼傾向卻耐人尋味。曾與馬爾羅共事的法國傳記作家加埃唐‧皮康，在其為馬爾羅所寫的傳記中提到：「馬爾羅之所以沒有停留在馬克思主義的革命觀上，首先是因為他從未真正贊同過這種觀念。在他看來，馬克思

---

5 馬爾羅著，丁世中譯：《人的境遇》(北京：人民出版社，2009 年 9 月)，頁 186。
6 馬爾羅著，丁世中譯：《人的境遇》(北京：人民出版社，2009 年 9 月)，頁 45。
7 馬爾羅著，丁世中譯：《人的境遇》(北京：人民出版社，2009 年 9 月)，頁 189。
8 馬爾羅著，丁世中譯：《人的境遇》(北京：人民出版社，2009 年 9 月)，頁 238。
9 馬爾羅著，丁世中譯：《人的境遇》(北京：人民出版社，2009 年 9 月)，頁 54。
10 馬爾羅著，丁世中譯：《人的境遇》(北京：人民出版社，2009 年 9 月)，頁 278。

主義的觀念從來不是歷史最終揭露的真實，」[11]「馬克思主義最主要的問題──即勞動和資本的分離──在馬爾羅眼中從來都只不過是一個次要問題。」[12]「從《人的命運》開始，馬爾羅作品中最宏大的場景就是頌揚博愛的場景。」「馬爾羅沒有發現社會問題；他不附屬於某種行動或思想體系，但他發現了一種活躍的團體帶給孤獨個人的援助，……他也發現人類的博愛是對抗命運最堅固的堡壘。」[13]馬爾羅在小說中也透過強矢與吉索爾寫出他對馬克思主義的觀點，強矢：「馬克思主義與其說是一種學說，不如說是一種意志。在無產階級及其盟友看來，它是自我認識的意志，如實地自我感覺和奪取勝利的意志。你們做馬克思主義者不應當為了以正確自居，而要不辱己命地去奪取勝利。」[14]吉索爾說：「我身上的馬克思主義已停止存在。強矢不是認為那是一種意志嗎？我卻認為那是命運。」[15]馬爾羅的想法與真正的馬克思主義不同，也與中國左翼革命的現實處境有極大的出入，中國共產革命所關注的無產階級，以及所強調的群體利益，在馬爾羅的小說中不見蹤影，書中的英雄塑象幾乎都是一群個人主義與無政府主義者。張寅德曾在〈上海的誘惑──馬爾羅空間與中國異位性〉一文中，將馬爾羅《人的境遇》與蔣光慈《短褲黨》、巴金的《滅亡》、茅盾《子夜》相比，比較的原因是由於他們屬於同時代的作家，小說所選取的故事主題背景皆相似，同時蔣光慈《短褲黨》受到法國大革命的啟發，

[11] 詳文參見加埃唐・皮康著，張群、劉成富譯：《馬爾羅》（上海：上海人民出版社，2009 年 1 月），頁 76。

[12] 詳文參見加埃唐・皮康著，張群、劉成富譯：《馬爾羅》（上海：上海人民出版社，2009 年 1 月），頁 78。

[13] 詳文參見加埃唐・皮康著，張群、劉成富譯：《馬爾羅》（上海：上海人民出版社，2009 年 1 月），頁 78-79。

[14] 馬爾羅著，丁世中譯：《人的境遇》（北京：人民出版社，2009 年 9 月），頁 55。

[15] 馬爾羅著，丁世中譯：《人的境遇》（北京：人民出版社，2009 年 9 月），頁 275。

巴金的《滅亡》是他逗留法國時的創作，茅盾《子夜》的靈感受到法國作家左拉《金錢》的影響，作家的創作背景或多或少都與法國相關，並認為這些中國作家們真正復活了馬爾羅筆下的故事。[16]然而在這篇論文中，只比較了馬爾羅《人的境遇》與這三位中國作家作品的相同之處，且所分析的共通處略顯浮泛，僅停留在這幾部作品對於上海空間景致的運用，反而對於小說的真正核心內涵未能深入觸及。況且馬爾羅《人的境遇》對於上海場景的運用與小說人物之間的貼合度並不緊密，猶如異國觀光客在上海的旅遊般蜻蜓點水，與中國作家筆下讓讀者感到身臨其境的革命上海大相逕庭，然而這部分卻十分可惜地被略而不談，這使得論文中引用的關於三○年代詩人戴望舒的閱讀經驗，在對比之下，顯得有些諷刺。戴望舒的評論與張寅德的論述差異頗大，張寅德雖然引用了戴望舒的觀點，卻未能在文中與之呼應地指出馬爾羅作品的不足之處，這顯示論者似乎也對三○年代上海的相關情境十分陌生，這極有可能是因戴望舒與馬爾羅身處相同時代，並真正經歷過中國的革命環境，因此其評論顯然更為鞭辟入裡。

　　戴望舒讀過《人的境遇》之後，對馬爾羅的才華雖然深感欽佩，但還是提出他對這本書的疑問與評論。「確實馬爾羅非常熱忱，具有作家的非凡才華，但是他嚴重的缺點在於沒有正確理解中國革命的精神。請審視一下《人的狀況》中的人物。幾乎所有的人都是個人主義知識分子，只是同革命有著私人的依附關係。他們把革命視為擺脫人類境遇的手段。沒有一位無產階級的人物扮演重要的角色。所有這些是不真實的，使得中國革命有些可笑，另一方面，幾乎所有的英雄都被歐洲化，亦或法國化。我們中國人對此有非常不適的感覺。馬爾羅

---

[16] 秦海鷹等著：《馬爾羅與中國：國際學術研討會論文集》（上海：人民出版社，2008 年 4 月），頁 97。

避免塑造典型的中國人物，不敢直接審視上海的無產階級，因為他對他們了解得還不夠。結果他呈現給我們的是一幅無政府主義的畫卷……總之，馬爾羅是一位才思橫溢的作家，卻不能理解革命。」[17]這封信是 1934 年《人的境遇》發表後隔年所寫的，戴望舒親身經歷過中國的政治環境，他的評論表達了他早期的社會立場、政治態度與文學觀念，同時他的觀點也深入懇切地傳達出《人的境遇》在中國人眼中的評價，馬爾羅的這本書在西方獲得相當熱烈的迴響，在當時，發表僅一年，就獲得戴望舒的重視，並審慎地提出他的批評。但在現代的中國卻似乎乏人問津，關鍵的問題誠如戴望舒所言，馬爾羅所寫的僅僅是西方人眼中的舊中國：帶著陰鬱與潮溼感的上海夜景，西方工廠、貧民窟，古董店，人力車，他在書中寫著：「中國的人群通常是世上最喧鬧的人群之一。」[18]書裡所有的主角實際上都是法國人，只是被鑲嵌在三〇年代浮光掠影的上海而已。《人的境遇》中主角幾乎都是外國人，唯一的中國主角陳表現出來的也毫無中國人的特色，既然如此，何以將場景設定在上海？為何要以中國左翼革命為小說背景？《人的境遇》顯然仍維持著西方的觀點，對西方世界而言，中國文化與西方文化有著天壤之別，以中國為對照組，更可以觀照出東西文化的差異。此外，一個發生在中國境內的共產革命，參與的人士卻大多為外國人，呈現出一種超越種族階級的博愛精神，更突顯出左翼思潮的理想性，以及全人類所面臨的共通困境。然而，馬爾羅的小說嘗試只迎合了西方的文評家，對中國的讀者而言，我們仍然感受到一種不被理解的孤獨，正如小說中所言：「人們並非我的同類，不過是觀察和評判我的人；

---

[17] 秦海鷹等著：《馬爾羅與中國：國際學術研討會論文集》（上海：人民出版社，2008 年 4 月），頁 95-96。

[18] 馬爾羅著，丁世中譯：《人的境遇》（北京：人民出版社，2009 年 9 月），頁 72。

我的同類是愛我而不觀察我的人，」[19]這或許恰如其分地解釋了《人的境遇》在中西方所獲得的雙重評價。

[19] 馬爾羅著，丁世中譯：《人的境遇》（北京：人民出版社，2009 年 9 月），頁 45。

參考書目

說明：本書目依編著者姓氏筆畫排列，同一著者超過二筆資料者，依出版時間編列。

一、作家作品集

（一）丁玲

丁玲著，李燕平編，《丁玲自敘》，北京：團結出版社，1998 年 1 月

丁玲著，張迴主編，《丁玲全集‧第一卷》，河北：河北人民出版社，2001 年 12 月

丁玲著，張迴主編，《丁玲全集‧第三卷》，河北：河北人民出版社，2001 年 12 月

丁玲著，張迴主編，《丁玲全集‧第四卷》，河北：河北人民出版社，2001 年 12 月

丁玲著，張迴主編，《丁玲全集‧第七卷》，河北：河北人民出版社，2001 年 12 月

丁玲著，張迴主編，《丁玲全集‧第八卷》，河北：河北人民出版社，2001 年 12 月

（二）茅盾

茅盾，《茅盾全集‧第一卷》，北京：人民出版社，1984 年

茅盾，《茅盾全集・第二卷》，北京：人民出版社，1984 年
茅盾，《茅盾全集・第三卷》，北京：人民出版社，1984 年
茅盾，《茅盾全集・第十一卷》，北京：人民出版社，1984 年
茅盾，《茅盾全集・第二十卷》，北京：人民出版社，1982 年 11 月
茅盾，《我走過的道路》（上），香港：三聯書店，1984 年
茅盾，《我走過的道路》（中），香港：三聯書店，1984 年
茅盾編選，《中國新文學大系》，臺北：業強出版社，1990 年 1 月
茅盾主編，《中國的一日》，上海：上海書店，1991 年

（三）張天翼

張天翼，《張天翼文集・第一卷》，上海：上海文藝出版社，1985 年 2 月
張天翼，《張天翼文集・第二卷》，上海：上海文藝出版社，1985 年 2 月
張天翼，《張天翼文集・第四卷》，上海：上海文藝出版社，1985 年 2 月
張天翼，《張天翼文集・第六卷》，上海：上海文藝出版社，1985 年 2 月

（四）蔣光慈

蔣光慈著，《蔣光慈文集・第一卷》，上海：上海文藝出版社，1982 年 11 月
蔣光慈著，《蔣光慈文集・第二卷》，上海：上海文藝出版社，1982 年 11 月
蔣光慈著，《蔣光慈文集・第三卷》，上海：上海文藝出版社，1985 年 6 月
蔣光慈著，《蔣光慈文集・第四卷》，上海：上海文藝出版社，1988 年 10 月

二、作家評論專著

（一）丁玲

袁良駿編，《中國文學史資料匯編・丁玲研究資料》，天津：天津人民出版社，
　　1982 年 3 月

（二）茅盾

王德威，《茅盾、老舍、沈從文——寫實主義與現代中國小說》，臺北：麥田
　　出版，2009 年 7 月

伏志英，《茅盾評傳》，上海：開明書店，1936 年

韋韜、陳小曼編，《茅盾雜文集》，北京：生活、讀書、新知出版社，1996 年
　　5 月

孫中田、查國華編，《中國文學史資料匯編・茅盾研究資料（上）》，北京：中
　　國社會科學出版社，1983 年 5 月

孫中田、查國華編，《中國文學史資料匯編・茅盾研究資料（中）》，北京：中
　　國社會科學出版社，1983 年 5 月

（三）張天翼

沈承寬、黃侯興、吳福輝，《中國文學史資料全編・現代卷・張天翼研究資料》，
　　北京：知識產權出版社，2009 年 10 月

（四）蔣光慈

方銘編，《中國文學史資料全編・現代卷・蔣光慈研究資料》，北京：知識產
　　權出版社，2009 年 10 月

吳似鴻，《我與蔣光慈》，南寧：廣西教育出版社，1992 年

蘭其壽，《意識形態視域下的左翼都市小說特質——以蔣光慈、丁玲、茅盾為
　　例》，廈門：廈門大學，2007 年 6 月

三、一般論著

王文英主編，《上海現代文學史》，上海：上海人民文學出版社，1999 年 6 月

王宏圖，《都市敘事與欲望書寫》，桂林：廣西師範大學出版社，2005 年 12 月

王暉、余國良編，《上海：城市、社會與文化》，香港：香港中文大學出版社，
　　1998 年

王德威,《歷史與怪獸:歷史‧暴力‧敘事》,臺北:麥田出版,2004 年

王德威主編,《中國現代小說的史與學》,臺北:聯經出版,2010 年 10 月

方維保,《紅色意義的生成──20 世紀中國左翼文學研究》,合肥:安徽教育
　　出版社,2004 年 12 月

方漢奇,《中國近代報刊史》,山西:山西人民出版社,1981 年 6 月

史書美著,何恬譯,《現代性的誘惑:書寫半殖民地中國的現代主義(1917-
　　1937)》,南京:江蘇人民出版社,2007 年 4 月

加埃唐‧皮康著、張群、劉成富譯,《馬爾羅》,上海:上海人民出版社,2009
　　年 1 月

朱周斌,《懷疑中的接受:張恨水小說中的現代日常生活》,廣西:廣西師範
　　大學出版社,2010 年 6 月

朱曉進,《政治文化與中國二十世紀三十年代文學》,北京:人民出版社,2006
　　年 11 月

李大釗,《李大釗全集‧第一卷》,北京:人民出版社,2006 年 3 月

李大釗,《李大釗全集‧第三卷》,北京:人民出版社,2006 年 3 月

李今,《個人主義與五四新文學》,哈爾濱:北方文藝出版社,1992 年 6 月

李今,《海派小說與現代都市文化》,合肥:安徽教育出版社,2000 年 12 月

李今,《海派小說論》,臺北:秀威出版社,2006 年 7 月

李永東,《租界文化與 30 年代文學》,上海:上海三聯書店,2006 年 10 月

李洪華,《上海文化與現代派文學》,臺北:秀威出版社,2008 年 10 月

李歐梵著,毛尖譯,《上海摩登──一種新都市文化在中國 1930-1945》,香港:
　　牛津大學出版社,2000 年

李歐梵,《現代性的追求》,臺北:麥田出版,2005 年 5 月

李歐梵,《未完成的現代性》,北京:北京大學出版社,2005 年 6 月

李歐梵,《李歐梵論中國現代文學》,上海:上海三聯書店,2009 年 10 月

李澤厚,《中國近代思想史論》,臺北:三民書局,2002 年 9 月

吳福輝,《都市漩流中的海派文學》,上海:復旦大學出版社,2009 年 1 月

沈衛威,《艱辛的人生》,臺北:業強出版社,1991 年 10 月

沈從文,《沈從文全集‧第十八卷》,山西:北岳文藝出版社,2002 年

孟悅、戴錦華,《浮出歷史地表──中國現代女性文學研究》,臺北:時報文
　　化出版公司,1993 年 9 月

周揚,《周揚文集‧第十卷》,北京:人民文學出版社,1984 年

周蕾著,蔡清松譯,《婦女與中國現代性──西方與東方之間的閱讀政治》,
　　上海:上海三聯書店,2008 年 8 月

尚禮、劉勇主編，《現代文學研究》，北京：北京出版社，2001 年

朋尼維茲著，孫智綺譯，《布赫迪厄社會學的第一課》，臺北：麥田出版社，2002 年

林偉民，《中國左翼文學思潮》，上海：華東師範大學出版社，2005 年 4 月

沙爾·波德萊爾著，亞丁譯，《巴黎的憂鬱》，北京：生活、讀書、新知三聯書店，2004 年 4 月

艾倫·狄波頓（Alain de Botton）著，陳信宏譯：《我愛身分地位》，臺北：先覺出版社，2005 年 1 月

艾曉明，《中國左翼文學思潮探源》，北京：北京大學出版社，2007 年 1 月

施蟄存著，《施蟄存文集——十年創作集》，上海：華東師範大學出版社，1996 年 3 月

施蟄存著，陳子善、徐如麒編選，《施蟄存七十年文選》，上海：上海文藝出版社，1996 年 10 月

約翰·伯格（John Berger）著，吳莉君譯：《觀看的方式》，臺北：麥田出版股份有限公司，2005 年

徐志摩，《徐志摩全集·第三卷》，臺北：傳記文學出版社，1969 年

夏志清原著，劉紹銘等譯，《中國現代小說史》，香港：友聯出版社，1979 年 7 月

彭小妍，《海上說情慾：從張資平到劉吶鷗》，臺北：中央研究院中國文哲研究所，2001 年 1 月

袁洪權，《左翼、新感覺派都市小說創作及差異論》，重慶：重慶師範大學，2004 年 4 月

孫紹誼，《想像的城市：文學、電影和視覺上海（1927-1937）》，上海：復旦大學出版社，2009 年 1 月

馬良春、張大明編，《三十年代左翼文藝資料選編》，四川：四川人民出版社，1980 年 11 月

馬克斯·韋伯著，林榮遠譯，《經濟與社會（下）》，北京：商務印書館，1997 年

馬克思、恩格斯，《馬克思恩格斯全集·第四卷》，北京：人民出版社，1982 年 2 月

馬克思、恩格斯，《馬克思恩格斯選集·第一卷》，北京：人民出版社，1995 年 6 月

馬克思、恩格斯，《馬克思恩格斯選集·第二卷》，北京：人民出版社，1995 年 6 月

馬克思、恩格斯,《馬克思恩格斯選集・第三卷》,北京:人民出版社,1995年6月

馬克思、恩格斯,《馬克思恩格斯選集・第四十卷》,北京:人民出版社,1995年6月

馬爾羅著,丁世中譯,《人的境遇》,北京:人民出版社,2009年9月

秦海鷹等著,《馬爾羅與中國:國際學術研討會論文集》,上海:人民出版社,2008年4月

胡適,《胡適留學日記(一)》,臺北:遠流出版社,1994年1月

胡適,《胡適文存・第一卷》,臺北:遠東圖書公司,1990年4月

胡適,《胡適文集・第二卷》,北京:北京大學出版社,1998年

康來新、許秦蓁合編,《劉吶鷗全集:文學集》,臺南:臺南縣文化局,2001年3月

張大明、陳學超、李葆琰著,《中國現代文學思潮史》,北京:北京十月文藝出版社,1995年10月

張勇,《摩登主義:1927──1937上海文化與文學研究》,臺北:人間出版社,2010年1月

張恨水,《張恨水全集》,山西:北岳文藝出版社,1993年1月

張英進,《中國現代文學與電影中的城市》,南京:江蘇人民出版社,2007年4月

梁啟超,《飲冰室文集點校・第二集》,昆明:雲南教育出版社,2001年

馮雪峰,《雪峰文集・第二卷》,北京:人民出版社,1983年1月

雅羅斯拉夫・普實克著、李燕喬等譯,《普實克中國現代文學論文集》,湖南:湖南文藝出版社,1987年8月

費正清主編,章建剛等譯,《劍橋中華民國史》,上海:人民出版社,1991年11月

舒欣,《左翼都市小說創作論》,長沙:湖南師範大學,2001年5月

黃瑞祺,《馬學與現代性》,臺北:允晨文化出版,2001年11月

邱明正主編,《上海文學通史》,上海:復旦大學出版社,2005年5月

阿勒克西・德・托克維爾(Alexis de Tocqueville)著,秦修明譯,《美國的民主・下卷》,香港:今日世界出版社,1966年2月

阿英著,柯靈主編,《阿英全集・第一卷》,安徽:安徽教育出版社,2003年7月

阿英著,柯靈主編,《阿英全集・第二卷》,安徽:安徽教育出版社,2003年7月

楊迎平,《永遠的現代——施蟄存論》,北京:光明日報出版社,2007 年 5 月

楊義,《中國現代小說史·第二卷》,北京:人民出版社,1988 年

楊義,《京派文學與海派文學》,上海:上海三聯書店,2007 年 10 月

楊義,《二十世紀中國小說與文化》,上海:上海三聯書店,2007 年 10 月

雷蒙·威廉斯(Raymond Williams)著、劉建基譯,《關鍵詞:文化與社會的
　　詞彙》,臺北:巨流出版社,2003 年 10 月

赫胥黎著,嚴復譯,《天演論》,臺北:臺灣商務出版社,1969 年

趙崗,《中國城市發展史論集》,臺北:聯經出版社,1995 年

熊月之主編,《上海通史·第八卷》,上海:上海人民出版社,1999 年

溫儒敏、姜濤編,《北大文學講堂》,北京:中央編譯出版社,2005 年

魯迅,《魯迅全集·第一卷》,臺北:唐山出版社,1989 年 9 月

魯迅,《魯迅全集·第二卷》,臺北:唐山出版社,1989 年 9 月

魯迅,《魯迅全集·第三卷》,臺北:唐山出版社,1989 年 9 月

魯迅,《魯迅全集·第五卷》,臺北:唐山出版社,1989 年 9 月

魯迅,《魯迅全集·第六卷》,臺北:唐山出版社,1989 年 9 月

魯迅,《魯迅全集·第八卷》,臺北:唐山出版社,1989 年 9 月

劉吶鷗著,康來新、許秦蓁編,《劉吶鷗全集·文學集》,臺南:臺南縣文化
　　局出版,2001 年 3 月

劉吶鷗著,康來新、許秦蓁編,《劉吶鷗全集·日記集》,臺南:臺南縣文化
　　局出版,2001 年 3 月

劉建輝著,甘慧杰譯,《魔都上海——日本知識人的"近代"體驗》,上海:
　　上海古籍出版社,2003 年 12 月

葉文心,《上海繁華:都會經濟倫理與近代中國》,臺北:時報文化出版公司,
　　2010 年 6 月

郭沫若,《郭沫若全集·文學編·十二卷》,北京:人民文學出版社,1992 年)

郭沫若,《郭沫若全集·文學編·十六卷》,北京:人民文學出版社,1989 年)

陶菊隱,《北洋軍閥統治時期史話·第七冊》,北京:生活·讀書·新知三聯
　　書局,1959 年 9 月

陳平原、夏曉虹編,《二十世紀中國小說理論資料(第一卷)1897-1976》,北
　　京:北京大學出版社,1997 年 2 月

陳永發,《中國共產革命七十年》,臺北:聯經出版社,1998 年 12 月

陳伯海、袁進主編,《上海現代文學史》,上海:上海人民文學出版社,1993
　　年 2 月

陳建華,《「革命」的現代性》,上海:上海古籍出版社,2000 年 12 月

陳曉蘭,《文學中的巴黎與上海》,廣西:廣西師範大學出版社,2006 年 3 月

陳獨秀,《陳獨秀著作選・第一卷》,上海:上海人民出版社,2009 年 1 月

陳獨秀,《陳獨秀著作選・第二卷》,上海:上海人民出版社,2009 年 1 月

穆時英著,嚴家炎、李今編,《穆時英全集・第一卷》,北京:北京十月文藝
　　出版社,2008 年 1 月

錢理群、溫儒敏、吳福輝,《中國現代文學三十年》,北京:北京大學出版社,
　　2009 年 6 月

橫光利一著,卞鐵堅譯,《寢園》,北京:作家出版社,2001 年 1 月

蔡源煌,《從浪漫主義到後現代主義》,臺北:雅典出版社,1994 年 8 月

瞿秋白編,《魯迅雜感選集》,上海:上海出版公司,1953 年 9 月

瞿秋白,《瞿秋白文集・第一卷》,北京:人民文學出版,1986 年

瞿秋白,《瞿秋白文集・第二卷》,北京:人民出版社,1986 年

魏朝勇,《民國時期文學的政治想像》,北京:華夏出版社,2005 年 11 月

曠新年,《1928:革命文學》,山東:山東教育出版社,1998 年 5 月

盧漢超著,段煉、吳敏、子羽譯,《霓虹燈外:二十世紀初日常生活中的上海》,
　　上海:上海古籍出版社,2004 年 12 月

嚴家炎,《新感覺派小說選》,北京:人民文學出版社,1985 年 5 月

羅蘇文,《大上海──石庫門:尋常人家》,上海:人民出版社,1991 年

羅念生、水建馥編,《古希臘語漢語詞典》,北京:商務出版社,2004 年 6 月

蘇敏逸,《「社會整體性」觀念與中國現代長篇小說的發生和形成》,臺北:秀
　　威出版社,2007 年 12 月

龔鵬程,《中國小說史論》,北京:北京大學出版社,2008 年 6 月

讓・雅克・盧梭(Jean-Jacques Rousseau)著,李常山譯,《盧梭文集:論人類
　　不平等的起源和基礎》,臺北:唐山出版社,1986 年 10 月

四、古典文獻

漢・班固撰,《漢書》〔百衲本二十四史〕,臺北:臺灣商務印書館,1996 年
　　12 月

漢・許慎著,清・段玉裁注,《說文解字》,臺北:萬卷樓,2000 年 9 月

漢・鄭玄注,宋・岳珂校,《禮記》,臺北:新興書局,1975 年 10 月

宋・朱熹,《四書章句集注》,北京:中華書局,1983 年 10 月

任繼昉纂,《釋名匯校》,濟南:齊魯書社,2006 年 11 月

五、期刊論文

王宏圖,〈茅盾與左翼都市敘事中的欲望表達〉,《江蘇行政學院學報》第 4 期（2003 年 4 月）,頁 126-130

王宏圖,〈左翼都市敘事中的烏托邦詩學〉,《杭州師範學院學報:社科版》第 4 期 （2003 年 7 月）,頁 44-48

張勇,〈1930 年代張天翼小說中的『反摩登』敘事〉,《文藝理論與批評》,第 4 期（2008 年）,頁 65-70

曹清華,〈何為左翼,如何傳統——「左翼文學」的所指〉,《學術月刊》,第 40 卷 1 月號（2008 年 1 月）,頁 106-109

賀桂梅,〈性/政治的轉換與張力——早期普羅小說中的「革命加戀愛」模式解析〉,《中國現代文學研究叢刊》,（2006 年 5 月）,頁 80-81

楊迎平,〈左翼小說與新感覺派小說對上海的不同闡釋〉《長江師範學院學報》第 24 卷第 2 期（2008 年 3 月）,頁 14-16

劉宏彬,〈妙在似與不似之間——簡論《紅樓夢》對《子夜》的影響〉,《刑臺師範高專學報》（1998 年 2 月）,頁 36-39

曠新年,〈另一種「上海摩登」〉,《中國現代文學研究叢刊》,第 1 期（2004 年）,頁 288-296

蘇敏逸,〈「個性主義」與「革命理想」的辨證發展——丁玲小說創作發展歷程及其特色〉,《成大中文學報》,第 23 期（2008 年 12 月）,頁 157-194

六、網路資料

熊月之:〈近代上海形象的歷史變遷〉,「上海歷史研究所」（收錄於 http://www.historyshanghai.com/index/lunwen/8.htm）

左翼上海——三〇年代左翼都市小說論

新銳文叢　PG0724

新銳文創
INDEPENDENT & UNIQUE

左翼上海
——三〇年代左翼都市小説論

作　　者	蔣興立
責任編輯	孫偉迪
圖文排版	楊家齊
封面設計	王嵩賀

出版策劃	新銳文創
發 行 人	宋政坤
法律顧問	毛國樑　律師
製作發行	秀威資訊科技股份有限公司
	114 台北市內湖區瑞光路76巷65號1樓
	電話：+886-2-2796-3638　傳真：+886-2-2796-1377
	服務信箱：service@showwe.com.tw
	http://www.showwe.com.tw
郵政劃撥	19563868　戶名：秀威資訊科技股份有限公司
展售門市	國家書店【松江門市】
	104 台北市中山區松江路209號1樓
	電話：+886-2-2518-0207　傳真：+886-2-2518-0778
網路訂購	秀威網路書店：http://www.bodbooks.com.tw
	國家網路書店：http://www.govbooks.com.tw

出版日期	2012年6月　初版
定　　價	320元

國家圖書館出版品預行編目

左翼上海：三〇年代左翼都市小說論 / 蔣興立著.
-- 一版. -- 臺北市：新銳文創, 2012.06
　　面；　公分.
BOD版
ISBN　978-986-6094-81-1（平裝）

1.中國小說　2.左翼文學　3.文學評論

820.9708　　　　　　　　　　　99007513

讀者回函卡

感謝您購買本書，為提升服務品質，請填妥以下資料，將讀者回函卡直接寄回或傳真本公司，收到您的寶貴意見後，我們會收藏記錄及檢討，謝謝！
如您需要了解本公司最新出版書目、購書優惠或企劃活動，歡迎您上網查詢或下載相關資料：http:// www.showwe.com.tw

您購買的書名：＿＿＿＿＿＿＿＿＿＿＿＿＿＿＿＿＿＿＿＿＿＿＿＿

出生日期：＿＿＿＿＿年＿＿＿＿＿月＿＿＿＿＿日

學歷：□高中 (含) 以下　　□大專　　□研究所 (含) 以上

職業：□製造業　□金融業　□資訊業　□軍警　□傳播業　□自由業
　　　□服務業　□公務員　□教職　　□學生　□家管　　□其它＿＿＿

購書地點：□網路書店　□實體書店　□書展　□郵購　□贈閱　□其他

您從何得知本書的消息？

　　□網路書店　□實體書店　□網路搜尋　□電子報　□書訊　□雜誌

　　□傳播媒體　□親友推薦　□網站推薦　□部落格　□其他＿＿＿＿＿

您對本書的評價：(請填代號　1.非常滿意　2.滿意　3.尚可　4.再改進)

　　封面設計＿＿＿　版面編排＿＿＿　內容＿＿＿　文／譯筆＿＿＿　價格＿＿＿

讀完書後您覺得：

　　□很有收穫　□有收穫　□收穫不多　□沒收穫

對我們的建議：＿＿＿＿＿＿＿＿＿＿＿＿＿＿＿＿＿＿＿＿＿＿＿＿

＿＿＿＿＿＿＿＿＿＿＿＿＿＿＿＿＿＿＿＿＿＿＿＿＿＿＿＿＿＿＿＿

＿＿＿＿＿＿＿＿＿＿＿＿＿＿＿＿＿＿＿＿＿＿＿＿＿＿＿＿＿＿＿＿

＿＿＿＿＿＿＿＿＿＿＿＿＿＿＿＿＿＿＿＿＿＿＿＿＿＿＿＿＿＿＿＿

11466
台北市內湖區瑞光路 76 巷 65 號 1 樓

秀威資訊科技股份有限公司　　　收

BOD 數位出版事業部

....

（請沿線對折寄回，謝謝！）

姓　　名：＿＿＿＿＿＿＿＿＿　年齡：＿＿＿＿　性別：□女　□男

郵遞區號：□□□□□

地　　址：＿＿＿＿＿＿＿＿＿＿＿＿＿＿＿＿＿＿＿

聯絡電話：(日) ＿＿＿＿＿＿＿＿＿　(夜) ＿＿＿＿＿＿＿＿＿

E-mail：＿＿＿＿＿＿＿＿＿＿＿＿＿＿＿＿＿＿＿